Günter von Lonski

Eis!

Im Verlag CW Niemeyer sind bereits folgende Bücher des Autoren erschienen:

Das letzte Lied
Tödlicher Wind
Mord auf dem Schützenfest
Bittere Medizin

Bibliografische Information der Deutschen Nationalbibliothek
Die Deutsche Nationalbibliothek verzeichnet diese Publikation in der Deutschen Nationalbibliografie; detaillierte bibliografische Daten sind im Internet abrufbar über http://dnb.ddb.de

www.niemeyer-buch.de

Umschlaggestaltung: Carsten Riethmüller
unter Verwendung eines Motivs von shutterstock.com
Druck und Bindung: AALEXX Buchproduktion GmbH, Großburgwedel
Printed in Germany
ISBN 978-3-8271-9455-8

Günter von Lonski

Eis!

CW Niemeyer

Der Roman spielt hauptsächlich in allseits bekannten Stätten von Hannover, doch bleiben die Geschehnisse reine Fiktion. Sämtliche Handlungen und Charaktere sind frei erfunden.

Über den Autor:
Günter von Lonski wurde 1943 in Duisburg-Laar geboren. Er studierte an der Hochschule der Künste in Berlin. Seit 1981 schreibt er Romane, Krimis, Jugend- und Kinderbücher, Hörspiele, Kurzgeschichten, Glossen, Satiren und Schulbuchbeiträge. 2010 erhielt er den Rolf-Wilhelms-Literaturpreis der Stadt Hameln. Günter von Lonski ist verheiratet, hat zwei Kinder und lebt in der Nähe von Hannover. Er ist außerdem Autor von bereits drei erschienenen Weserbergland-Krimis „Das letzte Lied", „Tödlicher Wind" und „Bittere Medizin", in denen der akribische Journalist Hubert Wesemann ermittelt - spannend, unterhaltend, mit einem Schuss Humor und Ironie. „Eis!" ist nach „Mord auf dem Schützenfest" der zweite Hannover-Krimi aus der Feder von Günter von Lonski.

Mehr über Günter von Lonski und seine Aktivitäten erfahren Sie unter www.vonlonski.net

Nichts ist trauriger als eine Frau, die sich aus anderen Gründen auszieht als für die Liebe.

Juliette Gréco

EINS

Es war ihr, als müsste sie lachen. Das Skalpell in der Hand des Chirurgen zitterte leicht, zwei Schweißtropfen fielen von seiner Stirn auf ihren Bauch. Wenn sie gewusst hätte, was ihr bevorstand, hätte sie sich am Morgen andere Unterwäsche angezogen.

„Sie bleibt weg!" Eine Stimme aus dem Hintergrund. Der operierende Arzt richtete sich auf, sah auf die Bildschirme neben dem Operationstisch.

Sie blieb nicht weg, sie war doch da. Ein bisschen außerhalb ihres Körpers vielleicht. Er hätte nur seine Hand nach ihr ausstrecken müssen, um sie zu berühren. Sie, nicht ihren Körper. „Die wird nicht mehr!" Es war ihr ganz recht, dass er nicht nach ihr griff. Alles war so leicht und schwerelos geworden. Frieden und Leichtigkeit von ungeahntem Ausmaß. Mit dieser aufgeschnittenen, blutverschmierten Hülle unter dem grünen Laken wollte sie nichts mehr zu tun haben. Alles sollte so bleiben, wie es war. „Noch ein Versuch!" Wozu? Sie wollte sich jetzt auf den Weg machen. Wie eine weiße Sonne stand das gleißende weiße Licht mitten im Raum und zog sie magisch an. Eine Stimme rief nach ihr. Ihre Mutter. Es wurde Zeit, ihr zu folgen. „Auf drei!" Harte kalte Hände griffen nach ihr und zwangen sie mit Gewalt zurück in ihren Körper.

Vier Wochen Klinikaufenthalt. Dann wochenlange Rehabilitation im Teutoburger Wald. Zeit genug für Marike Kalenberger, über alles nachzudenken. Immer wieder. Ein Donnerstag im April. Sie hatte sich in den Fall der jugendlichen Handy-Abgreifer in Hannovers

U-Bahn-Stationen vertieft. Im Rotlichtviertel am Steintor kam es zu einer Schießerei. Alle, die kein amtsärztliches Attest wegen körperlicher Gebrechen vorlegen konnten, mussten raus. Kalenberger hatte beginnende Arthrose im rechten Kniegelenk und zwei Halswirbelvorfälle zu Protokoll gegeben. Gar nicht mal so schlecht für eine Frau Mitte fünfzig, hatte der Arzt gesagt. Seit Jahren war sie von Einsätzen freigestellt, die absolute körperliche Fitness verlangten. Aber dann die Alarmmeldung von der Einsatzzentrale. Überfall auf einen Juwelier am Raschplatz. Mit Geiselnahme. Die letzten Einsatzkräfte wurden mobilisiert. Ein sehr junger Kollege wurde ihr zugeteilt. Er musste sie sogar daran erinnern, ihre Waffe mitzunehmen.

Der Geiselnehmer hatte sich in der Tiefgarage eines Kinos verschanzt. Eine bedrückende Situation, die tiefen Decken, wenig Licht, jedes Geräusch vervielfachte sich.

Er forderte einen Fluchtwagen. Ein Einsatzteam war bereits vor Ort und führte die Verhandlungen. Der Fluchtwagen sei bereits unterwegs.

Kalenberger würde sich raushalten. Nur Präsenz zeigen. Sie spürte, wie die Situation den jungen Kollegen in Erregung versetzte. Wie hieß er noch gleich? Sie duckte sich in seiner Nähe, um ihn notfalls zurückhalten zu können. Jetzt fiel ihr sein Name wieder ein. Weidlich. Dirk Weidlich. Man musste abwarten, wie sich die Lage entwickelte.

Plötzlich riss sich die Geisel los und versuchte, den Polizeiwagen zu erreichen. Der Geiselnehmer kam hinter der schützenden Autotür hervor, um auf den Flüchtenden zu schießen. In diesem Augenblick sprang Weidlich mit gezogener Waffe auf. Der Geiselnehmer zielte sofort auf ihn. Kalenberger schrie

„Nein!“, richtete sich ebenfalls auf, und im gleichen Augenblick fielen zwei Schüsse und dann noch einer. Aber den hörte Kalenberger nur noch aus weiter Ferne.

Nach einem knappen halben Jahr war sie wieder zum Dienst erschienen. Hatte sich sogar auf die Kollegen und ihre Arbeit gefreut. Ein Strauß Tulpen stand auf ihrem Schreibtisch. Aber sonst? Immer noch den Fall der jugendlichen Handy-Abgreifer auf dem Tisch. Brannte wohl nicht unter den Nägeln. Keine besondere Begrüßung. Kein: Schön, dass du wieder da bist. Niemand schien sie vermisst zu haben. Auf dem Flur ging man ihr aus dem Weg. In der Teeküche wurde sie ignoriert. Es waren auch viele neue Gesichter. In der Kantine setzte sie sich bewusst an einen Tisch mit mehreren Kollegen. Einige kannte sie. Innerhalb weniger Minuten beendeten die Kollegen ihre Mahlzeit und räumten den Tisch.

Was sollte das? Sie hatte keine besondere Belobigung erwartete, hätte sie auch gar nicht gewollt. Sie hatte doch nur getan, was getan werden musste, um den jungen Kollegen zu schützen. Sie hatte sich immer wieder nach ihm erkundigt. Eine Kugel im Oberarm. War komplikationslos entfernt worden. Hatte nach ein paar Wochen die Arbeit wieder aufnehmen können. Er hatte sie nicht besucht, sich nicht einmal bei ihr gemeldet. Vielleicht waren die Tulpen von ihm? Kalenberger wollte ihm in die Augen sehen und die Hand schütteln. Ein solcher Einsatz schweißt zusammen. Sie rief die Personalabteilung an, Weidlich hatte ein paar Tage freigenommen.

Und Urs Obanczek, ihr Teamkollege? Hatte längere Zeit vor ihrem Einsatz einen schweren Autounfall, war aber auf dem Weg der Besserung. Während ihrer Abwesenheit hatte er seine Arbeit wieder aufgenommen, war dann aber erneut erkrankt. Bei seinem Klinikaufenthalt hatte er sich mit MRSA, den multiresistenten Bakterien, infiziert. Er würde für längere Zeit ausfallen.

Kalenberger fühlte sich, als säße sie allein auf einem Stein mitten im Meer. Außerdem hatte sie Schmerzen. Die Schusswunde war gut verheilt, aber gelegentlich durchfuhr sie ein stechender Schmerz, den sie nicht genau lokalisieren konnte. Sie wollte ein paar Worte mit Daria wechseln, sich einfach mal bei ihr sehen lassen. In Darias Büro saß eine unbekannte Kollegin, die kaum von ihrem Bildschirm aufsah. Frau Schmitz-Erdal wäre in Elternzeit. Nein, ihre private Telefonnummer hätte sie nicht, Kalenberger sollte sich an die Personalabteilung wenden.

Ein paar Tage versuchte Kalenberger, in der Polizeidirektion Waterloostraße wieder Fuß zu fassen. Sie wollte ihren Beobachtungen und Empfindungen nicht einfach trauen. Vielleicht waren die Kollegen zu sehr eingespannt, um ihr mit Aufmerksamkeit zu begegnen. Sie war auch ziemlich lange ausgefallen, da ändern sich die Beziehungen. Doch dann war da diese Hagere aus der Sitte, noch immer in ihrer dunkelblauen Strickweste. Auf der Toilette sah sie Kalenberger im Spiegel an, schüttelte den Kopf und ging. In der Tür drehte sie sich noch einmal kurz um. „Dass Sie sich überhaupt noch unter Kollegen trauen!"

Erst hatte Kalenberger den Satz gar nicht auf sich bezogen, doch sonst war niemand in der Toilette. Dann konnte sie ihn nicht einordnen. Benommen ging sie an ihren Arbeitsplatz zurück, grübelte den ganzen Tag und auch den folgenden und meldete sich dann zu einer Besprechung bei ihrem Vorgesetzten.

„Schön, dass Sie wieder bei uns sind!“ Paul Nisalski, erster Kriminalhauptkommissar, war mit weit vorgestreckter Hand auf sie zugeeilt, als sie sein Büro betrat. Sie spürte seine Verlegenheit. Kalenberger nahm seine Hand, setzte sich dann, wusste nicht, wie sie anfangen sollte. Entschied sich gegen Floskeln und wählte den direkten Weg:

„Warum werde ich gemobbt?“

„Wie kommen Sie denn darauf?“ Die trommelnden Finger von Nisalskis linker Hand signalisierten Nervosität. Bestimmt würde gleich, wie verabredet, sein Telefon klingeln und ihn seine Sekretärin an einen unaufschiebbaren Termin erinnern.

„Gibt es irgendeine Beschwerde gegen mich?“

Das Telefon klingelte, Nisalski nahm den Hörer auf und bevor er noch ein Wort sagen konnte, erhob sich Kalenberger und verließ sein Büro.

Es lag etwas in der Luft, das sie nicht fassen konnte. Wie eine dunkle Krake schienen klebrige, schleimige Tentakel nach ihr zu greifen. Sie hatte wieder Schmerzen im Einschussbereich. Sie brauchte Klarheit, sonst würde sie keinen Boden unter die Füße bekommen. Nicht zwischen Unterstellung und Bedrohung unterscheiden können. Wer würde ihr Auskunft geben?

Den Nachmittag verbrachte sie grübelnd in ihrem Büro. Sie versuchte mit drei, vier Anrufen einen Kontakt zu vertrauten Kollegen herzustellen. Doch kaum hatte sie ihren Namen ausgesprochen, spürte sie die Versteinerung auf der anderen Seite. Sie verlor den Mut, nachzufragen.

Schließlich nahm sie ihre Tasche, packte ihre Plastikdose mit den Apfelspalten hinein und fuhr den Computer herunter.

Sie lief die Treppe hinunter, Petra am Empfang wünschte ihr einen schönen Feierabend, und war schon fast am Parkplatz, als ihr eine mögliche Lösung einfiel. Wer wusste am meisten über Gerüchte, desolate Finanzlagen und zerbrochene Ehen?

Sie ging zurück, stellte sich zu Petra an den Tresen und nahm ihren Notizblock aus der Tasche, damit es nach einer offiziellen Nachfrage aussah.

„Petra, Sie sind immer geradeheraus."

„So sagt man. - Schönen Feierabend, Herr Holtmann!"

„Was wirft man mir vor?"

„Tja, was wirft man Ihnen vor. - Bis morgen, Frau Sawade!"

„Ich muss es wissen, sonst geh' ich kaputt."

„Ich hab' in einer halben Stunde Feierabend. Wir könnten uns im Caffè Casa am Neustädter Markt treffen. Ich hab' aber nicht viel Zeit. - Schönen Feierabend, Herr ähhh ... - ich muss noch fürs Abendessen einkaufen."

Einmal Milchkaffee und einen Latte macchiato. „Ich will mir nicht den Mund verbrennen ..."

Kalenberger sah, wie unangenehm Petra sich in der Situation fühlte. „Bleibt alles unter uns."

Die beiden Kaffees werden gebracht.

„Nach dem, nun ja, Zwischenfall im Parkhaus vom Cinemaxx hat man sich in großer Runde zusammengesetzt. Der Chef dachte an einen Präsentkorb für dich oder einen Gutschein für die Markthalle. Doch Weidlich soll sich eingemischt haben. Im Parkhaus hättest du keineswegs sein Leben gerettet, es sei vielmehr umgekehrt gewesen. Dein zögerliches Eingreifen hätte ihn gezwungen, sich ohne ausreichenden Schutz in die

Schusslinie des Geiselnehmers zu werfen, um dich zu schützen. Mehr weiß ich auch nicht."

Petra beobachtet die vorbeilaufenden Menschen auf der Straße, sie möchte wohl nicht mit Kalenberger gesehen werden.

„Außerdem muss ich jetzt gehen, sonst gibt's nur trocken Brot zum Abendessen." Petra steht auf, Kalenberger gibt ihr die Hand, übernimmt die beiden Kaffees. Petra geht, Kalenberger setzt sich wieder und bestellt einen doppelten Grappa.

Weidlich, dieser Mistkerl. Natürlich haben ihm alle geglaubt. Bei ihrer Arthrose und den Wirbelvorfällen. Sie war in ihrem ganzen Berufsleben immer ehrlich mit ihren Kollegen umgegangen. Doch die Uhren tickten heute anders, es war eine neue Zeit. Weidlich sucht die Bewunderung der jungen Kollegen und vor allem Kolleginnen und - er will Karriere machen.

Einige Tage läuft noch alles normal. Vor der Arbeit versorgt Kalenberger ihren dreibeinigen Kater Toto. Die Nachbarin mit den Zwillingen hat einen Schlüssel zu ihrer Wohnung und in ihrer Abwesenheit Toto liebevoll versorgt. Nach einem kleinen Frühstück fährt sie in die Waterloostraße, parkt ihr Auto auf dem angestammten Platz, fährt in ihr Büro hinauf und stellt den Computer an. Sie versucht, sich zu konzentrieren, weiß nicht worauf, kann auch nicht feststellen, was sie ablenkt. Eigentlich möchte sie den ganzen Tag zum Fenster hinausschauen und den Wolken mit den Augen folgen.

In der ersten Zeit sind ihr die herablassenden Blicke der Kollegen noch unangenehm, doch dann sind sie ihr egal. Ihr ist alles egal. In der Kantine belädt sie ihr Tablett mit fast allem, was angeboten wird, setzt sich an einen freien Tisch mitten im Raum, verharrt einige Minuten und entfernt sich dann wieder, ohne etwas gegessen zu haben.

Sie fühlt sich leer, verbraucht und völlig nutzlos. Der Chef fragt nach Fortschritten im Fall der Handy-Abgreifer. Kalenberger kann die Akte erst nach längerem Suchen in einer Schublade finden, im Computer sind die Daten ohne verwertbares Suchwort abgelegt. „Keine Fortschritte", meldet sie dem ersten Kriminalhauptkommissar. Dann steht sie auf und geht. Schließt weder den Internetordner, noch die Schreibtischschublade und vergisst sogar ihren Mantel.

Wie in Trance fährt sie nach Hause. Toto kann sein Glück gar nicht fassen, springt auf seinen drei Beinen etwas unbeholfen an ihrem Hosenbein hoch, mauzt und setzt sich einladend in die Sofaecke, um mit Frauchen zu schmusen.

Doch Kalenberger mag jetzt keine geschlossenen Räume, sie muss raus. Sie setzt Toto in ihre Umhängetasche, sucht ihren Mantel, findet ihn nicht und nimmt eine warme Jacke. Sie zieht die Wohnungstür hinter sich ins Schloss, ohne zu kontrollieren, ob sie ihre Schlüssel eingesteckt hat. Fast automatisch tragen sie ihre Füße in Richtung ihres Zufluchtsorts – Engesohder Friedhof. Ihre versteckte Bank hinter dem Mausoleum. Sie muss sich fangen und finden. Kaum hat sie sich gesetzt, da kann sie ihre Tränen nicht mehr zurückhalten. Sie weint fast lautlos, nur unterbrochen von gelegentlichen Schluchzern.

Toto streckt seinen Kopf aus der Tasche, scheint mit der Situation nichts anfangen zu können, verzieht sich wieder ins Innenfutter, hält es nicht aus, hangelt sich aus der Tasche heraus und schmiegt sich in Kalenbergers Schoß. Unbewusst streckt sie die Hand nach ihm aus und vergräbt sie in seinem seidenweichen Fell. Sie kann einfach nicht aufhören zu weinen.

Ein junger Friedhofsgärtner erspäht sie durch eine Buschreihe. Die stille Frau, die immer so freundlich grüßt. Heute stimmt irgendetwas nicht mit ihr.

Er stellt seine Schubkarre ab, geht um die Buschreihe herum und bleibt in einigem Abstand stehen. Er ist sehr verlegen, weiß nicht mit der Situation umzugehen. Nähert sich vorsichtig. Hüstelt, verzieht das Gesicht zu einem Lächeln und sieht sie fragend an.

Kalenberger reagiert nicht. Sie hat die Augen geschlossen, Tränen laufen ihr über die Wangen.

Der junge Friedhofsgärtner hüstelt erneut, diesmal schon ein wenig lauter. Er will sie nicht in ihrer Trauer stören, denkt kurz nach. In den letzten Tagen sind keine Beerdigungen angefallen. Und im Friedhofsamt am Eingang sind auch keine neuen angemeldet worden.

Hinter der Tasche auf ihrem Schoß lugt der Kopf einer Katze hervor. Er müsste einschreiten, es ist verboten, Haustiere auf den Friedhof mitzubringen. Obwohl, so eine kleine Katze ... jetzt mauzt sie und es hört sich nicht allzu übermütig an.

Noch zwei Schritte vor. „Soll ich der Katze ein wenig Wasser bringen?“ Wenn das sein Chef wüsste!

Die Frau schlägt die Augenlider auf, scheint durch den jungen Mann hindurchzusehen. Mechanisch streichelt sie das Fell der Katze.

„Ist Ihnen nicht gut?“ Verlegen wischt er seine Hände an der grünen Hose ab. „Soll ich einen Krankenwagen rufen?“

Ganz langsam wendet die Frau ihr Gesicht in seine Richtung. Fast unmerklich schüttelt sie den Kopf.

„Na, dann ...“, sagt der Friedhofsgärtner und will sich zurückziehen. Doch irgendetwas sträubt sich in ihm, die Frau auf der Bank allein zurückzulassen. Es ist noch viel zu frisch, um stundenlang im Freien zu sitzen. Sie wird sich eine Erkältung holen. Seine Mutter hatte oft eine Blasenentzündung, weil sie einer Erkältung zu wenig Aufmerksamkeit geschenkt hat. Sehr unangenehm und langwierig.

„Wohnen Sie hier in der Nähe?“ Die Frage ist ihm spontan eingefallen. „Dann rufe ich meinen Chef an und bringe Sie rasch nach Hause.“

Er nähert sich wieder der Bank. „Elkartallee.“ Es ist nur ein Flüstern.

Schon hat der junge Mann sein Handy am Ohr. Er müsse für eine halbe Stunde den Friedhof verlassen. Eine dringende Familienangelegenheit. Er setzt die Katze in die Tasche, hängt sich die Tasche über die Schulter. „Dann wollen wir mal“, sagt er aufmunternd, doch Kalenberger bewegt sich nicht. Er muss sie am Ellbogen fassen und sie beim Aufstehen unterstützen. Dann steht sie. Der junge Mann hängt ihren Arm in seinen ein und geht langsam einen Schritt voran. Kalenberger läuft mechanisch mit. Sie hat keine Tränen mehr, nur noch dieses Schluchzen tief aus ihrer Seele, die dem jungen Friedhofsgärtner richtig Angst macht. Er redet pausenlos, vom Wetter, den vielen Autos und den Tauben auf den Dächern. Mehrmals fragt er nach der Hausnummer, doch seine Fragen kommen bei ihr nicht an.

In der Elkartallee werden seine Schritte immer zögerlicher. Wie soll er ihre Wohnung finden. Er kann doch nicht einfach irgendwo klingeln.

Eine Frau nimmt aus dem Kofferraum ihres Autos zwei Einkaufskörbe, schließt die Schlösser des Autos mit der Fernbedienung und dreht sich um. „Frau Kalenberger, ist Ihnen nicht gut?“

Mit ihrer Hilfe bringt der junge Friedhofsgärtner die verstörte Frau in ihre Wohnung. Die Frau mit den Einkaufstüten stellt sich als Nachbarin vor. Sie wird sich um Frau Kalenberger kümmern, der junge Friedhofsgärtner kann zurück zu Karre und Harke eilen. Am Kiosk wird er sich auf den Schrecken noch rasch eine Cola gönnen.

Kalenberger lässt sich von der Nachbarin auf die Couch helfen. Sie wird zugedeckt und schläft augenblicklich ein.

Ein Telefon klingelt. Irgendwo. Lass es klingeln. Du warst schon so weit weg. Das Klingeln verstummt, setzt kurze Zeit später wieder ein. Näher. Es ist nicht das Telefon, es ist ihr Handy. Ihr Privat-Handy. Niemand von der Dienststelle kennt ihre Privatnummer. Also keine nervigen Kollegen. Sie schlägt die Augen auf. Das Licht blendet. Wie lange hat sie geschlafen. Eigentlich müsste jetzt Nacht sein. Sie schaut auf die Uhr über der Tür. Siebzehn nach drei.

Kalenberger schiebt die Beine von der Couch, stemmt sich mit den Händen am Polster ab und richtet sich auf. Auf dem Tisch steht eine Flasche Mineralwasser und daneben ein Glas. Sie ist so kraftlos, sie wird die Flasche nicht öffnen können. Das Klingeln bricht ab. Die Erinnerung kehrt zurück. Frau Rohrbach hat ihr auf die Couch geholfen und war sicher so fürsorglich, den Verschluss der Flasche anzudrehen. Mit beiden Händen hält Kalenberger die Flasche, als sie sich Wasser ins Glas gießt, und schüttet doch einen Schwall daneben.

Sie trinkt, hält einen Augenblick inne, trinkt wieder, sie muss fast vierundzwanzig Stunden geschlafen haben. Das Wasser tut ihr gut. Wieder setzt das Klingeln des Telefons ein. Vielleicht kann Frau Rohrbach nicht herüberkommen und will sich nach ihrem Gesundheitszustand erkundigen. Zwillinge in dem Alter von Lasse und … ihr fällt der zweite Name nicht ein … lassen ihren Müttern kaum eine Chance, ihre Zeit selbst einzuteilen.

Kalenberger nimmt das Gespräch an. Aylin, die uneheliche Tochter ihres verstorbenen Mannes mit einer anderen Frau. „Wie geht es dir?“, fragt Aylin, „ich dachte schon, du bist verreist.“

Kalenberger lässt sich wieder auf die Couch fallen, schließt die Augen.

Aylin erwartet nur eine kurze Antwort: „Bist du noch da?“

„Ja.“

Dann erzählt sie. Sie geht mit Pia in die gleiche Jahrgangsstufe. Allerdings ist Pia schon ein paar Jahre älter. Oder war sie jünger? Kalenberger kann sich nicht konzentrieren. Jedenfalls ist Pia verschwunden. „Pia Sauer, ich habe dir von ihr erzählt. Schon ein paar Mal. Sie ist wahnsinnig cool drauf. Duzt die Lehrer, kommt mit riesen Ausschnitt zum Unterricht und ab und zu verschwindet sie einfach von der Bildfläche. Bist du eingeschlafen?“

„Nein“, flüstert Kalenberger.

„Meist steckt ein Kerl dahinter, aber dann ist sie auch nach ein paar Tagen wieder da. Sie will sich noch nicht binden. Blöde Ausrede für einen Liebes-Flop. Aber jetzt … also, ich mach' mir richtige Sorgen. Sie hat da von einem Typen gesprochen, mit dem sie sich nach Hannover absetzen wollte. Angeblich ein russischer oder polnischer Eishockeyprofi. Sie war auch mal eine Weile Cheerleader bei den Hamburger White Angels. Petczik, Petschak oder so. Wahnsinnig gut aussehend, viel Geld und tolles Auto. Normalerweise ruft sie mich zwischendurch immer mal wieder an. Aber diesmal - absolute Funkstille. Hörst du mir überhaupt noch zu … hallo, Marike. Marike …?"

Kalenberger ist wieder eingeschlafen, das Handy ist ihr aus der Hand gefallen.

ZWEI

Am nächsten Morgen rafft sich Kalenberger auf, versorgt Toto, duscht und macht sich nach einer halben Scheibe Toastbrot mit Quittenmarmelade auf den Weg ins Büro. Doch im Treppenhaus hält sie an, geht noch einmal in die Wohnung zurück, steckt Toto in die Umhängetasche und nimmt ihn mit.

Sie parkt auf ihrem angestammten Parkplatz, stellt den Motor ab und öffnet die Tür. Jetzt wird sie die Beine auf den Asphalt stellen und sich aufrichten. Doch die Beine versagen ihren Dienst. Sie kann nicht aussteigen. Oder will sie es nicht? Die Beine zittern, ihre Finger verkrampfen sich um das Lenkrad, Toto mauzt ganz leise in der Tasche auf dem Beifahrersitz. Nun werd' nicht albern, Kalenberger, steig' aus und geh' in dein Büro. Du hast schon so viel in deinem Leben durchgestanden, dann wirst du vor dieser Situation auch nicht kneifen. Die Narbe auf ihrem Bauch schmerzt. Kalenberger mobilisiert alle Kräfte, doch ihre Beine lassen sich nicht bewegen. Zwei Kolleginnen gehen vorbei, schauen ins Auto, ohne ihr angeregtes Gespräch zu unterbrechen, und laufen weiter auf den Eingang des Polizeigebäudes zu. Jetzt, Kalenberger, geh' hinterher, lass dich nicht abhängen!

Kalenberger schließt die Wagentür. Sie hat vor längerer Zeit in einem Seminar Entspannungsübungen erlernt. Konzentrier' dich! Womit fängt man an, mit der Schulter oder dem Rücken? Zuerst bewusst atmen. Ein, aus, ein, aus … der Kopf schmerzt, ein Rauschen in den Ohren. Sie wird heute nicht an ihren Arbeitsplatz zurückkehren können.

Sie startet den Wagen, rollt vorsichtig vom Hof, dann die Waterloostraße hinunter. Mit jedem Meter fällt ein Ring der Beklemmung von ihrer Brust. Toto schiebt den Kopf aus der Tasche, ein Sonnenstrahl fällt ihm direkt auf die Nasenspitze. Sie wird zum Arzt gehen müssen.

Sie fährt direkt zu ihrer Ärztin in die Mendelssohnstraße. Eine helle, moderne Praxis, freundliche Assistentinnen. Nein, sie hat keinen Termin, es wäre ein Notfall. Die blonde Frau hinter dem Tresen schaut von ihrem Bildschirm auf, stutzt und bittet Kalenberger, einen Augenblick im Wartezimmer Platz zu nehmen.

Kalenberger nimmt eine Zeitschrift vom Stapel, setzt sich und legt sich die Zeitschrift in den Schoß. Wieder dieses unkontrollierte Zittern in den Händen. Jeder im Wartezimmer müsste es eigentlich mitbekommen, doch die Patienten sind zu sehr mit sich oder den Berichten über das schwedische Königshaus beschäftigt.

Kalenberger wird schon nach kurzer Zeit aufgerufen, sie steht auf, die Zeitschrift rutscht ihr vom Schoß, die Sprechstundenhelferin bückt sich rasch und legt die Zeitschrift zurück auf den Stapel.

Frau Dr. Buffier gibt ihr die Hand, misst den Blutdruck und will wissen, was sie für Kalenberger tun kann.

Kalenberger berichtet möglichst kurz von ihren Aussetzern, erwähnt auch die Schießerei, ihren Klinikaufenthalt und die Rehamaßnahmen. Frau Dr. Buffier hört ihr ruhig und aufmerksam zu, muss mehrmals nachfragen, weil Kalenberger bei aller Anstrengung sehr leise spricht. Dann tippt sie etwas in den Computer. Ein Rezept für ein paar Pillen, und damit sind die Probleme aus der Welt geschafft?

„Ich werde Ihnen eine Überweisung für einen Neurologen ausdrucken lassen." Sie empfiehlt eine

Adresse in Hannovers Innenstadt. „Außerdem habe ich Sie erst einmal für sechs Wochen krankgeschrieben. Danach sieht man weiter. Aber richten Sie sich auf einen langwierigen Verlauf ein."

Kalenberger nickt kaum merklich.

„Soll ich bei meinem Kollegen anrufen, damit Sie schneller zu einem Termin kommen?" Frau Dr. Buffier wartet erst gar nicht auf ein erneutes Kopfnicken, sie greift zum Telefon, und Kalenberger kann drei Tage später in einer Praxis am Opernplatz vorsprechen.

Wie sie die drei Tagen überlebt hat, weiß Kalenberger auf dem Weg zum Opernplatz schon nicht mehr. Sie hat sich ein Taxi bestellt, da ihr die Fahrten im eigenen Auto zu riskant werden.

Dr. Kleve hat sich einen Zettel unter die Schreibtischunterlage geklemmt. Da er ihren Namen von dem Zettel abliest, nimmt Kalenberger an, dass er sich Dr. Buffiers Vorabinformationen notiert hat.

Sie soll berichten, Dr. Kleve hört zu, stellt Zwischenfragen, untersucht ihre Reflexe und misst den Blutdruck. Dann muss sie in den nächsten Tagen noch zu zwei weiteren längeren Untersuchungen kommen.

„Wenn Sie nicht rasch aufgefangen werden, driften sie ab." Dr. Kleve sitzt hinter seinem Schreibtisch. „Ich schlage Ihnen eine offene Gesprächstherapie bei einem Psychotherapeuten vor." Allerdings – er will und kann ihr keinen Termin vermitteln. Darum müsse sie sich schon selber kümmern, das wäre dann auch gleichzeitig ihr erster Schritt in eine erfolgreiche Therapie.

Nur Toto freut sich über Frauchen neben sich auf der Couch. Stunde um Stunde krault sie ihm das Fell und er dankt es ihr mit ausgiebigem Schnurren unter dem er ganz leicht in eine friedliche Traumwelt entschlummert.

Das Mobilteil des Telefons liegt vor Kalenberger auf dem Couchtisch, daneben die Telefonnummer der Polizeipsychologin. Es scheint ihr der plausibelste Weg, durch ihre Vermittlung an die Adresse eines seriösen Psychotherapeuten zu kommen. Außerdem ist Frau Dr. Siebers an ihre Schweigepflicht gebunden und eine nette Kollegin.

Kalenberger muss nur die Hand ausstrecken und die Telefonnummer eintippen, die sie aus ihrem Telefonverzeichnis des aufgeschlagenen Notizbuchs ablesen kann. Doch Kalenberger kann sich nicht überwinden.

Es klingelt zweimal an der Wohnungstür, gleich darauf wird der Schlüssel ins Schloss gesteckt und Frau Rohrbach betritt die Wohnung mit einem Korb, in dem sie einen Topf und zwei Schüsseln trägt.

„Sie müssen unbedingt meine Kartoffelsuppe probieren, die isst sogar Leon, obwohl er viel mäkeliger ist als Lasse."

Also Lasse und Leon, die Namen der Zwillinge will sich Kalenberger endlich merken. Dann hat sie aber doch keinen Appetit, Frau Rohrbach stellt den Topf auf die Ceranplatte und nimmt die Schüssel aus dem Korb. Milchreis. Kalenberger hat sicher seit vierzig Jahren keinen Milchreis mehr gegessen. Frau Rohrbach schiebt ihr einen Löffel in die Hand und Kalenberger probiert. Warum schmeckt nur alles wie Pappe? Sie murmelt irgendwelche anerkennenden Worte, damit Frau Rohrbach den Milchreis nicht wieder mitnimmt. Toto mag bestimmt Milchreis.

„Sie sitzen noch da wie heute früh." Frau Rohrbach hatte Dosenfutter für Toto im Drogeriemarkt besorgt, und Kalenberger hatte ihr kurz von ihrem bevorstehenden Anruf in der Polizeidirektion berichtet. „Haben Sie noch immer nicht angerufen?“

Kalenberger schüttelt leicht den Kopf, Toto schnüffelt in Richtung Milchreis.

„Dann werden wir die Sache jetzt mal gemeinsam in die Hand nehmen!“

Frau Rohrbach nimmt das Mobilteil, hält Kalenberger das Notizbuch unter die Nase. „Welche Nummer?“

„Die achtundfünfzig zwölf.“ Kalenberger kennt die Nummer auswendig.

Frau Rohrbach tippt die Nummer ein, wartet, sagt „Augenblick“ und hält Kalenberger das Telefon ans Ohr. Damit hat Kalenberger nicht gerechnet. Sie hat geglaubt, Frau Rohrbach würde mit der Psychologin sprechen.

„Hallo, wer ist da?“

Kalenberger hustet, nennt ihren Namen. Natürlich viel zu leise.

„Wer ist da?“

„Kalenberger.“

„Ach, Sie sind’s Frau Kalenberger, ich habe Ihren Namen nicht verstanden.“

Frau Rohrbach nimmt ihren leeren Korb, winkt Kalenberger zu und verlässt die Wohnung. Ganz leise zieht sie die Tür ins Schloss und Toto traut sich auf den Couchtisch.

Kalenberger berichtet Frau Dr. Siebers von ihrem Besuch beim Neurologen. Frau Dr. Siebers hält eine Gesprächstherapie für äußerst nützlich und will sich sofort bei einer frei praktizierenden Kollegin nach einem freien Termin erkundigen. „Ich rufe zurück!“ Damit ist das Gespräch beendet.

Kalenberger legt das Telefon auf den Couchtisch, Toto stößt mit der Schnauze gegen ihren Arm, und Kalenberger füttert ihn mit dem Löffel.

Ein Anruf. Kalenberger zögert. Es könnte Frau Dr. Siebers sein. Auf dem Display steht *Unbekannt*. Kalenberger nimmt das Gespräch an. Es ist nicht die Polizeipsychologin, es ist Aylin. „Bist du wach?"

Kalenberger murmelt irgendetwas.

„Ich hatte dir doch von Pia erzählt?"

„Ja", murmelt Kalenberger, kann sich aber nicht mehr genau erinnern.

„Also, Pia hat angerufen. Das heißt, eigentlich hat sie nicht richtig angerufen. Sie hat nur ihren Namen gesagt und dann geschluchzt und geweint und dann wieder aufgelegt. Hörst du mir überhaupt zu?"

„Ja."

„Warum bist du eigentlich nicht im Büro? Ist auch egal, geht mich nichts an. Zurück zu Pia – kein Wort hat sie herausgebracht. Ich habe schon mit ihren Eltern gesprochen. Die machen sich auch große Sorgen, weil sie überhaupt nichts von ihr gehört haben. Sie haben schon vor einiger Zeit die Polizei eingeschaltet, also, die Eltern. Aber nichts. Außerdem gilt Pia nicht als vermisst, weil sie bereits achtzehn ist und ab und zu mal verschwindet. Kannst du denn wirklich nichts tun? Oder sag mir wenigstens, was ich machen kann. Soll ich nach Hannover kommen und mit dir suchen? Der Fall ist dir wohl zu klein für dich, aber so richtig schwere Jungs habe ich leider nicht zu bieten." Aylin lacht gekünstelt.

„Brauch' ich auch nicht!"

„Aber da ist noch was. Blöde Sache. – Hast du Kopfschmerzen, du bist so schweigsam?"

„Ein wenig."

„Ist auch nicht so wichtig. War total blöde. Pia und ich, also, wir haben von uns so ein paar Fotos im Badezimmer gemacht. Nichts Besonderes, sollte irgendwie sexy sein. War dann aber nur albern. Pia war so blöde und hat die Fotos ein paar Freunden übers Handy geschickt. Mich hat dann so ein Typ mit verstellter Stimme angerufen, er wollte sich mit mir treffen und mich *testen*. Ja, testen hat er gesagt. Wenn ich nicht mitmachen würde, kämen die Fotos ins Internet. Ich hab ihn angeschrien und gleich aufgelegt. Aber könnte doch sein, dass Pia mit den Fotos erpresst wird, oder? – Oder? ..."

„Ich weiß es nicht."

„Kannst du dich nicht mal drum kümmern, wenn du keine Kopfschmerzen mehr hast?"

„Aylin, ich kann nicht ..."

„Überleg es dir bitte. ich muss jetzt auflegen, der Bus kommt."

Damit ist das Gespräch beendet. Kalenberger holt einen Notizblock aus ihrer Tasche, will sich Stichworte zum Gespräch mit Aylin aufschreiben. Doch außer Aylins Namen bringt sie nichts aufs Papier. Es hat doch alles keinen Sinn!

Kalenberger legt sich auf die Couch. Bruchstücke des Gesprächs fallen ihr wieder ein. *Pia, Schluchzen, Vermisst, Fotos, Erpressung.* Sie kann die Sache nicht einfach auf sich beruhen lassen. Aylin vertraut ihr. Aber wo soll sie die Kraft hernehmen, um Ermittlungen aufzunehmen?

Eins nach dem anderen. Aufstehen, durchatmen, wenigstens ein paar Schritte gehen.

Es dauert über eine halbe Stunde, bis Kalenberger mit Toto in der Tasche die Wohnungstür hinter sich abschließt. Frau Rohrbach kommt die Treppe herauf.

„Wie schön, dass Sie wieder auf den Beinen sind! Zur Feier des Tages komme ich nachher mit einem Stück selbstgebackenen Marmorkuchen, und wir machen uns einen richtig guten Kaffee!“

Kalenberger nickt.

„Oder soll ich Sie jetzt begleiten? Kein Problem! Meine Mutter passt auf die Zwillinge auf ...“

„Es geht schon“, sagt Kalenberger. Sie hält sich am Treppengeländer fest.

„Dann bis nachher!“ Frau Rohrbach schließt ihre Wohnungstür auf.

Kalenberger braucht keine Ansprache, nur Ruhe und ein bisschen Natur. Ihre Füße tragen sie wie selbstverständlich zum Engesohder Friedhof. Eine Oase der Ruhe und Zeitlosigkeit umfängt sie.

Frisches Grün sprießt aus grauen Rasenflächen, die Knospen an den Bäumen strotzen vor Energie, Eichhörnchen huschen ihr fast über die Füße. An der Friedhofsmauer sitzen Stockenten, zum Maschsee wird es für die Jungen nur ein kurzer Weg sein.

Kalenberger biegt am knienden Engel zu ihrer Bank ab. Sie bleibt wie angewurzelt stehen. Die Bank ist besetzt. Ein älterer Mann, ovales Gesicht, lichtes graues Haar, dunkles Jackett und gestreifte Krawatte. Er wendet sich ihr zu, sieht sie an, schaut dann auf seine Schuhe.

Als Kalenberger noch immer keinen Schritt in irgendeine Richtung macht, sieht er sie wieder an, blickt an seiner Kleidung herunter, hebt nacheinander beide Arme und besieht sich die Außenseiten der Jackenärmel.

Da er keine Auffälligkeiten feststellen kann, schaut er wieder in Kalenbergers Richtung.

Kalenberger rappelt sich zusammen, geht vorsichtig zwei Schritte zurück, da scheint der Fremde zu begreifen. „Ich sitze auf Ihrem Platz?"

Er steht auf, sehr energisch für sein Alter, sieht sich um und deutet mit dem Kopf in Richtung Enten. „Ich setze mich woanders hin. Es herrscht schließlich kein Mangel an freien Bänken." Er lächelt. Kalenberger versucht ebenfalls ein Lächeln, es misslingt. Der Fremde nickt, sagt: „bis demnächst", und geht in Richtung der Bänke an der Friedhofsmauer davon.

Kalenberger möchte die gefühlte Umklammerung sprengen, etwas Freundliches sagen, doch sie setzt sich einfach nur auf ihre Bank, ganz vorne auf die Kante.

Zwischen den Latten steckt eine Zeitung, der Fremde wird sie vergessen haben. Toto mauzt. Er will sein Fressen. Kalenberger nimmt ihn aus der Tasche und setzt ihn auf ihre Knie. Mit einer Hand angelt sie aus der Tasche den Plastikbehälter mit dem Katzenfutter, will das Futter in der Dose portionieren, sonst würde Toto alles auf einmal fressen.

Mit Toto auf den Knien kann sie die Dose nicht öffnen, sie schaut sich um, zieht die Zeitung zwischen den Bankstreben hervor und breitet sie aus. Die Schlagzeile der Zeitung: *Mysteriöser Tod eines ...* Mehr liest sie nicht, es ist ihr egal. Sie stellt das Katzenfutter auf das Foto mit den Polizeiautos, Absperrbändern und Gaffern.

Toto stürzt sich auf sein Fressen. Über dem Nistkasten an der gegenüberstehenden Birke sitzt eine Blaumeise mit Moos im Schnabel. Immer wieder wendet sie den Kopf in Kalenbergers Richtung, dann scheint sie beruhigt und verschwindet im Kasten. Kalenberger lehnt sich zurück. Ihr Handy klingelt. Sie schaut aufs Display. Eine dienstliche Nummer, sie meldet sich.

Frau Dr. Siebers hat ihr einen ersten Termin bei einer Psychotherapeutin vermittelt. Übermorgen. Schon übermorgen? Sie wird sich helfen lassen müssen, sonst sitzt sie noch im nächsten Jahr hier auf der Bank, hört nichts, sieht nichts und will auch nichts wissen.

Auf dem Weg hinter dem knienden Engel erscheint der ältere Mann. Er winkt im Vorübergehen. „Noch ein bisschen frisch!"

Kalenberger nickt.

„Ach", der Mann kommt näher und mit jedem Schritt steigert sich eine Art Panik in Kalenberger. „Sie haben nicht zufällig meine Zeitung gesehen? - Ich muss sie hier liegengelassen haben."

Kalenberger krault Totos Fell. Toto frisst ohne Rücksicht auf Verluste, und so sieht die Zeitung auch aus.

„Macht nichts", der Mann zieht sich zwei, drei Schritte zurück, „ich hatte sie fast ausgelesen." Noch einen Schritt. „Wünsche einen schönen Nachmittag!" Er dreht sich um und geht gemessenen Schritts in Richtung Haupttor.

Toto hat die Mahlzeit beendet, er wischt sich Schnauze und Barthärchen mit den Pfoten ab, Kalenberger greift ihm unter den Bauch, setzt ihn auf ihren Schoß und Toto kuschelt sich in ihre Jacke.

Kalenberger zieht die Zeitung zu sich heran, um sie zusammenzurollen und am Ausgang in den Abfallkorb zu werfen. Da fällt ihr erneut die Hauptschlagzeile auf. *Mysteriöser Tod eines Eishockeyprofis*. Eine Verbindung zu Aylin und Pia? Aylin sagte etwas von einem *russischen oder polnischen Eishockeyprofi*. Aylin hatte auch etwas von Hannover gesagt!

Die Sonne fällt auf Kalenbergers Arm. Wohlig steigt die Wärme bis zu ihrer Schulter hinauf. Eine dicke Schlagzeile, aber ein äußerst dünner Artikel. Warum kaufen Männer bloß immer dieses Revolverblatt? Sie liest. *In den Umkleidekabinen der Hannover Indians wurde der polnische Eishockeyprofi Jan P. aufgefunden. Erschossen. Seit einem Vierteljahr hat er am Probetraining der Hannover Indians teilgenommen. Weitere Einzelheiten sind noch nicht bekannt.*

Erschossen. Jan P.. War das der Mann, mit dem Aylins Freundin Pia verschwunden ist?

Mit einem Papiertaschentuch wischt Kalenberger die Reste von Totos Menü von der Zeitung und steckt sie in ihre Tasche. Aylin hatte auch einen Namen genannt, doch Kalenberger kann sich nicht an ihn erinnern, und mit einem Mal ist sie müde, so grenzenlos müde, dass sie nichts mehr denken kann. Sie schließt die Augen, Toto schnurrt in ihrer Jacke und Kalenberger nickt ein.

Regentropfen wecken sie. Dicke Tropfen klatschen auf den Weg, die Blätter, die Bank und Kalenbergers Arme glänzen im Nu. Ein warmer Frühlingsregen. Gott sei Dank nicht mehr dieses kalte, winterliche Nass. Es duftet nach Thuja, Buchsbaum und ein wenig nach Muskat.

Kalenberger steckt Toto in die Tasche und macht sich auf den Heimweg. Doch der Regen nimmt zu und Kalenberger setzt sich auf eine Bank unter der Balustrade des imposanten Eingangstors. Jetzt platscht der Regen auf die Straße, dicke Blasen treiben auf den Pfützen, im Rinnstein schwimmt eine kleine leere Saftverpackung. Wie ein Schornstein ragt der Strohhalm aus dem davontrudelnden Dampfer.

Auf der Straße hält ein weißes Auto. *Carl Stange, Floristik.* Eine junge Frau steigt aus, springt ins Blumengeschäft und stellt die Tür des Geschäfts auf, um die frische Frühlingsluft hereinzulassen.

Und plötzlich ist da ein Bild. Kalenberger sieht sich, wie sie auf der Wiese ihrer Oma Gänseblümchen pflückt. Oma hat die Blumen sorgfältig in eine Vase gestellt und über Mittag wurden aus den kleinen unscheinbaren Gänseblümchen stattliche Blumen mit weißen Blütenstrahlen und einem gelben Pompon in der Mitte. Erst Jahre später hat Oma gestanden, dass Opa die Gänseblümchen gegen Margeriten ausgetauscht hat, um sie zum Staunen zu bringen. Es war die glücklichste Zeit ihres Lebens. Sie wurde geliebt, *mein kleiner Sonnenschein* hat Opa sie genannt.

Trotz des Regens trägt die junge Frau Blumengebinde ins Geschäft. Sie hat sogar noch Zeit herüberzugrüßen.

Kalenberger steht auf und geht hinüber. Sie kauft ein Sträußchen Margeriten für den Esstisch. Die junge Frau will die Blumen in Papier einschlagen, doch Kalenberger möchte den kleinen Strauß direkt in ihrer Hand spüren.

Zu Hause hat Kalenberger kaum die Jacke an die Garderobe gehängt und die Schuhe ausgezogen, da kommt Frau Rohrbach mit dem Kuchen und den zappeligen Zwillingen. Es ist ein Zuckerbutterkuchen geworden, die Streusel sind ihr misslungen und dann verputzen die Zwillinge den Kuchen auch nicht gesitteter als Toto sein Fressen.

Mitten auf dem Tisch steht ein Wasserglas mit dem Strauß Mageriten. Einige lassen bereits die Köpfe hängen, sieht trotzdem ganz lustig aus. Die Zwillinge drängeln, nach dem Kuchen wollen sie zu ihrem Fernsehprogramm. Kalenberger hat keine Kinder, in solchen Augenblicken vermisst sie eine solche Quengelbande auch nicht wirklich.

Familie Rohrbach zieht sich in ihre eigenen vier Wände zurück. Kalenberger spült das Kaffeegeschirr ab, dann setzt sie sich auf die Couch, legt die Decke über die Beine, schaltet mit der Fernbedienung das Fernsehgerät an, zappt durch die Programme, schaltet das Gerät wieder aus.

Erneut ein Anruf. Aylin? Es ist Obanczek. Nach längerer Zeit empfindet Kalenberger mal wieder so etwas wie Freude. „Wie geht es dir?"

„Das wollte ich dich gerade fragen."

„Na ja."

„Ich bin seit Wochenanfang wieder im Dienst", sagt Obanczek, „bin noch in Behandlung, hab es aber zu Hause nicht mehr ausgehalten. Immer dieselben Gesichter und die gleichen Gedanken."

„Freut mich, dass es dir besser geht!"

„Mich auch!" Obanczek lacht. „Aber mal zu dir. Ich hab' von deinem dämlichen Einsatz gehört …"

„Ich möchte nicht darüber reden."

„… musst du natürlich auch nicht. Aber auf mich kannst du dich verlassen, ich stehe hinter dir oder auch vor dir", jetzt lacht er wieder, „wenn von den Kollegen eine dumme Bemerkung kommt. Ich kenn' dich, wir haben prima zusammengearbeitet, und ich hoffe sehr, dass wir uns bald wieder am Schreibtisch gegenübersitzen. Daria hat auch nach dir gefragt. Sie würde dich gerne anrufen. Darf ich ihr deine Telefonnummer geben?"

„Natürlich."

„So weit dies und jetzt das: Wenn ich etwas für dich tun kann, einfach anrufen. Machst du noch deine Tai-Chi-Übungen?"

„Nein."

„Solltest du aber, die halten dich jung und fit."

„Danke."

„Du weißt, wie und wo du mich erreichen kannst. Ich muss jetzt weitermachen: Computer aus, Schreibtisch abschließen und rein in den Feierabend!"

„Danke für deinen Anruf."

„Nichts zu danken, macht einen Cappuccino in der Markthalle."

„Ich denk' dran."

Das Gespräch ist beendet. Kalenberger nimmt das Mobilteil vom Ohr, hält es in der Hand und starrt es an. Obanczek! Tränen steigen ihr in die Augen. Verdammt, sie sollte lachen! Lachen! Und sie lacht unter Tränen. Obanczek hält zu ihr! Daria auch. Wenn Daria bis zum Wochenende nicht angerufen hat, wird sie es tun. Im Fernsehen läuft eine Dokumentation über Masuren. Kalenberger will sich die Sendung ansehen, nicht mehr zwanghaft durch die Kanäle zappen. Sie schafft es, den Film bis zum Abspann anzuschauen. Sie könnte allerdings nicht sagen, was sie gesehen hat. Obanczek und Daria. Wie gut das tut.

DREI

Der Termin bei der Psychotherapeutin. Erika Domröse. Frau Domröse ist ein wenig jünger als Kalenberger, dezent gekleidet, ein fester Händedruck. An den Wänden des Sprechzimmers abstrakte Bilder. Sehr abstrakte Bilder. Ein roter Strich vor einem dünnen Horizont, dann ein gelb-blauer Ball auf einer schiefen Ebene und ein gleichschenkliges Dreieck an einer Fahnenstange.

Kalenberger darf sich die Sitzgelegenheit aussuchen. Einen schwarzen oder einen roten Sessel. Die Wahl sagt sicher etwas über sie aus. Kalenberger wählt den schwarzen Sessel.

Frau Domröse setzt sich, schaut Kalenberger an. Lange, sehr lange.

Dann die strategische Eröffnung: Möchten Sie etwas sagen?

Kalenberger möchte nicht.

„Ich kenne Ihre Vorgeschichte. Wie fühlen Sie sich jetzt?"

Das ist für Kalenberger der Augenblick der Erkenntnis, tausend Gespräche mit Erika Domröse werden ihr nicht so viel bringen wie ein paar Worte mit Obanczek. Oder Daria. Sie wird diese Therapiestunde irgendwie zu Ende bekommen, aber die weiteren Termine telefonisch absagen. Das hat allerdings Zeit.

Kalenberger lässt sich von einem Taxi nach Hause bringen. Im Briefkasten das Angebot eines Münzhändlers, eine bunte Karte *Kredit auch ohne Schufa* und die Sonderangebote des Supermarkts. Ganz groß auf der Vorderseite des Folders Erdbeeren aus Chile, neue Kartoffeln aus Marokko und eine Schale mit Gurkensalat.

Zum ersten Mal seit langer Zeit spürt Kalenberger wieder so etwas wie Appetit. Es ist kein Appetit, es ist Hunger, die reine Gier. Sie muss sofort los und Gurkensalat kaufen. Noch besser, sie kauft eine Gurke und die Zutaten für die Soße und macht selber den Salat. Sie darf den Dill nicht vergessen!

Den Werbemüll stopft sie zurück in ihren Briefkasten und macht sich sofort auf den Weg zum Edeka-Markt in der Mendelssohnstraße. Und dann überfällt sie ein richtiger Kaufrausch. Ihr Einkaufswagen füllt sich mit den Salatzutaten, Tomaten, Äpfeln, Heringsfilets, Nussschokolade, Goudakäse am Stück, Oliven im Glas, Weintrauben, Birnen und einem Bund Möhren.

Sie bezahlt an der Kasse, räumt ihre Sachen vom Band zurück in den Einkaufswagen.

„Guten Tag!"

Kalenberger schrickt zusammen, dreht sich um, hinter ihr steht der ältere Mann vom Friedhof. „Ich habe nur ein paar Haselnüsse für die Eichhörnchen auf dem Friedhof gekauft."

„Und ich habe ..." Kalenbergers Arm schwingt über den Einkaufswagen. „... viel zu viel gekauft." Erst jetzt scheint sie sich ihres ausgiebigen Einkaufs bewusst zu werden. „Die Hälfte muss ich stehen lassen, weil ich gar nicht alles nach Hause tragen kann."

„Ich helfe Ihnen!"

„Ich brauche das alles gar nicht."

Der ältere Mann sieht Kalenberger nachsichtig an. „Sie brauchen keine Bedenken zu haben, aus dem Alter bin ich heraus." Er zieht drei Plastiktüten unter der Kasse hervor, nimmt noch eine hinzu. Die Verkäuferin verlangt von Kalenberger fünfundvierzig Cent.

„Aus welchem Alter?“

„Ich trage Ihnen die Sachen bloß bis vor die Haustür.“

„Woher wissen Sie denn, wo ich wohne?“

„Weiß ich nicht. Aber Sie werden doch sicher mitkommen oder haben Sie getrennte Adressen für Küche und sonstige Räume?“

Der ältere Mann nimmt zwei der gefüllten Plastiktüten, für Kalenberger bleibt nur eine leichte Tüte übrig. Der Mann strebt zum Ausgang, jetzt muss Kalenberger hinterher.

„Meine Name ist Carolus, Kurt Carolus“, stellt sich der Mann vor. Sicher erwartet er jetzt, dass Kalenberger ihren Namen nennt. Sie bleibt misstrauisch und sagt nichts.

„Bis vor Kurzem habe ich im Neuen Rathaus gearbeitet, das wie ein altes aussieht. Verdrehte Welt in Hannover. Einflussreiche Position, verwaltungstechnisch ziemlich weit oben angesiedelt. Im Event-Management.“

Sie gehen nebeneinander.

„Zweiundfünfzig Jahre lang. Dann gab es warme Worte, ein hübsches Büffet und es war vorbei.“

Ein Auto wurde halb auf dem Gehweg geparkt. Sie müssen hintereinander gehen, Carolus lässt Kalenberger den Vortritt.

„Am Anfang habe ich gedacht, es würde mich mindestens jede Stunde ein ehemaliger Kollege zu Hause anrufen, weil er irgendetwas nicht wusste oder nicht finden konnte.“ Carolus holt wieder auf, bis er auf gleicher Höhe ist. „Aber angerufen wurde ich nur einmal, ich hatte meinen Schal an der Garderobe eines Mitarbeiters hängen gelassen."

Kalenberger wechselt die Hand, mit der sie die Einkaufstasche trägt. Carolus nutzt die Gelegenheit, um seine Taschen einen Augenblick abzustellen.

„Habe ich nicht gut verkraftet, so einfach vergessen zu werden. Meine Frau hat gemeint, ich soll mir ein Hobby suchen. Oder einem Sportverein beitreten. Ich kann mich einfach nicht entscheiden."

Kalenberger bleibt stehen. „Den Rest des Weges schaffe ich allein. Vielen Dank!"

„Entschuldigung", sagt Carolus, „jetzt habe ich Ihnen die Ohren vollgequatscht. Sie müssen einen merkwürdigen Eindruck von mir haben. Sonst rede ich eigentlich nicht so viel. Zumindest nicht, seit ich pensioniert bin." Er reicht Kalenberger die Einkaufstüten und nickt ihr zum Abschied mit einem Lächeln zu.

Kalenberger wartet, bis er um die nächste Ecke verschwunden ist und biegt dann in die Elkartallee ein. Komischer Kauz, dabei nicht mal unangenehm. Die drei Taschen sind ziemlich schwer und Kalenberger ist froh, als sie ihre Einkäufe schließlich in die erste Etage geschleppt hat.

Sie hängt ihre Jacke an die Garderobe, räumt die Lebensmittel in Kühlschrank und Vorratsschrank, macht sich einen Kaffee und setzt sich an den Esstisch. Da liegt noch die Zeitung mit der riesigen Schlagzeile. *Mysteriöser Tod eines Eishockeyprofis*. Sie wird keine Ermittlungen aufnehmen, ganz bestimmt nicht. Ob Obanczek noch im Dienst ist? Sie ruft ihn an.

Obanczek macht Überstunden, muss sich noch in einige Details einer Schutzgelderpressung einarbeiten. Wie der tote Eishockeyspieler hieß?

„Augenblick!", sagt Obanczek.

„Ist nicht eilig", sagt Kalenberger, „ist nur persönliche Neugier. Der Mann einer Bekannten ..."

„Ist schon in Ordnung", sagt Obanczek. „Der Spieler hieß Jan Piecek. War kurz davor, in die erste Mannschaft aufgenommen zu werden."

„Ich mache mir nichts aus Eishockey."

„Schade, ist ein interessantes Spiel. Wenn du es dir anders überlegst, lass es mich wissen. Aber jetzt ..."

„Klar, ich will dich nicht aufhalten. Schönen Abend!"

„Du kannst jederzeit anrufen!"

Kalenberger drückt auf den roten Telefonhörer an ihrem Mobilteil. Jan Piecek. Sie sucht in den Zetteln unter dem Serviettenständer. Vergebens. Sie hat sich nichts notiert.

Zum Abendessen mischt sie sich ihren Salat. Beim Zubereiten kann sie sehr konzentriert nachdenken. Soll sie Aylin anrufen? Wenn es der falsche Name ist, wird es Aylin nicht beunruhigen. Aber wenn es der richtige ist?

Sie träufelt Balsamico über die Salatmischung.

Zum Abendessen könnte sie doch ... sie klingelt kurzentschlossen an der Nachbartür. „Ich habe mir gerade einen Salat gemacht. Wollen Sie zum Essen kommen?"

„Oh, wie schön und danke für die Einladung", Frau Rohrbach lächelt säuerlich, „aber die Zwillinge essen nur Nudeln und Pommes."

„War auch nur eine Frage." Schon ist Kalenberger wieder in ihrer Wohnung und ihre Vorfreude auf den Salat ist verschwunden. Sie will ihn nicht gleich wegwerfen und isst ohne Appetit ein paar Blättchen.

Ob Aylin die Nachricht vom toten Eishockeyspieler schon mitbekommen hat? Kalenberger kann nicht mal mehr das Stückchen Gurke in ihrer Hand essen. Ihr wird schlecht. Sie muss sich vorsehen, nicht unvermittelt in einen Kriminalfall zu rutschen, der sie überfordert.

Aber so in der Luft können ihre Gedanken auch nicht hängen bleiben. Widerstrebend nimmt sie das Handy und ruft Aylin an.

Aylin hat nicht viel Zeit, ist mit einer Freundin verabredet, die sie bereits ständig über SMS nervt. *Wo bist du? :-(Bist du schon unterwegs? Der Kaffee wird kalt. %-\ Ich habe keine Lust mehr zu warten.*

„Hat Pia etwas von sich hören lassen?"

„Nichts, rein gar nichts!"

„Du hast etwas von einem russischen oder polnischen Eishockeyspieler erzählt."

„Laut Pia der absolute Spitzenmann."

„An seinen Namen kannst du dich nicht mehr erinnern?"

„Petcznik, Pitschak oder so. Ich muss jetzt Schluss machen."

„Hieß er vielleicht Piecek?"

„Könnte sein."

„Jan Piecek."

„Ja, ja – was ist mit ihm."

„Er ist tot."

„Tot?"

„Wurde wahrscheinlich ermordet."

„O, Jesus. – Ja, er hieß Jan Piecek, glaube ich. Er wurde ermordet? Das ist schrecklich, ganz schrecklich. Pia wird sich die Augen ausweinen. Oder ist sie in Gefahr?"

„Das weiß ich nicht und will es eigentlich auch nicht wissen."

„Ich komm' am Wochenende zu dir. Das Fahrgeld kannst du mir gern zurückgeben, wenn du kannst."

„Bring bitte von Pia mit, was du auftreiben kannst, vor allem Fotos."

„Mach ich, das ist doch fürchterlich. Tschüss – ich muss los!"

So, Kalenberger, jetzt hast du den Fall an der Backe. Ob du willst oder nicht.

Die Sonne scheint auf den Balkon und wärmt die dunkle Erde in den Balkonkästen. Die Nachbarn haben schon Stiefmütterchen oder bunte Frühlingsblumen gepflanzt. Kalenberger ist es bisher noch nicht wichtig gewesen.

Sie hat sich auf den Balkon gesetzt, Toto auf dem Schoß. Sein Beinstumpf hat sich entzündet, sie wird mit ihm zum Tierarzt müssen. Bis dahin hat sie die Wunde mit Bepanthen und einer Mullbinde versorgt. Der Mullverband stört Toto, er will ihn herunterkratzen, Kalenberger hält seine Pfote fest.

Sie wäre gern zum Friedhof hinübergegangen, hätte sich auf dem Rückweg vielleicht noch einen Topf mit Primeln mitgebracht. Doch sie will diesen aufdringlichen Kerl nicht treffen. Obwohl er eigentlich nicht aufdringlich war. Nur ein wenig redselig. Hat's sicher auch nicht leicht.

Toto hat den Verband geschafft. Kalenberger sieht ihn strafend an, doch die Wunde sieht schon nicht mehr so schlimm aus. Die Entzündung scheint abzuklingen.

Kalenberger setzt Toto auf ein Kissen neben ihren freischwingenden Gartensessel aus geflochtenem Teakholz. Toto mag nicht auf dem Kissen sitzen, legt sich unter den Sessel auf die Fliesen. Versteh' einer Katzen! Und besonders Kater!!!

Kalenberger holt sich eine Gartenzeitschrift aus dem Zeitschriftenkorb im Wohnzimmer. Noch vom letzten Jahr. Aber die bunten Bilder ändern sich doch nie.

Krokus, Tulpen, Hyazinthen. Gelb, blau, rot und alle möglichen Farben dazwischen. Man riecht fast den Duft des Frühlings. Kalenberger hätte gern einen Garten. Sie schaut vom Katalog auf. Einen solchen Wunsch hat sie früher nie verspürt.

Toto schnarcht. Unten auf der Straße stoppt ein Streifenwagen, fährt langsam wieder an und hält ein paar Häuser weiter. Kalenberger spürt diesen Kloß im Hals. Doch die Beamten schauen auf die Klingelschilder, drücken auf einen Knopf und warten, bis ihnen die Tür geöffnet wird. Vielleicht wurde ein gestohlenes Fahrrad wiedergefunden.

Kalenberger kommt plötzlich ein Gedanke. Dieser, wie hieß er noch, Carolus hat doch gesagt, dass er in der Stadt Hannover für den Sport- und Kulturbereich zuständig war. Vielleicht sollte sie ihm doch nicht aus dem Weg gehen. Seine Informationen könnten nützlich sein.

Und plötzlich spürt Kalenberger, wie sie von der Sucht wieder gepackt wird. Was könnte wann und wo passiert sein und wer war daran beteiligt? Einmal Kriminaler, immer Kriminaler. Sie kommt einfach nicht davon los.

Sie ruft Obanczek an. Für Piecek wurde eine kleine Soko gebildet, *Soko Puck*, nur vier Mann, ob Kalenberger wieder einsteigen wolle. Er sei der Soko nicht zugeteilt worden, mit seinen Ermittlungen zur Schutzgelderpressung sei er voll und ganz ausgelastet.

„Was ist denn über Flurfunk zu erfahren?"

„Nichts Spektakuläres. Der Mann war wahrscheinlich in irgendwelche Autoschiebereien verwickelt. Die Kollegen gehen von einer schnellen Aufklärung aus – oder von gar keiner." Warum Kalenberger das alles überhaupt wissen wolle.

„Der Mann meiner Bekannten hatte wohl Kontakt mit Piecek, wollte von ihm ein Trikot mit Unterschrift. Sonjas Mann sammelt so etwas, aber sonst scheint er ziemlich normal zu sein. Sammelst du eigentlich auch noch?"

„Worauf du dich verlassen kannst ..." Obanczek lacht. „... vor allem sachdienliche Informationen."

Sie wird ein bisschen von der Wahrheit sagen müssen, wenn er jetzt nicht auflegen soll. „Du kennst doch Aylin."

„Bestell' ihr schöne Grüße!"

„Ihre Freundin ist nach Hannover abgehauen, soviel Aylin weiß, zu einem polnischen oder russischen Eishockeyspieler. Hat so einen ähnlichen Namen wie Piecek. Sie macht sich Sorgen. Können wir uns nicht zu einem Kaffee treffen?"

„Kalenberger, Kalenberger, du gehst einen schweren Gang. Vielleicht solltest du dir noch mal überlegen, ob du rückfällig werden willst."

„Will ich nicht. Es ist doch nur für Aylin. Ich kann sie nicht in der Ungewissheit hängenlassen. Ich werde herausbekommen, wo diese Pia steckt, wenn sie sich in Hannover oder Umgebung aufhält. Dann gebe ich Aylin die Adresse, und damit ist für mich alles erledigt."

„Na, schön, ich muss nachher zur Blutentnahme, danach können wir uns treffen. Aber bitte nicht auf dem Präsentierteller in der Innenstadt."

„Ich kenne da ein hübsches Café in Hemmingen, direkt an der Hauptstraße. Café Webstuhl, ein wenig versteckt, aber kollegenfrei."

„Um achtzehn Uhr dreißig."

„Da ist das Café längst geschlossen. Ruf mich nach deiner Blutentnahme an, bis dahin lass' ich mir was einfallen."

Obanczek ist einverstanden, freut sich auf das Wiedersehen. Es klingelt an Kalenbergers Wohnungstür. Frau Rohrbach. Der Postbote hat heute früh einen dicken Briefumschlag für Kalenberger abgegeben. Sie erinnert sich an keine Bestellung.

In ihrem Sessel auf dem Balkon öffnet sie den gepolsterten Briefumschlag. Ein Taschenbuch im Hochformat. *Hannover - Kunst- und Kultur-Lexikon.* Zwischen den Seiten vierundsechzig und fünfundsechzig steckt ein Stückchen Zeitungsrand. *Stadtfriedhof Engesohde* ist mit Bleistift unterstrichen. Carolus! Wie kommt der Kerl an ihre Adresse? Na ja, Sport- und Kulturmanagement, da hat man auch so seine Beziehungen.

Stadtfriedhof Engesohde, 21,7 ha, durch breite Wegeachsen in 52 Abteilungen gegliedert. - 1861-64 angelegt von Stadtbaumeister Ludwig Droste als Friedhof Am Engesohder Berge. Als Ersatz für die 1865 geschlossenen Gemeindefriedhöfe (Nikolai-Friedhof, Neustädter Friedhof, Gartenkirchhof). Ältester Teil das nördl. Drittel, 1871-80 und 1945 mehrmals erweitert. Seit 1890 Ausgestaltung zum Denkmalfriedhof, nur noch Wahlgräber zugelassen. Am Nordteil als Mauerabschluss Balustrade des Schiffgrabens wiederverwendet. - Eingangsbau, 1873/74 von Droste, eingeschossige Arkadenwand mit vorspringenden Pavillons, Rundbogenstil mit gotisierenden Details, Sandstein mit farbigen Ziegeln. In der Mitte offener Glockenturm. An den Seiten offene Hallen mit Erdbegräbnisstätten …

Dazu dann eine Auswahl wichtiger Grabmäler. Alles berühmte Leute, manche kann Kalenberger zuordnen: den Dadaisten Kurt Schwitters, die Tänzerin Yvonne Georgi und die Architekten G. L. F. Laves und Dieter

Oesterlen. Andere Namen scheinen ihr nicht unbekannt, aber viele Namen dieser herausragenden Persönlichkeiten glaubt sie noch nie gehört zu haben. So schnell vergeht der Ruhm. Und wenn du erst gar keinen hattest? *Denn Staub bist du, und zum Staub wirst du zurückkehren* – im ewigen Kreislauf. Nichts und niemand geht verloren. Doch. Vielleicht der Mensch. Vergiftet, verstrahlt, mit Millionen von Medikamenten gegen alles, die gegen nichts mehr helfen. Toto schnurrt im Schlaf. Ihm scheint es völlig egal, was morgen ist. Kalenberger macht sich einen Milchreis mit Zimt und Zucker, statt in die Zukunft denken, in die Kindheit fliehen.

Sie treffen sich im Café Webstuhl in Hemmingen. Zwischen Ohlendorf und Devese. Frei von Kollegen, soweit man das beurteilen kann.

„Du siehst nicht besonders gut aus", sagt Obanczek und schließt Kalenberger in seine Arme.

„Du aber auch nicht!"

Obanczek zieht seinen Mantel aus, sieht sich nach der Garderobe um, dann hängt er den Mantel über eine Stuhllehne. „Die Blutwerte waren nicht besonders. Mal sehen, was die neue Untersuchung bringt. Und bei dir?"

„Ich weiß nicht, ob ich das, was ich hatte, wieder haben will."

„Schönen Gruß von Daria, sie hat uns ihren Sprössling vorgestellt. Das schönste Baby der Welt, findet Daria. Sieht aus wie ein Hefekloß mit spärlichen roten Haaren. Sie will dich in nächster Zeit auch einmal besuchen."

„Du arbeitest wieder voll durch?", fragt Kalenberger.

„Ich versuche es zumindest. Aber so richtigen körperlichen Anstrengungen geh' ich aus dem Weg. Einem Sechzehnjährigen hinterhersprinten ist nichts mehr für mich. Das sollen andere machen. Ich halte mich lieber am Schreibtisch fest und atme die gesunde Büroluft."

„Musst du denn schon wieder arbeiten? So eine MRSA-Infektion soll doch ziemlich üble Folgen haben, hab' ich gelesen."

Die Bedienung kommt. Sie bestellen Kaffee und Kuchen und Kalenberger hat nach langer Zeit mal wieder Lust auf ein Stück Torte. Heidelbeertorte.

„Hat sie, hat sie. Die Angst vor Operationen bleibt ein Leben lang, dann der ungewisse Therapieerfolg bei jeder Krankheit und Schmerzen nicht immer, aber immer wieder."

„Du bist doch noch keine vierzig."

„Noch lange nicht!"

„Und den Kollegen geht es gut?"

„Hoffe ich, ich laufe doch nur noch am Rande mit."

„Ich habe die Adresse von einer angeblich guten Psychotherapeutin."

Obanczek sieht seiner früheren Vorgesetzten in die Augen, und beide müssen plötzlich lachen.

„Das 1.1 K könnte ganz gut ohne mich auskommen", sagt Obanczek, „aber ich nicht ohne meine Arbeit. Ich könnte mir natürlich eine Katze anschaffen oder einen Hund, irgendeine Beschäftigung brauche ich, sonst werde ich verrückt. Der Gedanke, dass meine Krankheit hätte verhindert werden können, umkreist mich wie den Saturn die Ringe."

„Gedanken können gefährlich werden."

Kaffee und Kuchen werden gebracht.

„Und sonst?"

„Was ist mit diesem Piecek?“

„Ich habe mich mal umgehört. Soll eine ziemliche Sauerei gewesen sein. Der Mann lag tot im Gang der Umkleidekabinen. War völlig ausgeblutet und lag mitten in einer roten Pfütze. Seine blonden Haare hatten einen leichten Touch in Flamingorosa, so hat es der Kollege beschrieben. Und jetzt rate mal das Tatwerkzeug.“

„Ein Messer?“, fragt Kalenberger, die Auswahl scheint wohl nicht sehr groß und im Tatwaffenraten war sie nie besonders gut.

„Mit seinem eigenen Schlittschuh. Die Dinger sind rasiermesserscharf geschliffen, trotzdem hat der Täter ganz schön 'rumsäbeln müssen.“

„Macht nicht gerade Appetit auf eine Rückkehr ins K 1.1.“

Kalenberger bestellt zwei Cognac, Obanczek möchte lieber einen Grappa.

„Dein Kollege Weidlich ist außer der Reihe für eine Beförderung vorgeschlagen worden“, sagt Obanczek.

„Einen doppelten bitte“, ruft Kalenberger der Bedienung hinterher.

„Ist aber einigen im Kommissariat sauer aufgestoßen, nicht jeder lässt sich durch große Worte blenden.“

„Gott sei Dank muss ich mich nicht mehr mit den miesen Vorwürfen beschäftigen, obwohl sie noch immer schmerzen.“ Kalenberger streicht vor sich die Tischdecke glatt. „Ich will nur Aylins Freundin finden, und damit ist der Fall dann für mich erledigt.“

„Obwohl es sicher recht spannend wird, den Tathergang zu ermitteln.“

Sie prosten sich mit Grappa und Cognac zu.

„Ich hab auch an dich gedacht.“ Obanczek spürt einen Augenblick dem Geschmack des Grappa nach, greift dann erst in die rechte, dann in die linke Tasche seiner Jacke. Er zieht einen Zettel heraus. „Piecekѕ letzte gemeldete Adresse. Die Wohnung ist versiegelt. Bin auf dem Weg hierher zufällig in der Gegend vorbeigekommen."

Kalenberger zieht den Zettel zu sich heran. Eine Adresse in Hannover-Vahrenwald. „Das lag auf deinem Weg?"

„Es kommt darauf an, von welcher Seite man es betrachtet."

VIER

Für Samstagfrüh hat Aylin ihr Kommen angekündigt. Kalenberger hat extra eine Auswahl knuspriger Brötchen gekauft, doch Aylin kommt um halb eins und die Brötchen sind latschig.

Aylin lässt ihre Tasche im Flur fallen, setzt sich nach Umarmung und Küsschen an den Esstisch und braucht erst mal eine Cola. Cola hat Kalenberger vergessen. Sie bietet Apfelsaft an und Mineralwasser. Aylin hat ihren Wunsch schon vergessen, sie muss SMS schreiben. Toto streicht um ihre Beine, drückt sich gegen ihre Jeans, um auf sich aufmerksam zu machen, Aylin hat sich ausgeklinkt und tippt, Kalenberger nimmt Toto auf den Schoß.

„Ich weiß, ist blöde“, sagt Aylin, „doch meine Freundinnen wollen immer wissen, wo ich bin und was ich mache. Hast du etwas über Pia herausgefunden?“

„Möchtest du nun etwas zu trinken?“

„Cola wär' nett, ach, ja, Apfelsaft und Wasser geht auch.“

Kalenberger steht auf, setzt Toto auf ihren Stuhl und holt die Getränke.

„Hast du Fotos mitgebracht?“

„Die möchte ich dir aber eigentlich nicht zeigen“, druckst Aylin herum.

„Ich meine Fotos von Pia, nicht euer Fotoshooting im Badezimmer.“ Wie sich Aylin in den letzten Monaten verändert hat. Eine hübsche junge Frau ist sie geworden – mit der Hakennase von Kalenbergers verstorbenem Ehemann. Nichts geht verloren!

„Ach, so." Aylin steckt das Handy in die Hosentasche, holt ihre Tasche aus dem Flur. Sie hat auch eine neue Frisur, hat sich früher die langen Haare immer als Pferdeschwanz zusammengebunden, jetzt scheint sie regelmäßig zum Friseur zu gehen, ihre Haar sind fachmännisch geschnitten und dezent getönt.

Als sich Aylin wieder an den Tisch setzen will, sitzt Toto auf ihrem Platz. Sie greift ihm mit einer Hand unter den Bauch, setzt sich und legt sich Toto auf die Oberschenkel. Toto mauzt zufrieden, er hat gewonnen.

Aylin nimmt einen Briefumschlag aus der Tasche. Legt drei Fotos und einen Zeitungsausschnitt auf den Tisch und schiebt alles Kalenberger zu.

Oje, denkt Kalenberger, eine wie alle. Jung, freundliches, ovales Gesicht, einige Sommersprossen auf der Nase und die Lippen voll und glatt.

„Aufgespritzt?", fragt Kalenberger.

„Kann sein", sagt Aylin, „als sie nach den großen Ferien wieder mal in der Schule aufgetaucht ist, hatte sich ihr Aussehen mächtig verändert. Sie quatschte was von einer mexikanischen Salbe, die es in Deutschland nicht gebe, hat ihr aber keiner geglaubt." Aylins Handy piepst, eine SMS ist eingetroffen.

„Was weißt du über ihre Verbindung zu diesem Jan Piecek?"

„Eigentlich nicht viel. Sie hat von ihm geschwärmt. Das wäre endlich ihr Traumprinz. Pia wollte es immer richtig dicke: Geld, Anerkennung, Gesellschaft. Aber gezeigt hat sie uns ihren Lover nie."

„Und beim letzten Anruf hat sie geweint?"

„Es war mehr so ein Schluchzen. Sie war am Ende, hab' ich deutlich gespürt. Kaputt. Sie brauchte Hilfe. Doch bevor ich sie etwas fragen konnte, hatte sie aufgelegt."

„Wie lange ist das her?“

„Vier oder fünf Tage.“

„Jan Piecek ist am letzten Dienstag ermordet worden ...“

Aylin überlegt. „Aylin hat am Mittwoch angerufen. Ja, am Mittwoch, ich bin mir ganz sicher. Da war ich in der City und wollte Schuhe kaufen.“

„Ich hab' mich ein bisschen umgehört“, sagt Kalenberger.

„Die Polizei sieht noch keinen Handlungsbedarf, im Zusammenhang mit dem Tod von Jan Piecek nach Pia zu forschen. Wie heißt sie eigentlich mit Nachnamen?“

„Sauer, Pia Sauer.“ Aylins Handy piepst wieder. Kalenberger sieht sie an, Aylin nimmt das Handy aus der Hosentasche und stellt es ab.

„In Jan Pieceks Wohnung wurde ein Notizbuch mit mehreren Kürzeln gefunden.“ Kalenberger nimmt ihr Notizbuch und schlägt nach. „Die Buchstaben P und S waren auch dabei. Es scheint sich um den Freundeskreis von Piecek gehandelt zu haben.“

„Hat die Polizei 'rausbekommen, wo Pia ist?“

„Ich glaube nicht, dass die polizeilichen Ermittlungen in diese Richtung gehen.“

„Wenn du willst, helfe ich gern beim Suchen. Ich muss allerdings morgen Nachmittag wieder zurück. Wir schreiben Montagmorgen eine Bioklausur. Oder war es Chemie? – Ist auch egal, ich verstehe von beidem nur Bahnhof. Und heute wollte ich in die City, ich brauche ein Paar neue Schuhe.“

Es kommt dann doch ganz anders als geplant. Aylin findet jede Menge passender Schuhe, aber kein Paar, das ihr hundertprozentig gefällt. Kalenberger spendiert einen Kapuzenpulli, Aylins Begeisterung scheint ein wenig aufgesetzt. Sie wollte Schuhe!

Am Abend langweilt sich Aylin in die Müdigkeit hinein. Zu Hause wäre sie jetzt mit Freundinnen unterwegs, aber Kalenberger hat nicht mal eine DVD anzubieten. Und die Gemüsesuppe scheint ihr auch nicht zu schmecken. Also einigt man sich auf ein ausgiebiges Frühstück am Sonntagmorgen und dann fährt Aylin schon am Mittag nach Lüneburg zurück. Kalenberger bezahlt ihr die ausgelegten Reisekosten und legt noch einen Zwanziger drauf.

Am Montagmorgen fährt Kalenberger mit der U1 in den Stadtteil Vahrenwald, steigt am Vahrenwalder Platz aus. Sie sucht Pieceks Adresse. Altbau, renovierte Jugendstilfassade, Sperrmüll und Hundekot.

Sie findet eine Bäckerei, lässt sich zwei Croissants einpacken und legt das Foto von Pia auf die Theke. Die junge Frau habe an einem Schreibwettbewerb teilgenommen und gewonnen. Leider hätte ihrem eingereichten Beitrag nur das Foto beigelegen, Name und Adresse seien vergessen worden. Aber aus der Geschichte gehe hervor, dass sie im Stadtteil Vahrenwald spielen müsse.

Die Verkäuferin holt noch eine Kollegin, eine Kundin kommt hinzu, doch in den Gesichtern ist statt Erkennen nur Ratlosigkeit zu sehen.

Kalenberger geht zurück in Richtung Vahrenwalder Platz, fragt in der Reinigung und im Imbiss, doch niemand erkennt die junge Frau. Nur ein ziemlich heruntergekommener Typ will sie am Alten Flughafen gesehen haben.

„Fick dich selbst", sagt Kalenberger ohne jede Betonung. Er meint das Bordell an der A 2. Der Typ hebt seine Bierflasche in Kalenbergers Richtung und sagt: „Gut gekontert!"

Wie besoffen wird der erst am Nachmittag sein.

Kalenberger fährt nach Hause. Auf der längeren Bahnfahrt hat sie genug Zeit, sich eine neue Strategie zu überlegen. Ihr fällt nichts ein. Gern würde sie einen Abstecher zum Engesohder Friedhof machen, aber dieser Carolus stört sie, außerdem muss Toto versorgt werden.

Toto frisst und Kalenberger überlegt. Um Carolus nicht mehr zu begegnen, müsste sie ihre Besuche auf dem Engesohder Friedhof streichen oder sogar wegziehen. Sie wird nichts von beidem tun.

Sie greift Toto im Genick, Toto faucht, Kalenberger steckt ihn in ihre Tasche und marschiert los. Ihr Platz auf dem Friedhof ist frei. Aufatmend setzt sich Kalenberger. Sie öffnet ihre Tasche, will Toto auf ihren Schoß setzen, doch Toto ist stinksauer und wehrt sich. Kalenberger kramt in ihrer Jackentasche, fischt aus einer aufgerissenen Packung ein Herz von *deBron Zoute Hartjes*, hält es Toto unter die Nase. Lakritz kann Toto nicht widerstehen. Noch zögert er, und Kalenberger steckt sich das schwarze Herz selber in den Mund. Jetzt zischt Toto wie ein Luftballon, dem die Luft entweicht. Kalenberger angelt nach einem weiteren Herzchen, und diesmal überlegt es sich Toto nicht allzu lang. Er reckt seinen Kopf aus der Tasche, Kalenberger setzt ihn in ihren Schoß, und mit zitternden Barthaaren beißt Toto ganz vorsichtig in das Lakritz-Herz in Kalenbergers Hand.

Kalenberger schaut sich um, die Bäume beginnen, ihre Blätter zu entrollen, noch kann man durch die Zweige sehen.

In einiger Entfernung, am Ende des Friedhofs steht Carolus, den Blick auf den Maschsee gerichtet. Kalenberger, du bist ungerecht, der Mann hat nicht versucht, dich anzubaggern, er muss eine Enttäuschung verarbeiten. Außerdem können dir seine Beziehungen nützlich sein.

Sie lehnt sich entspannt zurück, spürt Totos Pfote an ihrer Jackentasche, die Helligkeit der Sonne dringt durch ihre geschlossenen Augenlider und die Wärme schmeichelt ihrem Gesicht.

Sie muss eingeschlafen sein, wird von einer heftigen Bewegung in ihrer Jackentasche wach, die Packung mit dem Lakritz fällt in den Schotter und Toto hechtet hinterher. Wie geschickt er selbst auf seinen drei Beinen ist.

Kalenberger wird die Süßigkeiten einsammeln müssen, damit sich Toto nicht den Magen verdirbt. Unter Stöhnen klaubt sie Herzchen für Herzchen auf und steckt sie zurück in die verknautschte Verpackung.

„Kann ich helfen?"

Kalenberger blickt auf, Carolus steht etwas abseits, ein gewollter Abstand, um sich nicht aufzudrängen.

„Geht schon", sagt Kalenberger. Sie sammelt schnell noch ein paar Herzchen ein und setzt sich dann wieder auf die Bank.

Carolus kommt näher, aber nur zwei Schritte. „Es ist ein schöner Blick von der Friedhofsmauer über den Maschsee. Von meinem Büro aus konnte ich auch auf den Maschsee schauen. Ist zwar nicht der gleiche Blick, aber immerhin der Maschsee." Er lächelt.

Entwarnung. Das war so eine Art Erklärung, warum er ihr immer wieder über den Weg läuft.

„Und die kleine Broschüre über Hannover hatte ich noch aus meiner Dienstzeit. „Es war hoffentlich nicht zu aufdringlich."

Kalenberger lächelt. Das geht also auch wieder, wenn es denn ein Lächeln geworden ist. „Einen schönen Tag noch!", sagt Carolus und dreht sich um.

Es war also doch kein Lächeln.

„Einen Augenblick noch", sagt Kalenberger, „ich möchte Sie etwas fragen."

„Gern." Carolus dreht sich wieder zu ihr.

„Sie hatten doch mit den Sportvereinen der Stadt zu tun?"

„Für Freikarten bin ich leider nicht zuständig."

Jetzt lachen beide.

„Ich bin auf der Suche nach einer Freundin meiner Tochter. Es könnte sein, dass jemand im Umkreis der Hannover Indians weiß, wo sie sich aufhält."

„Mein Verein ist Hannover 96. Zu den Spielern der Indians hatte ich nur wenig Kontakt, aber mit der Vereinsspitze habe ich so manchen Event auf die Beine gestellt." Carolus weist mit der offenen linken Hand auf das freie Ende der Bank. Kalenberger nickt. Carolus setzt sich. „Die Hannover Indians sind so etwas wie der FC St. Pauli des Eishockeys."

Jetzt muss Kalenberger eingreifen, will sie ausführlicheren Informationen über die Indians und Eishockey im Allgemeinen entgehen.

„Mein Name ist Kalenberger. Marike Kalenberger."

„Ich weiß", sagt Carolus, „ich habe Ihnen doch die Broschüre geschickt."

„Meine Suche ist reine Privatsache", meint Kalenberger. Toto findet im Schotter keine Lakritzherzen mehr und will zurück auf die Bank.

„Wenn das mal stimmt, Frau Kommissarin." Jetzt lächelt Carolus nicht, er grinst.

Am Abend macht sich Kalenberger mal wieder einen kleinen Salat, Putenstreifen wären nett. Sie wird morgen mal in den Bioladen gehen.

Fernsehen. Nachrichten. *Krankenkassen erzielen Milliarden-Überschuss, Warnstreiks im öffentlichen Dienst, AKW Fukushima – eine Gefahrenquelle für die nächsten 40 Jahre, Todesschüsse auf einem Autohof an der A7.*

Auf einem Autohof an der A7, südlich von Salzgitter, wurde eine Frau ermordet aufgefunden. Die dramatische Bluttat muss am frühen Sonntagmorgen auf dem Gelände der Tankstelle geschehen sein. Der von einem Lkw-Fahrer alarmierte Notarzt konnte nur noch den Tod der Frau feststellen. Als Tatwerkzeug gilt ein Radmutternschlüssel, der in unmittelbarer Nähe gefunden wurde. Bei der Getöteten soll es sich um die vierundvierzigjährige Tankstellenangestellte Romina W. handeln, die alleine in Harsum wohnte. Angehörige konnten bisher nicht ermittelt werden. Außerdem sind die Hintergründe der Tat noch völlig unklar.

Weitere Berichte: *Weltfrauentag – Langer Kampf um die gleichen Rechte, verrostete Fässer im AKW, Was passiert in Tibet?* Doch Kalenberger hat noch immer die Bilder vom Mord auf dem Autohof vor Augen. Berufskrankheit. Rotweiße Absperrbänder, Spurensicherer in weißen Ganzkörperanzügen, helle Blitzlichter der Fotografen, die Leiche unter der Folie …

Kalenberger schaltet das Fernsehgerät aus. Die Bilder verschwinden nicht. Sie wäre jetzt mittendrin in der Routine der Ermittlungen. Fragen stellen, Privatleben der Toten durchleuchten, nach Archivmaterial von ähnlichen Taten suchen. Sie will das nicht mehr. Sie will ein normales Leben führen, ohne diesen kriminalistischen Blick. Nicht immer nach möglichen Hintergründen suchen, und sie weiß, dass es ihr nicht gelingen wird.

Am nächsten Morgen muss sie lange warten, bis Carolus auftaucht. Die Schwägerin hatte Geburtstag, und da ist es ein bisschen spät geworden. Obwohl er nicht trinkt. Also, er trinkt schon, auch Alkohol, aber eben nicht als Trinker.

Er hat sich telefonisch mit der Vereinsspitze der Indians in Verbindung gesetzt. Heute ist Training um fünfzehn Uhr dreißig, da könnten sie gerne vorbeikommen und Eishockey-Luft schnuppern. Er lacht und greift in die mitgebrachte Plastiktüte.

„Ich habe Sie als begeisterten Fan der Hannover Indians vorgestellt. Sie hätten sich zum Geburtstag gewünscht, einmal bei einem Training dabei sein zu dürfen." Carolus reicht ihr den Schal. Toto schlägt nach dem Schal, Kalenberger sieht ihn strafend an und legt sich den Schal um den Hals. Blaugelb und warm.

Eine Besucherin des Friedhofs geht vorbei, schaut herüber, scheint irritiert. Sie wechselt die grüne Gießkanne von der rechten in die linke Hand und biegt in einen schmaleren Weg ein.

„Das Angebot nehme ich gerne an. Es ist für meine Tochter."

„Also um fünfzehn Uhr dreißig am Eisstadion am Pferdeturm."

„Es gibt zwar Parkplätze, ich komm' aber mit den Öffis. Meine Frau braucht das Auto. Hat zu viele Ehrenämter angenommen. Kommt sonst nicht rum. Da bin ich lieber mit Bus und Bahn unterwegs."

Kalenberger verabschiedet sich, und Carolus will noch ein paar Minuten den Enten auf dem Maschsee beim Tauchen zuschauen.

Kalenberger backt einen Kuchen. Einen Gugelhupf mit Schokoladenstückchen. Den mögen die Zwillinge besonders gern. Sie selber auch. Aber dann wird es doch nur ein Gugelhupf mit Rosinen, weil das Haltbarkeitsdatum der Schokoladenstückchen längst abgelaufen ist. Dann liest sie ausführlich die Tageszeitung. Keine Neuigkeiten von der Toten auf dem Autohof.

Kalenberger zieht sich um für ihren Ausflug ins Eisstadion. Schwarze Hose, grüner Pullover. Die Farbe beißt sich mit dem Fanschal. Sie wählt ein weißes Oberteil. Vor wenigen Tagen wäre ihr noch egal gewesen, wie sie ihre Kleidung zusammengestellt hätte. Sie kocht sich noch einen Kaffee, und dann ist es auch schon Zeit aufzubrechen. Sie hat ihr Auto bereits aufgeschlossen, da fällt ihr ein, dass sie Pias Fotos vergessen hat. So etwas wäre ihr früher nicht passiert.

Also noch einmal die beiden Treppen hoch zur Wohnung und wieder runter zum Auto.

Carolus wartet schon vor dem Stadion. Ein großes graues Gebäude mit einem flachen Tonnendach. Sicher kein besonderer Hingucker, wäre da nicht das auffällige Graffiti mit dem beeindruckenden Schriftzug *Eisstadion*. Rechts die Abbildung eines Eishockeyspielers, links ein Indianerkopf. Über dem Eingang die herausfordernde Feststellung: *Hannover ist Indianerland*. Es riecht ein wenig nach Underground. Ein bisschen gedrungen die Halle. Bei einem Bundesligaspiel muss hier eine Menge los sein. Der Bierwagen der Gilde Brauerei steht direkt neben dem Eingang. Jetzt ist er natürlich geschlossen.

Auf der Eisfläche dann die Spieler, laufen sich warm, kurven in rasantem Tempo um eine Reihe aufgestellter Pylone, sprinten mehrmals hintereinander kurze Strecken oder schlenzen aus dem Laufen heraus den Puck ins leere Tor.

Ein Mann tritt zu Kalenberger und Carolus. Carolus begrüßt ihn mit Handschlag, stellt Kalenberger als einen großen Fan der Indians vor. Der Mann schaut Kalenberger an und nimmt ihr den Fan wohl nicht ganz ab.

Kalenberger gesteht, dass sie eigentlich die Freundin ihrer Tochter sucht, sie soll sich im Umfeld von Jan Piecek aufgehalten haben.

„Fürchterlich, einfach fürchterlich!", sagt der Mann, der sich als Dirk Wroblewski vorgestellt hat. Das Neonlicht spiegelt sich in seiner randlosen Brille.

Kalenberger ist sich nicht sicher, ob er den Mord oder das Verschwinden meint.

„Jan war auf dem Sprung in die erste Mannschaft und jetzt ..."

Kalenberger nimmt Pias Foto aus der Jackentasche. „Sie werden die junge Frau sicher nicht kennen?"

Wroblewski betrachtet das Foto, schüttelt dann aber den Kopf und gibt es Kalenberger zurück. „Wir könnten Adam fragen, der war ständig mit Jan zusammen." Er steckt zwei Finger in den Mund und pfeift. Die meisten Köpfe wenden sich in ihre Richtung. Wroblewski ruft: „Adam!" und winkt einen Spieler mit der Hand herbei.

Adam kommt herangeschossen, und Kalenberger bekommt Angst, dass er bei dem Tempo die Bande durchbricht.

„Das sind Freunde", stellt Wroblewski großzügig Kalenberger und Carolus vor. Carolus und Adam nicken sich zu, sie scheinen sich nicht unbekannt zu sein. „Sie wollen etwas von Jan wissen."

„Kann mir schon denken", sagt Adam.

Carolus macht den Mund auf, Kalenberger hält ihn mit einer Armbewegung zurück. Auf einmal ist sie wieder Kommissarin und nicht mehr Privatperson. „Was können Sie sich denken?", fragt sie nach.

„Es geht sicher um Tote von Autohof. Ich habe gelesen."

„Kannten Sie die Tote?“

„Habe sie gesehen, drei oder vier Mal. Mit Jan hat gemacht gemeinsame Geschäfte. Weiß nicht welche. Hat mich nicht interessiert.“

„Das sollten Sie vielleicht der Polizei erklären.“

„Ich Polizei erkläre, wenn kommt. Ich nicht freiwillig. Polizei nix gut.“

Carolus grinst und Kalenberger schaut ihn energisch an. Sie nimmt das Foto wieder aus der Tasche, hält es in Adams Richtung.

„Das nicht tote Frau, das Mia. Ich weiß fast nix von Mia, nur einmal da. Zu jung! Moment!“ Adam dreht sich um, schreit: „Konstantin“ über die Eisfläche, ein Spieler wird aufmerksam, rauscht heran und kommt neben Adam zum Stehen. „Kennst du doch!“, sagt Adam.

„Na, klar. War richtig gut und gar nicht mal so teuer. Freundin von Jan! Geile Schnecke!“

Kalenberger ist das Foto aus der Hand aufs Eis gefallen. Konstantin hebt es auf.

„Dann wissen Sie doch auch, wo sie wohnt?“, fragt ihn Kalenberger.

„Weiß nicht. War schon dunkel. Jan hat mich hingebracht.“

„In ein Bordell?“

„Nix Bordell. Privat. Kleine Wohnung.“

„Wie lange waren Sie denn mit dem Auto unterwegs?“

„Nicht lang. Viertelstunde vielleicht. Oder länger.“

Ein schriller Pfiff ertönt. Die Spieler stürmen übers Eis. „Der Trainer“, erklärt Wroblewski, „am Sonntag haben wir ein schweres Spiel gegen Rosenheim.“ Carolus will zur Haltestelle, Kalenberger hat ein kurzes Stück den gleichen Weg. „Und nun?“, fragt Carolus.

„Ich hab mich zu einem neuen Tai-Chi-Kurs bei der Volkshochschule angemeldet. Gestern war der erste Übungsnachmittag."

„Und wie war's?"

„Ich bin nicht hingegangen." Aus den Augenwinkeln belauert Kalenberger Carolus' Reaktion. Wie wäre es mit einem mitleidigen Blick oder demonstrativem Unverständnis? Doch Carolus ist Herr seiner Reaktion. Er sagt: „Ach, so", und sein Gesichtsausdruck bleibt neutral.

Kalenberger zieht ihren Mantel enger um sich.

„Und wie wollen Sie weiter vorgehen?", fragt Carolus.

„Ich weiß es noch nicht. Vielleicht versuche ich es mit Yoga."

Carolus beharrt nicht auf seiner Frage, obwohl er natürlich etwas ganz anderes gemeint hat - wie Kalenberger genau weiß. „Einen schönen Tag noch", sagt Kalenberger, „mein Wagen steht da drüben!"

„Bei einem Eishockeyspiel wird hier sicher viel mehr los sein."

„Sicher!" Kalenberger biegt nach rechts ab auf den Platz neben dem Eisstadion. Carolus soll sich erst gar keine falschen Gedanken machen!

Sie fährt nach Hause. Verfährt sich, kurvt über mehrere Auf- und Abfahrten, bis sie endlich die richtige Richtung eingeschlagen hat. In großen Teilen ist Hannover eine Stadt für den Durchgangsverkehr. Graue Straßen, leere Plastiktüten am Straßenrand, blinde Fenster im Erdgeschoss, aufgegebene Geschäfte. *Oberhemden, Schirme, Krawatten.* Fetzen von Packpapier in den kleinen Schaufenstern.

Sie hat noch eine Dose Ravioli im Küchenschrank. Die aller-, alleräußerste Notration. Das Haltbarkeitsdatum wird großzügig übersehen. Aber zum Einkaufen hat sie einfach keine Lust mehr. Außerdem schmerzen die Füße.

Während die Ravioli im Wasserbad aufgewärmt werden – im Wasserbad und nicht im Topf, damit es nachher weniger abzuwaschen gibt – ruft sie Obanczek an. Obanczek ist sehr einsilbig. Er also auch. Sie will schon auflegen, da hört sie im Hintergrund das Schließen einer Tür und Obanczeks „Hallo", klingt es jetzt schon viel freundlicher. „Wenn das mit den eingehenden Fällen so weitergeht, dreh' ich noch durch. Hab' nicht die geringste Ahnung, wie ich das alles abarbeiten soll. Aber meinst du, mich fragt mal jemand, ob ich das alles schaffe? – Was kann ich für dich tun?"

„Diesmal kann ich etwas für dich tun." Das Wasser schwappt aus dem Kochtopf auf die Ceranplatte, zischt, Kalenberger zieht den Topf von dem rotglühenden Feld. „Du hast doch diesen toten Eishockeyspieler …"

„Jan Piecek?"

„… er kannte die Tote vom Autohof. Sie scheinen gemeinsame Geschäftsbeziehungen unterhalten zu haben. Frag mal einen Eishockeyspieler von den Indians, Vorname Adam. Wenn du nicht weiterkommst, wende dich an den Chef der Jungs, Dirk Wroblewski."

„Das nennst du weniger Arbeit? – Komm her, setzt dich an deinen Arbeitsplatz und wir ermitteln gemeinsam. Das geht dann ratzfatz."

„Ich kann nicht", sagt Kalenberger.

„Ich auch nicht", sagt Obanczek. Dann eine Weile Stille in der Leitung. „Tut mir leid", Obanczek ist fast nicht zu verstehen, „aber manchmal erwischt mein Ärger den falschen Adressaten. Ich kann nämlich ganz schön rücksichtslos sein."

„Du?", fragt Kalenberger. Jetzt muss sie lachen. Sie wird nicht zum Yoga-Kurs gehen, die Ravioli in den

Müll werfen und sich beim Chinesen irgendetwas mit Huhn bestellen. Süßsauer, schwarzweiß oder Curry-Huhn, scharf.

Während sie auf das Essen wartet, schüttet sie sich ein Glas Mineralwasser ein, geht ans Fenster und schaut ohne große Neugier hinaus. Pia hat also als Prostituierte gearbeitet. Aber sicher nicht durchgängig, da sie immer wieder für einige Zeit in Lüneburg aufgetaucht und dort auch zur Schule gegangen ist. Wird wohl sehr unregelmäßig gewesen sein. Aber jetzt ist sie weg vom Fenster, scheint in Schwierigkeiten zu stecken und ihr Aufenthaltsort lässt sich nicht so leicht feststellen. Sicher kann angenommen werden, dass ihr Jan Piecek als Zuhälter die Kunden gebracht hat. Jan Piecek ist tot. Er hatte geschäftliche Beziehungen zu der Toten auf dem Autohof, Romina W.. Kalenberger wird die Identität der Frau bei Obanczek erfragen müssen. Unten vor dem Haus streift ein einparkendes Auto mit schleifenden Felgen den Bordstein entlang. Der Fahrer steigt aus, kümmert sich nicht um die Felgen, er hat einen Blumenstrauß in der Hand und eine Flasche Sekt in einer Tragetüte.

Kalenberger ruft Obanczek an. Obanczek will gerade Feierabend machen, schaut aber noch einmal kurz in seine Computerdateien. Romina Wagenbach, wohnte in Harsum, stammt aus Rumänien, ausgebildete Kindergärtnerin, in den letzten Jahren arbeitslos. Mehr ist noch nicht bekannt, Obanczek wird sie bei Ergebnissen anrufen. Kalenberger spürt, er will nach Hause.

„Ich hab' noch einen Arzttermin, muss los!"

Das chinesische Essen kommt. „Cully-Huhn, schalf." Der Bote sieht nach zwölftem Semester Sozialpädagogik aus, dazu noch strohblonde Haare. Ein Witzbold.

Das Gericht duftet appetitlich, Kalenberger nimmt sich eine Gabel und probiert. Sie hat plötzlich keinen Appetit mehr. Sie will keinen neuen Fall. Aber wie soll sie da wieder rauskommen? Einfach alles vergessen und Aylins Freundin aufgeben?

FÜNF

Kalenberger liegt im Bett, kann nicht einschlafen. Sie zieht den Stecker des Radioweckers aus der Steckdose, weil ihr die Lichtanzeige zu hell ist. Oder will sie aus der Zeit aussteigen?

Sie knipst die Lampe über dem Kopfende des Betts an, will etwas lesen. Auf dem Nachttisch die Apothekenzeitung, das Fernsehprogramm und ein Krimi. Das Lesezeichen steckt zwischen den Seiten 144 und 145. Ein junges Mädchen wird in einem Keller gefangen gehalten. Falsches Thema zur falschen Zeit. Sie steht auf, geht ins Wohnzimmer ans Bücherregal. Eigentlich hat sie gar keine Lust zu lesen. Sie legt sich wieder ins Bett. Wie spät mag es sein? Sie steckt den Stecker des Weckers wieder in die Steckdose. Die roten Zahlen blinken auf: *00:00*. Sie müsste den Wecker neu stellen. Wo ist die Gebrauchsanweisung? Also wieder raus mit dem Stecker aus der Steckdose. Sie schließt die Augen. Sieht das junge Mädchen mit blutenden Wunden angekettet in einem Verlies, reißt die Augen auf, erinnert sich an ihre Thai-Chi-Übungen, steigt aus dem Bett und beginnt ihren Übungsablauf in der gewohnten Folge.

Nach der dritten oder vierten Übung bricht sie ab, sie ist zu müde, legt sich wieder ins Bett, schließt die Augen, denkt an ihren letzten Aufenthalt an der Ostsee, das Meer, die Sonne auf den Wellen, die Schiffe am Horizont, die bunten Lenkdrachen der Kitesurfer und schläft endlich ein. Das junge Mädchen kratzt mit den Fingernägeln am Putz zwischen den Backsteinen, hebt den Kopf und wendet ihn in Kalenbergers Richtung. Wo ihre Augen sein sollten, klaffen blutige Höhlen, das Gesicht färbt sich rot, die Kleidung, der ganze Raum.

Als Kalenberger am nächsten Morgen aufwacht, ist ihr Körper schwer wie Blei. Ihr Schlaf hat statt Erholung neue Ängste gebracht. Ein roter Traum, ein blutiger Traum. Sie muss diese Farbe aus den Augen bekommen.

Sie zieht sich an, isst zwei Scheiben Knäckebrot, legt den Käse unberührt zurück in den Kühlschrank. Sie will sich an der Luft bewegen.

Als sie das Haus verlässt, wendet sie sich unbewusst in Richtung Engesohder Friedhof. Doch sie will Carolus nicht begegnen. Nicht reden, nicht verbindlich sein. Sie wird zum Maschsee hinübergehen, sich auf eine Bank am Ufer setzen und den Schwänen und Enten zusehen.

An der Hildesheimer Straße ändert sie spontan ihren Entschluss. Sie wird in die Innenstadt fahren und sich eine neue Bluse kaufen. Eine blaue Bluse. Oder eine grüne. Und sie wird die Bluse gleich im Geschäft anziehen und sich bei ihrem Bummel über die Einkaufsstraße in jeder spiegelnden Schaufensterscheibe in der sommerlichen Farbe sehen.

An der Haltestelle Kröpcke steigt sie aus dem U-Bahn-Schacht ans Licht. Die Sonne scheint, ein Akkordeonspieler spielt einen Wiener Walzer, vor C&A steht eine Frau mit einer riesigen Anzahl schwebender Luftballons. Wieso erhebt sie sich nicht und entflieht an ihren Ballons in den strahlend blauen Himmel?

Kalenberger besieht sich die Auslagen in den Schaufenstern und auf den herausgerollten Kleiderständern. Eine blaue oder grüne Bluse? Das wird schwierig. Aubergine und Lila sind Modefarben, dunkel und schwer. Sie könnte auch ein Paar neue Schuhe gebrauchen. Oder vielleicht einen neuen Schal? Eine coole Sonnenbrille? Ihre Anspannung löst sich, ihr Schritt wird leichter. Sie könnte sich auch ein Eis leisten, sieht sich nach dem nächsten Eiscafé um.

Ihre Aufmerksamkeit wird angezogen von einem Jungen, vielleicht zwölf Jahre alt, sein Körper ist völlig verdreht, die Füße schlurfen über das Pflaster, er stützt sich auf eine blaue Gehhilfe, die andere Hand umklammert einen weißen Plastikbecher, den er den Leuten mit abgewandtem Gesicht unter die Nase hält.

Der Junge humpelt auf Kalenberger zu, bleibt eine Weile bettelnd vor ihr stehen, schlurft dann auf einen aussichtsreicheren Passanten zu.

Es ist einfach alles sinnlos. Kalenberger schaut dem Jungen hinterher, ohne ihn zu sehen. Was man macht, ist verkehrt. Es gibt kein Richtig oder Falsch. Hätte sie dem Jungen ein paar Münzen gegeben, wäre das Geld in den Taschen seiner rumänischen Gang gewandert, seine Lebenssituation hätte sich nicht verbessert. Sie hat ihm nichts gegeben. Hat das dem Jungen geholfen? Nicht mehr und nicht weniger. Vielleicht gibt die Gang das Betteln an diesem Ort auf, wenn nicht genügend zu holen ist. Aber damit hat sich die Situation des Jungen nicht verbessert, er wird in einer anderen Stadt auf die Straße geschickt, das erbettelte Geld wird ihm abgenommen, er kann sich nicht wehren.

Kalenberger dreht sich um, geht zurück zur U-Bahn-Haltestelle. Hat sie eine Chance? Wo ist ihre Überzeugung geblieben, mit ihrer Arbeit dem Recht im Wettlauf mit dem Chaos eine Chance zu geben?

Sie wird die Psychotherapeutin anrufen und um einen Termin bitten.

Kalenberger ist schon fast an ihrer Haustür, da kommt ihr eine Frau mit einem Kinderwagen entgegen. Kalenberger ist keine Kinderwagenguckerin. Sind Kinder nicht auch nur ein vergeblicher Versuch, einem sinnlosen Leben einen Inhalt zu geben?

„Hallo, Marike", sagt die junge Frau mit dem Kinderwagen, „kennst du mich nicht mehr?"

Kalenberger sieht auf: „Daria!" Sie hatten in der Polizeidirektion zusammengearbeitet. Als die Schießerei am Raschplatz Kalenberger aus der Bahn geworfen hat, war Daria schon im Mutterschaftsurlaub. Oder Erziehungszeit?

„Wo willst du denn hin?" Ein bisschen freundlicher könnte es doch auch gehen. Kalenberger versucht ein Lächeln. „Schön dich zu sehen."

„Ich wollte zu dir", sagt Daria, „mich zu einem Kaffee einladen und eine Runde mit dir quatschen."

Was will sie wirklich, was steckt dahinter? Dem Kleinen im Kinderwagen läuft die Nase. Daria zieht ein Papiertaschentuch aus der Tasche und putzt dem Kleinen die Nase. „Das ist Bjarne", sagt Daria.

Kalenberger schaut sie fragend an. „Musste sein", sagt Daria, „schon früh was gegen eine aufkeimende Lese-Rechtschreib-Schwäche tun!"

Darias ironische Art reißt Kalenberger mit. Sie muss lachen.

Der Kinderwagen wird vor dem Haus mit einem Zahlenschloss gesichert. „Ordnung muss sein", sagt Daria und schleppt Bjarne die Treppen in den ersten Stock hinauf.

Kalenberger kocht den Kaffee, Daria kramt aus ihrer riesigen Umhängetasche eine Tüte mit Gebäck. „Wenn's ein bisschen nach Milchbrei riecht, liegt es an Bjarnes Spucktuch. Die Tüte lag direkt daneben."

„Wie geht es dir?“

„Gut“, sagt Daria, „ich bin geschieden, meine Lebensplanung ist völlig durcheinander und im Beruf zieht alles an mir vorbei, was Beine hat. Man könnte auch Schwanz sagen.“

Toto streckt seinen Kopf zur Tür herein, Bjarne will die Katze streicheln, torkelt mit seinen tapsigen Schritten in Richtung Tür, fällt nach vorn und Toto zischt ab. Daria holt ein sicher mal weißes Schaf aus der Tasche und setzt sich Bjarne auf den Schoss.

Kalenberger schenkt Bjarne einen Apfel, den er an sein Schaf *Kuhmuh* verfüttern kann. „Sag ich doch, Lese-Rechtschreib-Schwäche“, meint Daria, „aber wie geht es dir?“

„Mäßig.“ Kalenberger legt den Kuchen auf einen Teller.

„Die Schießerei am Raschplatz noch immer nicht verwunden?“

„Die Schießerei schon, nur nicht den Rückstoß in der Polizeidirektion.“

Das Schaf ist satt. Bjarne will lieber seine Mama füttern. Mama fischt ein Bilderbuch aus der Tasche. Daria beißt vom Streusel-Plunderstück ab, Krümel rieseln aufs Bilderbuch, Bjarne schaut, woher der Niederschlag kommt, schüttelt den Kopf wie ein nasser Hund.

„Das wird schon wieder. Lange schlafen, frische Luft und ab und zu eine kleine Extrabelohnung - schon hört das Schwanken unter den Füßen auf.“

„Wenn du meinst…“ Kalenbergers Gedanken driften ab. Daria schnuppert, hebt Bjarne an, riecht an seiner Hose. „Wir müssen uns mal das Näschen pudern.“

„Kein Problem. Im Flur die erste Türe rechts.“

Daria schnappt sich Sohn und Tasche und verschwindet in den Flur. Kalenberger wischt die Krümel vom Tisch, stellt sich dann in den Türrahmen zum Flur. „Da ist so eine blöde Sache, mit der ich mich am liebsten gar nicht beschäftigen würde. Aber die Sache beschäftigt mich!“

„Solange ich nicht weiß, worum es geht, kann ich dazu nichts sagen.“ Daria hat die Badezimmertüre einen Spalt breit offen gelassen. Das Fenster ist doch gekippt?

„Es geht um Aylin, meine Tochter. Also nicht meine richtige …“

„Ich weiß“, sagt Daria, und Kalenberger erzählt von der Suche nach Pia und dem vermeintlichen Zusammenhang mit den Morden im Eisstadion und auf dem Autohof. Daria kommt mit Sohn, Tasche und einer verknoteten Plastiktüte aus dem Bad.

„Und den Fall willst du von zu Hause aus lösen?“

„Ich will überhaupt keinen Fall lösen. Ich möchte Pia finden, meine Tochter anrufen und ihr sagen, wo die Freundin steckt. Verdrängen hilft nicht, ich komme einfach aus den Bildern und Gedanken nicht mehr raus.“

„Wir müssen los“, sagt Daria, „Bjarne muss eine Untersuchung beim Kinderarzt über sich ergehen lassen.“

„Danke für den Besuch, hab' mich sehr gefreut.“ Kalenberger bringt Daria zur Wohnungstür, nimmt ihr dann die Tasche ab und trägt sie die Treppe hinunter.

Daria löst das Schloss am Kinderwagen. „Was die Freundin deiner Tochter und diesen polnischen Eishockeyspieler betrifft, würde ich auf ein Loverboy-Verhältnis tippen.“

„Dann müsste sie doch schon wieder aufgetaucht sein. Ihr Zuhälter ist tot!“

„Oder sie wurde weitergereicht. Die Branche ist da nicht so zimperlich.“

Daria schiebt los. Bjarne winkt, als Daria mit dem Kinderwagen auf den Fußweg einbiegt.

„Loverboys", murmelt Kalenberger, „muss es denn immer gleich so mies kommen."

Sie recherchiert im Internet. Wikipedia:

... Betroffene sind oft minderjährige Mädchen und junge Frauen aus allen Gesellschaftsschichten, meist mit geringem Selbstbewusstsein oder großer Schüchternheit. Sie werden von Loverboys, auch gerade erst Volljährigen, angesprochen, und ihnen wird zunächst vorgegaukelt, die Loverboys wären in sie verliebt. Die Loverboys geben ihnen Aufmerksamkeit, Komplimente, Zuneigung und oft auch Geschenke. Gleichzeitig machen sie die Opfer emotional abhängig und entfremden sie ihrem Verwandten- und Bekanntenkreis. Später verleiten oder zwingen sie sie zur Prostitution. Oft gaukeln sie ihren Opfern vor, das so verdiente Geld zum Aufbau einer gemeinsamen Zukunft verwenden zu wollen. Die Opfer sind oft schwer zu erkennen. Einerseits stecken sie meist gerade in der Pubertät und verändern sich auch dadurch stark, andererseits haben sie häufig gelernt, ein Parallelleben mit Lügen und Leugnen zu führen. Teilweise achten die Loverboys auf regelmäßigen Schulbesuch. Manchmal sind sie der Familie als Freund bekannt.

Sie muss Pia finden. So schnell wie möglich. Es gibt nur einen Anhaltspunkt. Den Spieler Konstantin von den Indians. Sie ruft in der Geschäftsstelle an und fragt nach den Trainingszeiten.

Am Nachmittag des nächsten Tages ist sie pünktlich am Pferdeturm. Sie stellt sich an die Bande des Eisstadions, hofft, dass die Spieler auf sie aufmerksam werden. Doch die Spieler trainieren Angriffsformationen und Abwehrverhalten nach Anweisungen des Trainers. Es ist alles superschnell und energiegeladen. Kalenberger könnte sich ausziehen und niemand würde hersehen. Vor dreißig Jahren wäre das sicher anders gewesen.

„Haben wir einen neuen Fan gewonnen?" Unbemerkt ist Wroblewski hinter sie getreten. Hoffentlich kann er keine Gedanken lesen, geht es Kalenberger durch den Kopf.

„Ich bin noch immer auf der Suche nach dem verschwundenen Mädchen."

„Warum gehen Sie nicht zur Polizei?"

Kalenberger flüchtet sich in Ironie: „Die Polizei wäre mit der Größe des Falls sicher überfordert."

Wroblewski lacht. „Ich häng den Spielern einen Zettel in die Umkleidekabinen, Sie können solange in unserm Büro warten."

Kalenberger geht mit, bekommt ein Mineralwasser eingeschenkt und soll sich in die ausliegenden Sportzeitschriften vertiefen. Wroblewski telefoniert pausenlos. Zweimal verlässt er sogar das Büro, soll wohl niemand mitbekommen, was er am Handy bespricht.

Zwei junge Männer erscheinen. Alltagskleidung. Jeans, T-Shirt, Jacken. Auf der Straße würde Kalenberger sie nicht als Eishockeyspieler erkennen. Sie begrüßen Kalenberger mit Handschlag, und der lässt schon eher an Eishockeyspieler denken.

„Ich bin noch immer auf der Suche nach Pia, der Freundin meiner Tochter."

„Okay", sagt Adam und klopft seinem Kollegen auf die Schulter, „wir sehen uns morgen zum Training." Er greift seine abgestellte Tasche und geht, spricht draußen noch ein paar Worte mit Wroblewski und ist verschwunden.

„Haben Sie eine Schwester?“, fragt Kalenberger.

„Sophia, aber nix gut für schnelles Geld“, Konstantin lacht, „schon zu alt, drei Jahre älter als ich.“

„So habe ich das nicht gemeint. Stellen Sie sich vor, sie wäre achtzehn und verschwunden. Würden Sie nicht auch alles daran setzen, sie zu finden?“

„Würde ich!“

„Könnten Sie bitte noch einmal nachdenken, wohin sie mit Piecek gefahren sind, um Pia zu treffen?“

„Kann ich. Bringt nix. Ich kenn' nur Stadion, meine Wohnung in Herderstraße und ein paar Kneipen in Innenstadt.“

„Wollen Sie mir helfen?“

„Wenn nix kostet.“

„Dann hole ich Sie heute Abend zur gleichen Zeit ab, zu der Sie mit Piecek losgefahren sind.“

„Danach Sie nehmen mich mit in Innenstadt?“

„Abgemacht. – Wo kann ich Sie abholen?“

„Hier vor Stadion. Wie Jan. Es war kurz vor zehn.“

„Dann also bis nachher!“ Kalenberger gibt Konstantin die Hand, Konstantin schüttelt sie ohne zuzudrücken.

Toto hat ein Geschwür hinter dem linken Ohr. Kalenberger hat es zufällig entdeckt, als sie ihn im Waschbecken gewaschen hat. Mit drei Beinen kann sich eine Katze selbst nicht so sauber halten wie eine Vierbeinige.

Toto sitzt im Frotteehandtuch auf ihrem Schoß, Kalenberger sucht im Branchenbuch nach einem Tierarzt in der Nähe.

Frau Rohrbach klingelt. Ein Bote hat einen Briefumschlag abgegeben. Kalenberger fragt Frau Rohrbach nach der Adresse für einen Tierarzt. Irgendetwas geht gerade in der Rohrbachschen Wohnung zu Bruch, Kindergeschrei und Frau Rohrbach lauscht einen Augenblick, schüttelt dann den Kopf und meint: „Nicht so schlimm." Allerdings hat sie Kalenbergers Frage vergessen. Als Kalenberger ihre Frage nach dem Tierarzt wiederholt hat, kann ihr Frau Rohrbach eine Kleintierpraxis ganz in der Nähe empfehlen. Ihre Schwester hat einen Hund und würde extra aus Lehrte kommen, um ihn in dieser Praxis behandeln zu lassen.

Kalenberger ruft an, dramatisiert ihre Entdeckung an Größe und Aussehen und soll sofort vorbeikommen.

Sie packt Toto in ihre Tasche und fährt los. Im Wartezimmer ein Dalmatiner, ein Pudel, ein Käfig mit Hamstern und ein Papagei auf der Schulter eines älteren Herrn.

Sie muss mehr als anderthalb Stunden warten, dann wird sie ins Sprechzimmer gerufen. Die junge Ärztin setzt Toto auf einen Tisch, schnuppert und grinst. „Der erste Kater, der mit Lavendelduft die Damenwelt verführen will."

„Er kann sich mit seinen drei Beinen doch nicht richtig sauber halten."

Es scheint die Ärztin nicht mehr zu interessieren. Eine Helferin fixiert Toto seitlich auf dem Tisch. Die Ärztin untersucht die Beule, drückt von oben, nimmt sie zwischen zwei Finger, lässt sich eine Lupe geben. „Da hat sich eine Zecke aber eine besonders kuschelige Stelle ausgesucht." Die Helferin reicht ihr unaufgefordert eine spezielle Zange, Toto zuckt, schreit auf und die Zecke ist entfernt. Die Wunde wird noch desinfiziert und Kalenberger darf fünfunddreißig Euro bezahlen. Die Ärztin empfiehlt ihr, Toto kastrieren zu lassen. Toto faucht sie an.

Zu Hause verzieht sich Toto auf seine Decke in der Sofaecke. Kalenberger holt sich ein Glas Mineralwasser, im Flur fällt ihr der Umschlag auf, den Frau Rohrbach gebracht hat.

Kalenberger setzt sich neben Toto auf die Couch, öffnet den Umschlag. Sie muss den Umschlag schütteln, damit der Inhalt auf den Tisch fällt. Zwei postkartengroße, weiße Kartonabschnitte. Auf dem einen eine blonde Haarlocke, mit zwei Klebestreifen befestigt, der andere Karton wurde auf die Hälfte geknickt und umschließt zwei Fotografien. Auf einem Foto eine junge Frau, die nur mit einem Slip bekleidet ist und mit Schmollmund in die Kamera lächelt. Auf dem anderen Foto die junge Frau aus einer etwas anderen Perspektive. Die Fotos wurden offensichtlich in einem Badezimmer gemacht, im Spiegel ist unscharf eine weitere Person zu erkennen. Als Kalenberger genauer hinsieht, ist sie sicher: Das ist Aylin.

Hat Aylin nicht von offenherzigen Fotos berichtet, die sie mit ihrer Freundin im Badezimmer aufgenommen hat und die dann unbeabsichtigt übers Handy verbreitet wurden? Was für ein Leichtsinn.

Kalenberger betrachtet den ausgebreiteten Inhalt des Briefumschlags. Pia, Aylin und eine Haarlocke. Es kann eine Information sein oder eine Warnung. Wer der Absender auch immer sein mag, Jan Piecek ist es auf keinen Fall, der ist tot. Und der Absender hat Kalenbergers Adresse.

Konstantin wartet ungeduldig vor der Eissporthalle. Er reißt die Autotür auf, bevor Kalenbergers Auto richtig steht. „Können wir beeilen, ich habe noch Verabredung!“

„Schnall dich bitte an!“, sagt Kalenberger. Sie lenkt das Auto wieder in den Verkehrsstrom. „In welche Richtung seid ihr gefahren?“

„Weiß nicht!“

„Du musst doch wissen, ob ihr von der Halle nach rechts oder links abgebogen seid.“

„So richtig.“

„Nicht doch die andere Richtung?“

„Kann sein. Weiß nicht.“

Kalenberger sucht nach einer Möglichkeit anzuhalten. „Danke für dein Hilfe“, sagt Kalenberger, und Konstantin fällt fast auf den Gehweg, so eilig hat er es auszusteigen.

So kommt sie also auch nicht weiter. In Pieceks Umgebung konnte man mit Pias Foto nichts anfangen. Sie ruft Obanczek an. Ja, sie haben einige Spieler der Indians befragt, ohne ein verwertbares Ergebnis. Aus einer plötzlichen Eingebung heraus fragt Kalenberger nach der genauen Adresse von Romina Wagenbach. Ob sie nicht doch wieder an ihren Arbeitsplatz in der Polizeidirektion zurückkehren wolle.

„Versteh' doch bitte, ich will keine Morde be- und verarbeiten, nur Pias Verschwinden aufklären. Vielleicht lege ich mir danach einen Kleingarten zu und züchte Malven.“

„Malven?“

„Meine Lieblingsblumen!“

„Das waren doch mal Pfingstrosen.“

„Die brauchen zu viel Platz.“

Kalenberger entschließt sich, am nächsten Morgen nach Harsum zu fahren.

A 7, Abfahrt Hildesheim-Drispenstedt, über die B 494 in Richtung Harsum. Netter Ort, Häuser aus Backstein oder Fachwerk, gediegen, bürgerlich, Rewe-Markt, stattliche Kirche, als Sehenswürdigkeit soll es irgendwo eine Bockwindmühle geben, hat Kalenberger im Internet gelesen.

Links abbiegen in die Kaiserstraße, Name passt, dann Mahnhof, Adolf-Kolping-Straße und durchfragen zum Karrenbeek.

Kalenberger stellt das Auto ab, sieht sich um. Eine Frau hängt Wäsche auf die Leine, beobachtet Kalenberger aus den Augenwinkeln. Ein Mann kommt auf seinem Motorroller die Straße heraufgefahren, stellt den Roller in die Hauseinfahrt, Kalenberger will auf ihn zugehen, der Mann verschwindet eiligst im Haus. Ein älterer Mann kann sich nicht so schnell verdrücken. Er streicht den Gartenzaun.

„Guten Tag“, sagt Kalenberger.

Der Mann dreht sich nicht einmal um.

„Ich habe eine Frage ...“

„Ihr seid wie die Schmeißfliegen“, poltert der Alte los, „es reicht euch nicht, dass eine Frau ermordet wurde, am liebsten würdet ihr noch in ihren Eingeweiden wühlen.“

Für einen Moment ist Kalenberger sprachlos. Doch sie ahnt, warum der Alte so aggressiv reagiert. Nach dem Mord auf dem Autohof wird die ganze Pressemeute den Ort belagert haben, unsere Welt braucht Bilder. Nachbarn mit Tränen in den Augen, Schulfreundinnen mit Geschichtchen aus der gemeinsamen Schulzeit, Verwandtschaft mit Erinnerungen an gemeinsame … nach Obanczeks Angaben hatte Wagenbach keine Verwandtschaft. Um an Informationen zu kommen, muss sich Kalenberger verstellen. „Ich suche meine Tochter!"

„Das ist doch mal eine ganz neue Masche. Warum gerade hier?"

Kalenberger nimmt das Foto aus der Tasche, hält es zwischen Gartenzaun und Farbpinsel. „Das ist Pia, sie ist mit Romina Wagenbach gesehen worden, bevor sie verschwand. Ich mache mir große Sorgen."

Der Alte zögert, legt den Pinsel quer über den Farbtopf und betrachtet das Bild. „Ja und nein."

„Mehr Ja oder mehr Nein?"

„Bei der Wagenbach haben öfter mal junge Frauen übernachtet, manche waren sogar einige Tage hier. Ob die allerdings dabei war …", er greift noch einmal nach dem Foto, „… die sehen doch alle irgendwie gleich aus und jeden Tag anders."

„Haben Sie sich denn nicht gewundert, dass immer wieder fremde junge Frauen bei Frau Wagenbach gewohnt haben?"

„Die Wagenbach war sehr sozial eingestellt, hat einen deutsch-rumänischen Freundeskreis geleitet und immer wieder rumänische Frauen in Krankenhäuser, Altenheime oder auch privat vermittelt."

„Karl-Heinz!" Eine Frau steht in der Haustür. „Kommst du jetzt, oder soll der Kaffee kalt werden?"

„Auf die Wagenbach lasse ich nichts kommen!" Er wickelt den Pinsel in Alufolie und drückt den Deckel auf die Farbdose. „Zu jedem Basar hat sie rumänische Kuchen gebacken und Gitarre gespielt."

„Kommst du endlich!"

Der Alte hängt ein selbst beschriebenes Schild an den Zaun, *Frisch gestichen,* nimmt Eimer und Pinsel und schlurft in Richtung Haustür.

Kalenberger geht zurück zu ihrem Auto. Romina Wagenbach - wirklich eine herzensgute Frau. Da ist es wieder, das Blut an der roten Backsteinwand. Kalenberger fährt zurück. Sie will nicht nach Hause in ihre eigenen vier Wände. Kalenberger stellt das Auto direkt am Engesohder Friedhof ab. Sie setzt sich auf ihre Bank. Bäume, Sträucher und Gras zeigen ein Grün in unendlicher Vielfalt, Farbe als Therapie.

Kalenberger hat Toto im Auto vergessen. Sie holt ihre Tasche, setzt sich wieder, krault Toto und schaut in die Weiden.

In dem klobigen Mausoleum mit dem attraktiven männlichen Engel neben der obersten Treppenstufe bewegt sich etwas. Eine jugendliche Gestalt verschwindet hinter einer der Säulen. Trotz sorgfältiger Überwachung nutzen Drogenkonsumenten die Abgeschiedenheit des Friedhofs, um sich unbehelligt ihren Schuss zu setzen. Kalenberger schaut in die andere Richtung, eine junge Frau setzt sich in die Sonne, nimmt ein Buch aus ihrer Tasche, rutscht nach rechts, um noch mehr Sonne abzubekommen und schlägt ihr Buch auf.

Unwillkürlich schaut Kalenberger wieder zu dem Mausoleum hinüber, und plötzlich hat sie eine Idee. Eine Idee ohne jede Substanz und Aussicht auf Erkenntnis. Sie steht auf, geht langsam, aber zielstrebig auf das Mausoleum zu. Wenn es im Jenseits solche männlichen Engel gibt …

Der junge Mann hat sich mit dem Rücken an eine Säule gesetzt, das Drogenbesteck um sich ausgebreitet. Kalenberger stellt sich direkt vor den jungen Mann, er schaut auf, kann den zwanghaften Ablauf seiner Tätigkeit nicht unterbrechen, zieht die Spritze auf, zieht sein T-Shirt hoch und sticht sich die Spritze in den nackten Bauch.

Kalenberger stutzt, der junge Mann kommt ihr bekannt vor. Er schließt die Augen, lehnt sich an die Säule. Sein schneller Atem beruhigt sich. Woher kennt Kalenberger den Mann? Gleich wird er seine Utensilien zusammenpacken, aufstehen und gehen. Kalenberger kann ihn nicht zurückhalten und in der Direktion anrufen wird sie auch nicht.

Da ist es wieder. Der junge Mann gehört zu den jugendlichen Handy-Abgreifern. Sein Name, sein Name …!

„Sie wissen, dass Sie sich strafbar gemacht haben."

„Okay, Oma", sagt der junge Mann, „ich bin Diabetiker, und wenn Du es nicht glaubst, versuch' mal, mich aufzuhalten."

„Ich werde Sie nicht aufhalten", sagt Kalenberger, „aber ich weiß, dich zu finden."

Gerade als der junge Mann auf der obersten der fünf Stufen steht, fällt Kalenberger sein Name ein: „Twitter!"

„Scheiße, ich bin berühmt!" Twitter ist auf der obersten Stufe stehen geblieben wie festgenagelt. Er hat Kalenberger den Rücken zugekehrt und schaut über die weite Gräberfläche.

„Ich werde Sie nicht anzeigen." Kalenberger greift in ihre Tasche, Toto mauzt, streckt sein Köpfchen aus der Tasche. Twitter sieht auf den kleinen Kater, verzieht den Mund zu einem schiefen Lachen und scheint für einen Augenblick seine Coolness abgelegt zu haben.

Kalenberger zieht Pias Foto aus der Tasche. Sie wird es in einer Klarsichtfolie aufbewahren müssen, damit

Toto es nicht noch weiter ruinieren kann. Sie hält Twitter das Foto unter die Nase, Twitter schaut wieder in die Landschaft. Kalenberger will es direkt versuchen: „Meine Tochter, sie ist verschwunden."

Twitter schaut erst Kalenberger an, dann das Bild. „Keine von uns."

„Ist sie Ihnen schon mal über den Weg gelaufen?"

„Worum geht's?"

„Wir vermuten, dass sie einem Loverboy in die Hände gefallen ist."

„Kann ich nichts mit anfangen."

„Ihr Lover soll ein polnischer Eishockeyspieler gewesen sein."

„Der Tote vom Eisstadion?"

„Könnte sein."

Twitter schüttelt den Kopf, geht die Treppenstufen hinunter. „Ich würde es im Internet versuchen. Da gibt es sicher Kontaktbörsen, über die man solche Girls buchen kann. Kenn' mich da nicht aus."

Kalenberger lässt ihn laufen.

Internet. Darauf hätte sie auch selber kommen können.

Auf dem Rückweg zu ihrer Wohnung hält sie noch am Supermarkt. Sie muss einen Lebensmittelvorrat für sich und Toto einkaufen. Solche Internet-Sessions können sich ziehen.

Es wird ein langer Abend. Ein langer, erfolgloser Abend. Hannover, Erotik, Girls privat, jede Menge Einträge. Eine merkwürdige Branche. Alle Angebote irgendwie umschrieben, verklausuliert, angedeutet. Nirgendwo auch nur der Ansatz von Illegalem. Dafür aber persönliche Bewertungen:

Letzthin war ich im Club: ganz ordentlich geführt und ansprechend. Entschieden habe ich mich für Amelie, was eine ziemliche Pleite war. Lustlos, null Erotik und bietet überhaupt nicht, was auf der Homepage geschrieben wird.

War am letzten Freitag im Club und muss sagen, dass die Bedienung von Yennifer aller erste Sahne war. Eine Polin, die nur wenig deutsch spricht, aber Dich so richtig nach Strich und Faden verwöhnt. Wirklich zu empfehlen. Allerdings sind die Stundenpreise inkl. Duschen und Zähne putzen, dafür gibt es dann aber erste Sahne FO und ZK!

Nach über zwei Stunden gibt Kalenberger auf. So wird sie nicht weiterkommen. Toto ist längst in seinem Körbchen eingeschlafen. Kalenberger schaltet den Computer aus, geht ins Bad und stellt sich unter die Dusche. Da erwischt es sie wieder, ohne jede Vorwarnung. Sie hat das Gefühl, im Boden zu versinken, die Wirklichkeit verschwimmt.

Dusche, Wasser, Glaswände, Licht - alles verschwindet aus dem Bewusstsein. Es gibt keine Fragen mehr, keine Zweifel, keine Angst. Sie sieht sich mit Aylin in einem roten Elektroboot auf dem Steinhuder Meer. Die Sonne scheint, Aylin greift mit einer Hand ins Wasser und spritzt Kalenberger nass. Dann ist alles wieder da, Wohnung, Dusche, Wasser und das blaue Handtuch. Sie weiß, dass diese verschobene Wahrnehmung sie immer wieder attackieren kann. Noch findet sie den Weg zurück.

Kalenberger hat einen Termin bei der Psychotherapeutin. Sie muss Geduld haben, soll sich mit angenehmen Sachen umgeben, irgendetwas Kreatives schaffen.

„Vielleicht Makramee?"

„Muss nicht sein. Harald Naegeli hat Männchen an die Wand gesprüht und ist ein angesehener Künstler geworden."

„Kriminalkommissarin als Graffiti-Sprayerin entlarvt?"

„Sie sehen das alles zu negativ, öffnen Sie sich dem Licht."

Und dafür ist Kalenberger in die Innenstadt gefahren. Sie will jetzt nicht nach Hause. Ihre innere Unruhe muss sich abbauen.

Kalenberger läuft durch die Fußgängerzone, besieht sich die Auslagen in den Schaufenstern, ohne etwas wahrzunehmen und findet sich erst wieder, als sie vor den Auslagen von Horstmann+Sander steht. Handtaschen. Exklusive Handtaschen. Ein Modell zieht sofort ihre Aufmerksamkeit auf sich. Eine Umhängetasche glänzend und pinkfarben. Den Preis kann oder will sie nicht lesen. Sie soll etwas Kreatives tun? Kalenberger betritt entschlossen das Geschäft, braucht keine Beratung und keinen Small Talk, um nicht von ihrem Entschluss abgebracht zu werden. Sie kauft die Tasche Ardon von Maison Mollerus und ihr Konto wird um knapp vierhundertfünfzig Euro leichter.

Nein, die Tasche braucht nicht eingepackt zu werden. Kalenberger hängt sie sich über die Schulter, jetzt fehlt ihr nur noch die Aufmerksamkeit der Passanten, und einigen Frauen fällt die Tasche im Vorübergehen auch wirklich auf. Jetzt braucht sie noch ein wenig Egoismus, und sie hat wieder eine Sprosse aus dem dunklen Loch hinauf ans Licht geschafft.

„Nein, Toto", sagt sie leise, aber sehr deutlich, „die Tasche ist viel zu klein für dich, in der Tasche kann ich dich nicht mitnehmen!" Obwohl sie Toto zu Hause in seinem Körbchen zurückgelassen hat.

Toto liegt nicht in seinem Körbchen, er sitzt auf der Fensterbank und ist in ein intensives Duell mit einer Fliege verwickelt. Die Vase mit den gelben Tulpen und der Kerzenhalter für die vier Teelichter sind schon auf der Strecke geblieben.

Kalenberger wischt das Wasser vom Boden auf, füllt neues Wasser in die Vase, da klingelt das Telefon.

„Schütte."

„Wer?"

„Manuel Schütte – Chili!"

„Das ist aber eine Überraschung!"

Chili ist Streetworker in Hannover. Hat selbst eine schattenreiche Vergangenheit hinter sich. Nach einem fast erfolgreichen Selbstmordversuch und schmerzhaftem Drogenentzug hat er sich entschlossen, die Seiten zu wechseln. So ist er Anlaufstation für die Schattengestalten der Drogenszene geworden.

„Heute Nacht habe ich Twitter getroffen."

„Merkwürdiger Zufall, ich bin ihm gestern begegnet", sagt Kalenberger.

„Ich weiß, Twitter hat's mir erzählt."

„Ich hab mich doch gar nicht vorgestellt."

„Twitter hat dich irgendwie mit der Polizei in Verbindung gebracht und als er dann von der Katze in der Umhängetasche berichtet hat, war es nicht mehr so schwer …"

„Ich bin nicht mehr bei der Polizei …"

„Ach?"

„… ich bin krankgeschrieben."

„Einmal Polizei, immer Polizei!" Chili lacht.

„Twitter braucht keine Angst zu haben, ich habe nichts gesehen."

„Du bist auf der Suche nach deiner Tochter?"

„Stimmt."

„Du hast mir einmal aus der Patsche geholfen."

„Einmal?"

„Twitter meint, deine Tochter könnte für einen Loverboy anschaffen."

„Es ist die Freundin meiner Tochter, aber sonst korrekt."

„Vielleicht kann ich dir einen Tipp geben."

„Wäre toll. Ich habe wirklich nichts, womit ich weiterkommen könnte."

„Wir haben seit einigen Wochen eine junge Frau, die wir verstecken müssen. Sie ist einem Loverboy abgehauen, nachdem sie mit brennenden Zigaretten traktiert wurde."

„Wie heißt sie denn?"

„Sie nennt sich Adél – mit richtigem Namen wohl Adelheid oder so."

„Was hat das mit Pia zu tun?"

„Adél versteckt sich vor einem Zuhälter und seit dieser polnische Eishockeyspieler tot ist, traut sie sich überhaupt nicht mehr auf die Straße."

„Versteh ich nicht. Sie müsste doch froh sein."

„Sie hat einfach Angst, dass ein Nachfolger den Nachlass von diesem Eishockeyspieler mit allem Inventar übernimmt. Bisher konnte sie sich noch einreden, dass sie aus Liebe zu ihrem Lover auf den Strich geht. Aber bei einem unbekannten Nachfolger wäre sie eine stinknormale Nutte. Und so weit will sie nun doch nicht fallen – obwohl es objektiv betrachtet kein allzu tiefer Fall wäre."

„Hat sie keine Familie, zu der sie zurückkann?"

„Du kennst dich nicht aus in der Loverboy-Szene?"

„Will ich auch nicht unbedingt."

„Die Mädchen haben alle längst mit ihren Familien gebrochen. Einzige Bezugsperson ist ihr Lover."

„Und wie könnte ich über diese Adele …"

„Adél, soviel Respekt muss sein!"

„… über diese Adél an Informationen zum Aufenthalt von Pia kommen?"

„Sie hat mal was gemurmelt, sie wäre nicht die Einzige gewesen, die für den Eishockeyspieler anschaffen musste. Sie sollte sogar die Anleitung des Frischfleischs übernehmen, als er erst einmal den Honeymoon auf Neumond geschaltet hatte."

„Gibst du mir ihre Adresse?"

„Nee, so leicht geht das nicht. Wenn du Interesse an einem Gespräch mit ihr hast, wird sie mit dir in Kontakt treten."

„Und wann …"

„Ich muss jetzt auflegen."

„Danke für deine …" Doch da hat Chili das Gespräch schon unterbrochen.

Es gibt Menschen, die können mit Muße warten. Zug verpasst? Buch aus der Tasche holen und auf den nächsten warten. Zehn Minuten warten bis die nächste U-Bahn kommt? Zehn Minuten werden zu zwanzig, zu hundert. Und doch wird sie warten müssen. Sie hat keine Handynummer von Chili, sie wüsste, wo sie ihn finden kann, aber das wäre sicher nicht in seinem Sinn.

Sie ruft Obanczek an. Der Anruf wird an die Zentrale weitergeleitet. Obanczek ist nicht am Arbeitsplatz. Frau Holm erkennt Kalenberger. Obanczek sei für längere Zeit krankgeschrieben. Ein Rückfall. Leider. Wie es Kalenberger gehe?

Was soll Kalenberger darauf antworten? „Gut", natürlich.

„Sehen wir Sie bald wieder in der Polizeidirektion?"

„Ich hoffe."

Das war es dann auch schon an persönlichem Austausch. Frau Holm muss weiter Anrufe entgegennehmen. Kalenberger ist froh, nicht weiter ausgequetscht zu werden. In fünfzehn bis zwanzig Minuten weiß die ganze Dienststelle, dass Kalenberger angerufen und nach Obanczek gefragt hat.

Kalenberger schaut aus dem Fenster. Der Mann mit Blumen und Sektflasche kommt heute ohne Aufmerksamkeiten. Er wird an der Haustür erwartet und mit einem Küsschen begrüßt. Sie gehen gemeinsam zu seinem Auto. Es kann ein schöner gemeinsamer Nachmittag werden. In den Herrenhäuser Gärten? Im Bauerncafé in Laatzen? Vielleicht auch am Steinhuder Meer? Rotes Elektroboot. Backsteinwand. Blut.

Sie muss unbedingt etwas für ihre Fitness tun. Schwimmen! Jetzt könnte sie zum regelmäßigen Training ins Hallenbad gehen.

Am nächsten Morgen fährt sie ins Büntebad nach Hemmingen, hat ihr die Nachbarin empfohlen. Das Bad soll gerade renoviert worden sein und eine Sauna gäbe es auch. Aber da ist wieder Kalenbergers Problem mit dem Warten. Schwimmen ja, Sauna nein.

Es werden in den folgenden Tagen zweiunddreißig Bahnen in vier Tagen, Kalenberger ist schon ein wenig stolz auf sich. Sie kann sich aber auch verzählt haben.

Gerade ist Kalenberger nach Hause gekommen, hat ihre Schlüssel auf die Garderobenablage gelegt und will die Reklame aus der Post sortieren, da klingelt ihr Handy. Chili meldet sich. Nein, ein Treffen mit Adél kann er nicht vermitteln. Er will nur vorwarnen. Es kann sein, dass Adél Kalenberger am Abend anruft. Wenn sie es sich bis dahin nicht anders überlegt …

Und da ist es wieder, das Problem mit dem Warten. Zeitschriften durchblättern, Kaffee kochen, Knäckebrot essen, Fernsehgerät an, Fernsehgerät aus, Zeitschriften durchblättern …

Es wird acht, neun, halb zehn. Kalenberger ist müde vom Schwimmen, geht ins Bad und putzt sich die Zähne.

Da klingelt endlich das Handy. Auf der anderen Seite nur ein Rauschen. Kalenberger wartet eine Weile. Hoffentlich macht sie jetzt nichts falsch: „Adél?"

„Bist du bei der Sitte?"

„Ich war bei der Mordkommission."

Langes Schweigen.

„Du suchst wen?"

„Pia Sauer. Die beste Freundin meiner Tochter."

„Nie gehört!"

„Vielleicht kennen Sie Pia unter einem anderen Namen."

„Unter welchem?"

„Weiß nicht. Ich habe ein Foto."

„Ne, ne, komm mir bloß nicht so. Kein Treffen!"

„Sie könnte in Gefahr sein."

Adél lacht auf. Hört sich nicht besonders fröhlich an. „Mir brennt der Arsch, aber sie könnte in Gefahr sein", höhnt Adél, „in welcher Welt lebst du eigentlich?"

„Genauer gesagt, sie könnte in zwei Morde verwickelt sein."

„Jan und die Tussi vom Autohof?"

„Eventuell."

„Dann besorg' dir ein eindeutiges Kennzeichen, woran ich die Freundin deiner Tochter erkennen kann."

„Wie soll ich …"

„Ich rufe in zwei Stunden noch mal an, und wenn es dann nichts Konkretes gibt, ist sense."

Das Handy piepst, der Akku muss aufgeladen werden.

Kalenberger wählt Aylins Handy über ihren Festnetzanschluss an. Aylin meldet sich nicht. Warten. „Aylin, bitte …“ Warten. Endlich wird die Verbindung hergestellt.

„Ja?“ Die Stimme eines jungen Mannes.

„Ich möchte Aylin sprechen.“

„Aylin kann jetzt nicht.“

„Bitte sagen Sie ihr, dass ihre Mutter am Telefon ist.“

„Das hat doch sicher auch bis morgen Zeit!“

Kalenberger holt tief Luft. „Wenn du deinen Arsch nicht sofort in Bewegung setzt und meine Tochter holst, hetze ich dir die gesamte Lüneburger Polizei auf den Hals!“

„Wer … aber … wie sprechen Sie mit mir …“

Im Hintergrund ein Kichern, dann wird ihm das Handy abgenommen und Aylin meldet sich. „Musst du Hajo so erschrecken? Der kriegt jetzt wochenlang keinen mehr hoch.“ Hajo mault im Hintergrund, Aylin lacht.

„Kannst du mal bitte einen Augenblick ernst sein“, sagt Kalenberger, „vielleicht habe ich einen winzigen Hinweis zu Pias Verschwinden gefunden.“

„Soll ich kommen?“

„Es ist noch nichts Fassbares. Ich brauche von dir ein unverwechselbares Kennzeichen, woran man Pia erkennen kann.“

Schweigen. „Ist es so schlimm?“

Kalenberger stutzt. „Keine Panik, wir haben Pia noch nicht gefunden. Aber irgendjemand könnte sie kennen. Er will das unverwechselbare Kennzeichen, um sicher zu gehen, dass ich ihn nicht linke.“

„Gott sein Dank!“

„Nichts ist mit Gott sei Dank, im Moment ist noch gar nichts."

„Wenn Pia aufgeregt ist, schielt sie ganz leicht. Ihr linkes Auge wandert dann so ein bisschen in Richtung Nase."

„Okay. Ich melde mich, wenn ich Neuigkeiten habe."

„Danke!"

Kalenberger will die Wohnungstür von innen abschließen. Das Handy klingelt. Kalenberger nimmt es von der Stromzufuhr, meldet sich.

„Ich bin's." Adél.

„Schön, dass du noch einmal anrufst."

„Und?"

„Pia schielt ganz leicht, wenn sie sich aufregt."

„Mit welchem Auge?"

„Mit dem linken - ich hoffe, ich habe das jetzt richtig behalten."

„Okay. Das müsste sie sein. Ich weiß aber nicht, wo sie jetzt ist, müsste mich umhören. Ich melde mich wieder."

„Kann ich dich nicht anrufen ..." Doch da ist das Gespräch auch schon beendet. Jetzt heißt es warten, warten, warten. Tai-Chi? Yoga? Schwimmen?

Wenn jemand etwas Genaueres über die Tätigkeit der Loverboys weiß, dann sicher die Insider. Die Konkurrenz. Doch man kennt Kalenberger im Rotlichtviertel am Steintor. Außerdem würde sie als Frau sicher nur misstrauisch beäugt. Sie wird einen Mann anheuern müssen. Am besten zwei. Dann kann einer auf den anderen aufpassen.

SIEBEN

Am nächsten Morgen packt Kalenberger Toto ein und marschiert mit ihm zum Engesohder Friedhof. Sie biegt in die Orli-Wald-Allee ein, bleibt auf der linken Seite und verlangsamt ihre Schritte. Sie läuft so gern an der Gärtnerei entlang, aus den Fensteröffnungen riecht es herb und frisch wie nach einem ordentlichen Landregen. An der Glastür ein Aushang: *Aushilfe gesucht. Bitte im Geschäft melden.* Es muss Spaß machen, den ganzen Tag von Blumen und Grünpflanzen umgeben zu sein.

Kalenberger sieht sich um, kann Carolus nicht entdecken und setzt sich auf ihre Bank. Sie hat Zeit. Sie hätte Zeit, wenn da nicht diese Ungeduld wäre. Sie steht auf, geht zur Friedhofsmauer am Maschsee, eine alte Frau poliert einen Grabstein mit erstaunlich energischen Kreisbewegungen. Ob sie ihrem Mann noch etwas mitzuteilen hat?

Kalenberger kehrt zurück an ihren Stammplatz. Toto mauzt, will sein Fressen. Kalenberger legt eine Serviette auf die Bank, öffnet die Futterdose, im gleichen Moment huscht ein Eichhörnchen vom Baum, unter der Bank hindurch und Toto hinterher. Aber nur mit ganz wenigen Sprüngen, dann ereilt ihn wohl die Erkenntnis, dass ein dreibeiniger Kater noch weniger Chancen gegen ein Eichhörchen hat als ein vierbeiniger. Genau in dem Augenblick, als Toto aufgibt, huscht ein weiteres Eichhörnchen in Schlagweite an ihm vorbei. Bittere Erkenntnis: Wer lädiert ist, braucht für den Spott nicht zu sorgen.

Kalenberger hat sich einen Vorrat an Zeitschriften mitgebracht und hält es ziemlich lange aus. Als es ihr schließlich zu kühl wird, macht sie sich auf den Heimweg. *Aushilfe gesucht*! Vor der Tür eine Stellage mit Blumen für die Gartenbepflanzung. Hinter der Tür abholbereit zwei Totenkränze mit weißen Schleifen. *Ruhe in Frieden* und auf dem andern *Wir werden dich nie vergessen.* Kann sich durchaus beißen, geht es Kalenberger durch den Kopf.

Am Nachmittag ruft dann Adél an. Sie verkündet gleich, dass es ihr letzter Anruf sein wird. Sie hat Angst, mit ihrem Kontakt zu Kalenberger aufzufliegen. Kalenberger soll ganz genau zuhören, sie müsste sich schnell verabschieden. „… Pia nennt sich jetzt höchstwahrscheinlich Zizi. Zizi ist nicht mehr in Hannover. Nach dem Tod von Piecek war sie verschwunden. Soll nach Wolfsburg gebracht worden sein. Ihr Neuer hat auch was mit den Indians zu tun. Soll Salander heißen oder so. Und Ende!“

Kalenberger lässt das Handy sinken. Pia lebt also. Das ist doch schon mal eine gute Nachricht. Und den Namen ihres neuen Zuhälters hat sie auch.

Es ist schon spät. Trotzdem ruft Kalenberger Dirk Wroblewski an, ein Manager der Hannover Indians darf niemals schlafen.

„Salander?“ Spontan kann Wroblewski nichts mit dem Namen anfangen.

„Vielleicht ein Spitzname von einem Piecek Freund?“

„Nicht, dass ich … meinen Sie vielleicht Skalp-Hunter?“

„Und was wäre wenn?“

„Skalp-Hunter nennt sich ein Fanclub vom Deister. Ich kann ihnen die E-Mail-Adresse des Vorsitzenden geben.“

Kalenberger notiert.

Am nächsten Tag trifft Kalenberger Carolus mal wieder auf dem Friedhof. Man spricht übers Wetter, einen Verkehrsunfall auf dem Messeschnellweg in der vergangenen Nacht, und Carolus' Frau ist mit ihrer Frauengruppe nach Passau abgereist. Sie wollen die Donau mit Schiff und Fahrrad erkunden.

„Ich kann nicht kochen und nicht bügeln", sagt Kalenberger.

„Das kann ich alles selber!" Carolus lacht. Er fragt nach Kalenbergers Tochter.

Kalenberger gibt erst eine belanglose Antwort, doch dann erzählt sie von Adéls Anruf und ihrem Gespräch mit Wroblewski. Sie muss mit jemandem darüber reden. Früher war immer ein Kollege zu einem kleinen Plausch bereit, aber heute ... Toto hört ihr zwar aufmerksam zu, aber seine Gesten sind oft nicht zu deuten.

„Ich würde mir diese Fangruppe gerne näher ansehen."

„Eine gute Idee."

Ein Friedhofsgärtner fährt auf einem kleinen Traktor vorbei, eine Schaufel fällt vom Anhänger, er hält an und lädt sie wieder auf. „Immer an der gleichen Stelle!", ruft er herüber. Dann setzt er sich wieder auf den kleinen Traktor und tuckert davon.

„Gibt es auch Traktoren mit Elektromotor?"

„Am besten wäre wohl der Besuch eines Heimspiels der Indians."

„Jetzt, wo Sie es sagen."

„Alleine trau' ich mich irgendwie nicht hin."

„Das sind doch sicher alles ganz nette Jungs."

„Sie bezeichnen sich selber als kalt, dreckig und laut."

„Wie lange waren Sie bei der Kripo?"

„Na, schön. Also Sonntag? Das Spiel beginnt um achtzehn Uhr?“

„Wenn ich alleine geh', könnte mich jemand erkennen und mein Erscheinen als Polizeieinsatz missdeuten, komme ich in Begleitung, sieht es eher privat aus.“

„Ich rufe Wroblewski an, ob er zwei Freikarten für uns auftreiben kann.“

„Rufen Sie mich an!“ Kalenberger gibt Carolus zum ersten Mal die Hand. „Sie haben meine Telefonnummer.“

„Und Sie die meine!“

Carolus fingert eine etwas verknitterte Visitenkarte aus seinem Portemonnaie und reicht sie Kalenberger. „Ich muss mich beeilen“, sagt Carolus, „bei einer Nachbarin gibt es heute gekochte Ochsenbrust und die sollte man nicht aufwärmen.“

„Kann die Nachbarin auch bügeln?“, ruft ihm Kalenberger hinterher. Sie setzt Toto in die Tasche. Zu Hause muss sie feststellen, dass Toto Carolus' Visitenkarte bis auf einen unbedeutenden Rest gefressen hat.

Vorsichtshalber ruft Kalenberger bei den Indians an und lässt zwei Eintrittskarten für das Spiel gegen die Starbulls Rosenheim auf ihren Namen zurücklegen.

Als sie am Pferdeturm eintrifft, ist von Carolus noch nichts zu sehen. Sie holt die Karten ab, dreht sich um, und da kommen ihr Carolus und Wroblewski entgegen. Wroblewski bringt sie ins Stadion, die Eintrittskarten werden in seiner Begleitung nicht kontrolliert. Das Geld hätte sich Kalenberger sparen können.

Kalt? Dreckig? Laut? Na ja, ein lauschiges Plätzchen ist es nicht. Trommeln, Gejohle, Fangesänge. Die Spieler kommen aufs Eis als hätte man sie aus einem Käfig gelassen. Rhythmisches Klatschen. Dann ein schüchterner Gesang: „So geh'n die Scorpions, die Scorpions gehen so ..."

Kalenberger hat schon Angst um die wenigen Fans, die sich ins feindliche Stadion verirrt haben. Die Hannover Scorpions sind schließlich die erklärten Feinde der Indians. Doch da schallt es aus hunderten von Kehlen: „So geh'n die Indians, die Indians gehen so!" Laut und voller Energie. „Hannover ist Indianerland!"

Wroblewski beugt sich zu Kalenberger: „Die Skalp-Hunter stehen in der Nordkurve!"

„Wo ist denn die Nordkurve?"

Carolus zupft Kalenberger am Ärmel. „Ist doch wohl nicht zu überhören."

Es wird angepfiffen, dann wieder abgepfiffen, angepfiffen, abgepfiffen – Kalenberger kann dem Spiel nicht wirklich folgen. Es ist einfach zu schnell. Außerdem wird ihre Aufmerksamkeit vom Fanblock abgelenkt. Ziemlich kriegerisch. Und doch wäre Kalenberger gerne mittendrin. Da tobt das Leben. Oder ist es eher der Alkohol?

In der Pause lädt Carolus Kalenberger zum Bier ein. Sie schlendern mit ihren Plastikbechern ein wenig vor dem Stadion umher, erholen sich von dem Lärm und atmen durch. Kalenberger mag kein Bier aus Plastikbechern. Eigentlich mag sie überhaupt kein Bier, höchstens mal zu Matjes oder deutschem Beefsteak.

Unauffällig lenkt Carolus seine Schritte in Richtung einer kleinen Fangruppe mit weißen Schals und schwarzem Aufdruck: Skalp-Hunter Hannover. Die erste Halbzeit scheint ihnen gefallen zu haben, die Indians führen mit zwei zu null gegen ... gegen wen eigentlich. Carolus korrigiert sie. Es war das erste Drittel, im Eishockey gibt es keine Halbzeit.

Kalenberger ist es egal, sie interessiert sich mehr für die Unterschriften auf einem T-Shirt der Jungs. „Alle echt?"

„So echt wie die Krone auf meinem Bier." Er schaut ins Bierglas. „Da war mal eine drauf, ich hab' sie selbst gesehen!"

Alle Umstehenden lachen. Es wird ein wenig hin und her geflachst. Kalenberger gefällt die Atmosphäre. Wird nicht ihr letzter Besuch gewesen sein.

Allmählich orientiert man sich wieder in Richtung Halleneingang. Jetzt, denkt Kalenberger, vielleicht die letzte Chance. Carolus trinkt sein Bier aus, Kalenberger zieht das Foto von Pia aus der Jackentasche, hält es möglichst so, dass es alle Umstehenden sehen können. „Sie soll zu euerm Fan-Kreis gehören."

„Und wenn es so wäre?"

Kalenberger, jetzt brauchst du eine plausible Erklärung. Das hättest du dir auch früher überlegen können. „Sie hat ein Praktikum in unserem Laden gemacht und sich teure Arbeitsgeräte angeschafft, die sie dann bei uns zurückgelassen hat. Könnte sie noch gut bei E-Bay verkaufen. Ihre Adresse stimmt nicht mehr. Sie hat bloß mal erzählt, dass sie immer mit den Skalp-Huntern zu jedem Heimspiel der Indians geht."

„Hört sich ziemlich dünn an", sagt einer der Jungs und wirft seinen leeren Bierbecher in den blauen Plastiksack.

„Ich hab' mir bloß gedacht, zwei- bis dreihundert Euro sind für eine junge Frau doch kein Pappenstiel".

„Was für ein Laden ist das denn, in dem sie gearbeitet haben soll?" Der zweite leere Becher landet im Plastiksack.

„Haarfair in Ricklingen."

„Wir sagen es ihr, wenn wir sie sehen." Drei Becher fliegen fast gleichzeitig in den Abfallsack. Alle streben dem Halleneingang zu, nur einer der Jungs trödelt ein wenig, bleibt zurück. Das T-Shirt mit den Unterschriften. „Das ist die Freundin von Mehler. Aber der kommt nicht mehr."

„Sie wissen nicht, wo sich dieser Mehler im Augenblick aufhält?"

Der junge Mann betrachtet Kalenberger von oben bis unten. „Von der Kripo?"

„Wieso?"

„Wegen der gestelzten Formulierung: … wo sich dieser Mehler im Augenblick aufhält."

„Und?"

„Ein Freund von Jan Piecek, aber ein ziemlich übler Bursche. Hat uns das Foto der Frau gezeigt und eine Telefonnummer auf mein Trikot geschrieben. Wenn wir mal was richtig Scharfes fi … also, Sie wissen schon." Er dreht sich um. „Auf dem Trikot unten links."

Kalenberger notiert sich die Handynummer, der junge Mann eilt schnellen Schritts dem Halleneingang zu. „So geh'n die Indians, die Indians gehen so! So gehen die Indians, die Indians …" Laut und unheimlich brutal. Kalenberger muss grinsen. „Hannover ist Indianerland!"

Kalenberger schaut Carolus an. „Wollen wir hinterher?"

„Ein Drittel reicht", sagt Carolus, „nach dem dritten wäre ich taub."

Direkt vor dem Stadioneingang trennen sich dann ihre Wege.

„Danke für die Begleitung", sagt Kalenberger.

„Keine Ursache. War doch ein ruhiger Nachmittag für mich, habe kaum drei Worte gesagt."

„Es wäre schön, wenn Sie mir noch einen kleinen Gefallen tun könnten."

„Wenn's nichts kostet."

„Ich bitte Sie nur um einen Anruf. Wäre doch nicht so glaubwürdig, wenn ich als Frau nach einem Treffen mit einer jungen Frau fragen würde."

Carolus überlegt einen Augenblick. „Aber mit Ihrem Handy!"

Kalenberger nimmt ihr Handy aus der Jackentasche und tippt die Nummer von ihrem Zettel ein. Freizeichen, sie gibt Carolus das Handy.

Es dauert eine Weile, bis das Gespräch angenommen wird. Carolus drückt auf die Mithörfunktion. Bringt aber nichts bei dem Straßenlärm. Kalenberger versteht nur Carolus' Teil des Gesprächs. Er meldet sich spontan mit: „Richard." Der Vorname eines Arbeitskollegen. Und jetzt? „Richard Wagner!"

Es sieht aus, als würde sich Carolus am liebsten die Zunge abbeißen. Der Name ist ihm so rausgerutscht, wird sicher sofort als falscher Name identifiziert. Nichts. Keine Nachfrage. „Ich möchte Herrn Mehler sprechen."

„Die Telefonnummer habe ich von einem guten Freund. Ich würde gern eine hübsche junge Frau … sagen wir mal: kennenlernen."

Ein paar Augenblicke geht das Gespräch hin und her. Mehler scheint sehr misstrauisch zu sein. Fragt wohl mehrmals nach, wie *Herr Wagner* an die Telefonnummer gekommen ist. Schließlich wird das Gespräch beendet. Carolus gibt Kalenberger das Handy zurück, wischt sich den Schweiß von der Stirn. „Nicht noch einmal. Ich werde mich wohl doch lieber nach einem Kleingarten umsehen, als weiter Räuber und Gendarm mit Ihnen spielen."

„Später!", sagt Kalenberger ziemlich schroff, und Carolus denkt voller Zuneigung an seine Frau.

„Haben Sie eine Adresse?"

„Nein."

„Nein!" Es ist fast wie ein Aufschrei.

„Bin nicht ganz rangekommen. Wir sollten uns in Fulda treffen. Er würde mich vom Bahnhof abholen und zu der Frau bringen. Es ist eine Privatwohnung, soweit habe ich ihn ausquetschen können."

„Sonst nichts, keine Hintergrundgeräusche, Stimmen, Ansagen, Musik, spezieller Lärm?"

„In Fulda war es genau so laut wie hier. Halt, irgendjemand hat gefragt, ob er die Waage zurückgeben wolle. War sehr schwer zu verstehen, er hat wohl auch gleich die Hand über's Handy gehalten."

„Das sind doch schon mal Anhaltspunkte: Fulda und Waage."

„Zu Fulda fallen mir nur Reifen ein."

„Die Waage könnte uns weiterbringen. Ich muss nachdenken."

„Tun Sie das, aber kommen Sie bloß nicht auf die Idee, mich nach Fulda zu schicken!"

„Was soll's denn kosten?"

Am nächsten Morgen ruft Kalenberger Daria an. Ein paar Floskeln, wie geht's, was macht der Kleine, aber Daria hat keine Zeit zu plaudern. Also gleich raus mit der Bitte, ob Daria über die Direktion herausfinden kann, unter welcher Adresse Mehler in Fulda gemeldet ist.

Daria will sich bemühen, kann aber bis zum Nachmittag dauern, bis sie zurückruft.

Doch dann ist es weniger als eine halbe Stunde. Ein Mehler ist in Fulda nicht gemeldet, auch nicht in der

Umgebung. Ja, ja, dem Kleinen geht es schon wieder besser, die Windpocken verschwinden langsam.

Das klang ziemlich genervt.

Kalenberger kann nicht einschlafen. Mit jedem Tag scheint Pia in immer weitere Ferne zu entgleiten. Hannover, Wolfsburg, Fulda ... Sieht aus, als würde sie nach Pieceks Tod herumgereicht. Warum muss man eine Waage zurückgeben? Weil man sie ausgeliehen hat oder die eigene nicht funktioniert. Kann man überhaupt Waagen ausleihen? Was könnte man mit einer geliehenen Waage wiegen? Obst, Gemüse, Fisch, Fleisch … Kalenberger lässt los, schließt die Augen und lässt sich treiben. In der Waagschale einer kleinen Balkenwaage spiegelt sich der Schein einer Kerze. Gold, Medikamente, Drogen … die Backsteinwand mit dem Blut. Kalenberger muss den Ausgang finden, stößt die Kerze um, das Licht erlischt, ein Wimmern und Stöhnen, ein Schrei … und Kalenberger erwacht aus ihrem Albtraum. Es hat keinen Sinn, die Augen wieder zu schließen, sie würde nicht mehr schlafen.

Sie steht auf, zieht sich den Bademantel über und schenkt sich ein Glas Rotwein ein. Jetzt, genau jetzt müsste man jemanden haben, mit dem man sprechen kann. Nur um des Sprechens Willen.

Um die Stunden bis zum ersten Grau in den Fenstern zu überbrücken, schaltet Kalenberger das Fernsehgerät an, zappt einmal durch die Programme und schaltet das Gerät wieder aus. *Ich will dich jetzt, nimm mich, nur ein Euro die Minute. Geil, spitz, scharf.* Unerträglich! Aber für manchen Mann vielleicht das Highlight der Nachtschicht.

Sie setzt sich vor ihren Computer, gibt den Suchbegriff Fulda ein. Google Maps – bloß um was zu tun.

Dom, Stadtschloss, Bahnhof. Sie vergrößert den Ausschnitt.

Mehler könnte die Kunden am Bahnhof abholen und wer-weiß-wohin mit ihnen fahren. Zu einem der Wohnblocks am Rosengarten, sieht wenigstens so aus, als ob es da Wohnblocks gibt. Oder er verlässt die Stadt und fährt aufs Land, Neuenberg, Eichenzell, Dipperz. Allzu weit darf er nicht fahren, sonst vergeht den Kunden vielleicht die Lust. Ist das ein mieses Geschäft! Toto ist aufgewacht und streicht Kalenberger um die nackten Beine. Ein wohliger Schauer rinnt ihr den Rücken hinunter. Sie hebt Toto auf und setzt ihn sich auf den Schoß. Plötzlich wird ihr heiß. Das Blut steigt in den Kopf, die Gesichtsfarbe wechselt zu hellrot, Schweiß bricht ihr aus, sie greift zum Papiertaschentuch, flucht und trotzdem ist es ein Schritt zurück in ihr normales Leben. Hitzewallungen waren in den letzten Monaten ihre ständigen Begleiter, nach dem Einsatz am Raschplatz waren sie wie weggeblasen. Alles Gute kann man nicht auf einmal haben. Kalenberger wischt sich erneut über Stirn und Arme, dann schon lieber Hitzewallungen.

Sie setzt Toto zurück auf den Fußboden, geht ans Fenster und öffnet weit die Fensterflügel. Es regnet leicht. Matt spiegeln sich die Laternen auf dem nassen Asphalt. Ein Radfahrer kommt von der Hildesheimer her, fährt auf dem Gehweg, wen sollte es stören, er fährt in leichten Schlangenlinien, wenn er anhält, kippt er um, geht es Kalenberger durch den Kopf.

Sie schließt das Fenster, will es mit Schlafen versuchen, geht zurück an den Computer, um ihn auszuschalten. Sie schließt das Fenster mit der Straßenkarte von Fulda, im letzten Moment fällt ihr Blick auf einen Schriftzug. Hertz Autovermietung. Und – was soll das jetzt?

Im Badezimmer putzt sie sich noch einmal die Zähne, legt sich hin, knipst die Nachttischlampe aus. Irgendwie stellt ihr Gehirn ganz hinten in einer der letzten Windungen eine Verbindung zwischen Autovermietung und ihrer Suche her. Irgendjemand hat gefragt, ob er die Waage zurückgeben wolle. Waage - Autovermietung. Zurückgeben - zurücklegen, zurückleben, zurückkleben, macht keinen Sinn.

Sie musste endlich schlafen, wenigstens ein paar Stunden, sonst ist der morgige Tag ... Nicht Waage sondern Wagen! Ob er den Wagen zurückgeben wolle. Das macht Sinn. Mehler kommt mit der Bahn oder dem eigenen Auto nach Fulda, wechselt dann in einen Mietwagen und ist so von seinen Kunden nicht zurückzuverfolgen.

Noch eine Hitzeattacke und Kalenberger schläft endlich ein.

Sie muss Carolus anrufen. Er muss sich noch einmal bei Mehler melden. Kalenberger geht ins Internet, sucht im Örtlichen Telefonbuch, dann nach „Kurt Carolus" bei Google. Kein Eintrag im Telefonbuch, unter Google jede Menge Seiten, aber keine persönlichen Angaben. Nur sein ehemaliger Anschluss im Rathaus. Aber der nützt nun nichts mehr. Carolus wird seine private Telefonnummer geheim gehalten haben. Sie hat doch seine Visitenkarte. Irgendwo muss sie doch in der Handtasche sein. Endlich! Acht der zehn Ziffern sind noch ganz gut zu erkennen, aber zwischen drin: Ist es eine Acht oder eine Drei - dahinter nur eine Leerstelle.

Es hilft nichts, sie wird zwanzig Anrufe tätigen müssen. Gott sein Dank hat sie eine Flatrate für Internet und Telefon. Vielleicht hat sie aber auch Glück und der fünfte oder sechste Anruf ist ein Treffer.

Es ist der zwölfte. Carolus meldet sich, seine sonore, ruhige Stimme erkennt sie sofort. Ob er noch mal bei Mehler anrufen könnte. Er müsste Ort und Zeit für einen Treffpunkt ausmachen, brauchte dann natürlich nicht hinzufahren.

Carolus würde gerne helfen, allerdings ist ihm der Name entfallen, unter dem er sich bei Mehler gemeldet hat.

Die Ausrede gilt nicht. „Wagner", sagt Kalenberger, „Richard Wagner, wie der große Komponist. Der wäre sicher auch auf dem Engesohder Friedhof bestattet worden, hätte er in Hannover gelebt."

Carolus will von seinem Handy aus anrufen. „Aber bitte die Rufnummer unterdrücken", sagt Kalenberger.

„Und putz dir die Nase, geh gerade, mach den Mund zu beim Essen!" Carolus lacht. „Ich melde mich, sobald ich Informationen habe."

Kalenberger notiert sich seine Telefonnummer auf einem Zettel und legt ihn unter das Glas mit Apfelmus im Küchenschrank.

Es dauert nicht lange, da klingelt Kalenbergers Handy. Carolus. „Mehler hat angebissen. Mittwoch um zwanzig Uhr dreißig am Bahnhof Fulda. Aber ohne mich!"

„Herr Carolus, ich übernehme. Ein solches Treffen würde ich Ihnen doch nie und nimmer zumuten."

„Das ist nett von Ihnen, aber was passiert jetzt?"

„Ich werde am Donnerstag nach Fulda fahren", sagt Kalenberger, „und bei der Autovermietung vorsprechen. Wenn ich Glück habe, mietet Mehler oder wie er auch immer richtig heißen mag, das Auto nicht allzu lange vor seinen Rendezvous. Dann lässt sich die Person in den Buchungslisten der Autovermietung vielleicht finden."

„Clever“, sagt Carolus, „einfach clever. Die Autovermietung wird eine Fotokopie von seinem Führerschein gemacht haben. Dann haben Sie seinen richtigen Namen.“

„Wenn sein Name nicht sehr gebräuchlich ist und in der Umgebung des Fan-Clubs in Barsinghausen auftaucht, haben wir seine Visitenkarte.“

„Wir?“

„Ich und … Toto!“

Carolus lacht.

Aylin ruft an, kaum dass Kalenberger aufgelegt hat. Pia hat sich über eine Freundin gemeldet. Es geht ihr schlecht. Sehr schlecht. Sie hätte nur geweint. Sie will versuchen zu fliehen. Treffpunkt am Samstag dreiundzwanzig Uhr. Bahnhof Göttingen, am Zeitungsladen. „Soll ich da hinfahren?“

„Bloß nicht. Das erledige ich!“

„Bitte, hol' sie da raus. Ich hab' solche Angst um sie.“

„Wird schon alles gut werden.“

„Hoffentlich. Du kannst mich jederzeit anrufen. Wunder dich aber nicht, wenn es im Hintergrund laut ist. Ich bin die nächsten Tage auf verschiedene Geburtstagsfeiern eingeladen. Da geht's immer rund.“

„Wie schön für dich“, sagt Kalenberger.

Am Donnerstag also nach Fulda. Hat sich Kalenberger irgendwie näher vorgestellt. Sie sollte sich ein Auto kaufen, das weniger Sprit verbraucht als ihr alter Volvo. Ihre Bezüge werden sicher auch bald reduziert. Dann gibt es Fischköpfe statt Whiskas, lieber Toto. Toto scheint der Drohung keine größere Bedeutung beizumessen, er schnurrt unter Kalenbergers Hand auf dem Beifahrersitz.

Provinzielle Leere in der Autovermietung am Bahnhof. Ein geschäftsmäßiges Lächeln, Anfang vierzig, blonde Haare, blaues Jackett, weiße Bluse und blaugelbes Tüchlein um den Hals.

Kalenberger nimmt ihre Kripomarke aus der Tasche. „Ich würde gern in Ihre Buchungen vom gestrigen Tag schauen."

„Ich weiß nicht ... da sollte ich wohl vorher die Zentrale ..."

„Es geht natürlich auch über den Dienstweg, ist aber für beide Seiten mit erheblich mehr Arbeit verbunden." Kalenberger lässt die Dienstmarke wieder in ihrer Jackentasche gleiten.

„Vom gestrigen Tag meinen Sie?" Die Dame mit dem Halstüchlein sperrt sich nicht mehr. „Ich habe das alles auf einer Datei." Sie deutet auf den Bildschirm, obwohl die Datei natürlich im Computer schlummert. „Ausdrucken kann ich aber nichts, da müsste ich wirklich vorher anrufen."

Kalenberger geht um den Tresen herum, das Halstüchlein ruft eine Datei auf.

Kalenberger interessiert sich für Personen, die ihr Auto nach zwanzig Uhr dreißig zurückgegeben haben. Es sind drei. Von dem Zeitpunkt an geht sie im Tag zurück. Zwei Namen tauchen auf. Landscheid und Helmer. Landscheid? Helmer? „Ausgewiesen haben sich die Herrschaften mit ihrem Führerschein?"

„Wir machen von jedem Führerschein eine Fotokopie. Aber die darf ich nun wirklich nicht herausgeben. Wir nehmen es sehr genau mit dem Datenschutz, müssen Sie wissen."

Kalenberger notiert sich beide Namen. Bedankt sich, kündigt an, dass sie vielleicht noch einmal vorbeikommen wird. Dann würde sie sich aber vorher in der

Zentrale anmelden. Die Dame mit dem Halstüchlein scheint sehr erleichtert, als Kalenberger ihre Tasche nimmt und die Autovermietung verlässt. Aus den Augenwinkeln sieht Kalenberger, wie die Frau sofort zum Telefonhörer greift.

Zu Hause schaltet sie den Laptop an und schaut ins Telefonbuch. Landscheid. Suche in Basinghausen und in fünfundzwanzig Kilometer Umgebung. Nichts. Mehler. Ebenfalls nichts. Fehlanzeige! Falsch gedacht!

Kalenberger starrt auf den Zettel. Irgendwie scheint sie der Name Mehler herauszufordern. Was sagt ihr der Name? Als Kinder haben sie Buchstabenschütteln mit ihren Namen gespielt, aus Rita wurde Tira, aus Anja Naja und aus Otto Toto. Und so wird aus Mehler Helmer. Ein Blick ins Telefonbuch. Lars Helmer! Sogar mit Adresse.

Am nächsten Morgen muss Daria wieder ran, über die Polizeidirektion und das Einwohnermeldeamt in Fulda nach Lars Helmer suchen. Im Telefonbuch von Fulda ist kein Eintrag zu finden. Aber dann staunt Kalenberger nicht schlecht, als Daria anruft. Lars Helmer hat in Fulda vier Wohnungen unter seinem Namen angemietet, alle um den Buttermarkt herum, wie Kalenberger nach einen Blick auf Google-Maps feststellt.

Sie schreibt dem Vorsitzenden der Skalp-Hunter eine E-Mail, ob dem Verein ein Lars Helmer bekannt sei. Sie würde ihn gern zu einer Party einladen, habe aber seine Adresse verlegt. Lars Helmer!

Carolus steht kurz davor, einen Kleingarten in der Nähe seiner Wohnung anzumieten. Er wartet nur noch auf das Okay seiner Frau. Am Samstag ist sie zurück. Aber Ende nächster Woche fährt sie nach Barcelona mit ihrem Volkshochschulkurs. Sie sei ständig auf Reisen. Ihm wäre so viel Bildung einfach zu viel.

Dann könnten sie doch am Freitag noch rasch nach Fulda fahren und die vier angegebenen Adressen abklappern. Carolus macht einen eingewachsenen Zehennagel geltend. Kalenberger verspricht ihm eine lindernde Salbe und Carolus holt zusätzlich noch einen Besuch in einem Café heraus, bevor er zustimmt.

Schlachthausstraße, Kasernengässchen, Ohmstraße und am Stockhaus. Immer Mehrfamilienhäuser, auf keinem der Klingelschilder ein Hinweis auf Lars Helmer, aber eins der Klingelschilder ist auf der Tafel immer frei oder unleserlich. Niemand kann sich erinnern, niemand will etwas gesehen haben.

Ohmstraße, die letzte Adresse. Kalenberger atmet tief durch, klingelt im Erdgeschoss, eine ältere Frau öffnet, aus der Küche riecht es nach Erbsensuppe. Kalenberger berichtet irgendetwas von einer verschwunden Nichte, die Frau wird misstrauisch und will schon die Tür schließen, da schiebt Kalenberger das Foto von Pia zwischen Türrahmen und Tür. Das Schließen der Tür verzögert sich, dann wird die Tür wieder geöffnet. Nun ja, diese junge Frau habe sie vielleicht gesehen, aber sicher sei sie nicht. Die Bewohnerinnen im dritten Stock links würden einfach zu schnell wechseln. Die letzte habe sie nur einmal kurz gesehen. Doch, das könnte die junge Frau auf dem Foto gewesen sein. Natürlich mit einer anderen Frisur. Auf der Straße begegne man sich nie, dann hätte man auch mal miteinander sprechen können. Aber einsam wären die jungen Frauen jedenfalls nie gewesen. Häufige Männerbesuche. Aber immer andere, auch ältere. Einer habe sogar schon bei ihr an der Tür geklingelt, nach Mona,

Lena oder so gefragt und dann etwas von Betrug gemurmelt. Sie habe mit der Polizei gedroht …

Kalenberger und Carolus gehen die Treppe hinauf, klingeln im dritten Stock, klingeln mehrmals, nichts rührt sich. Da wird die gegenüberliegende Türe aufgezogen. Eine alte Frau mit einem grauen Dutt macht die Türe einen Spalt breit auf.

„Die blonde Frau ist vorgestern verreist. Sie hatte nur einen Koffer. Wer weiß, wo sie hingefahren ist. Um ihre Blumen und die Post braucht sich niemand zu kümmern, da ist nichts!" Ob sie vielleicht die neuen Nachmieter wären? Das würde doch im Alter auch viel besser zu ihr passen.

Carolus und Kalenberger sehen sich überrascht an. Carolus grinst.

„Kein Bedarf!", sagt Kalenberger.

Carolus könnte sich den Verzicht auf den Cafébesuch vorstellen, wenn es auf direktem Wege zurück nach Hannover ginge. Er möchte seinen lädierten Zeh baden und sich augenblicklich einen Termin bei der Fußpflege geben lassen.

„Ich habe Ihnen doch eine gute Salbe versprochen", sagt Kalenberger. „Sie fahren rasch mit zu mir und …"

„Ich habe schon alle möglichen Salben ausprobiert."

„Mit Bepanthen habe ich die besten Erfahrungen gemacht."

„Hatten Sie auch einen eingewachsenen Zehennagel?" In Carolus' Stimme schmerzhaftes Mitgefühl.

„Ich hatte mir zwei Finger in meinem klappbaren Wäscheständer geklemmt."

„Würden Sie es mir sehr übel nehmen, wenn ich gerne vor der Apotheke aussteigen möchte? Dann hab' ich es auch nicht mehr weit nach Hause."

Kalenberger steigt nicht einmal mit aus, soll er sich doch von so einem jungen unwissenden Ding in der Apotheke beraten lassen.

Eine Nachricht in ihrem E-Mail-Postfach. Der Chef des Skalp-Hunter Fanclubs:

… Lars Helmer war über Jahre sehr aktiv in unserm Fan-Club. Er hat sich sehr um den Kontakt zu den aktiven Spielern der Indians bemüht und war da auch recht erfolgreich. Vor fünf Monaten hat er dann urplötzlich unseren Fan-Club verlassen. Wir hatten schon die Befürchtung, er wäre zu den Scorpions übergelaufen. Scheint aber nicht so zu sein, da er hin und wieder im Stadion aufgetaucht ist. Aber sonst – keinen Kontakt mehr …

Kalenberger ruft Aylin an. Nein, Pia hat sich noch nicht wieder gemeldet. Kalenberger berichtet von ihrer Suche in Fulda. Für einen Augenblick herrscht Stille in der Leitung, Kalenberger hört nur Aylins stoßweisen Atem.

„Ist was?", fragt sie ihre Tochter.

„Mir wird bloß gerade klar, dass ich heute an Pias Stelle sein könnte. Sie ist ein wenig naiv, ich fall nicht so leicht auf Sprüche herein. Aber wer weiß, wenn der Richtige kommt."

„Kannst du dir vorstellen, wie er Kontakt zu Pia aufgenommen hat?"

„Eigentlich … natürlich. Mein Gott, bin ich blöde. Ich weiß, wer Lars Helmer ist."

„Bist du auch in Gefahr?"

„Er nannte sich Homer, wie Homer Simpson aus der Fernsehserie. Zuerst haben wir beide mit ihm gechattet, aber mir wurde er dann zu aufdringlich. Aber Pia ist voll auf ihn abgefahren. Sie hat ihm übrigens unsere Badezimmerfotos geschickt, da hat er es auch bei mir noch mal versucht. Erfolglos natürlich. Pia hat erst eine Weile mit ihm gechattet und sich dann ein paarmal mit ihm getroffen."

„Und das erzählst du mir erst jetzt?"

„Es ist mir nicht früher eingefallen. Nach ihren ersten Treffen hat sie sich immer mehr von mir zurückgezogen, und ihre Dates hat sie überhaupt nicht mehr erwähnt. Ich dachte doch, das wäre längst vorbei."

„Ich fahre auf jeden Fall morgen nach Barsinghausen und schau mich ein wenig in seiner Umgebung um."

„Vielleicht kann ich auch etwas tun. – Ich geh ins Internet und probiere mal, ob meine Chatadresse noch aktiv ist. Wenn wir Glück haben …"

„Bring dich aber bitte nicht selber in Gefahr!"

„Ich heiße doch nicht Pia … außerdem habe ich eine Mutter mit einem schnellen Finger am Abzug: Die macht disch Loch in Kniescheibe!"

Wie schnell doch junge Leute Abstand gewinnen, soeben war Pia für Aylin noch die beste Freundin, jetzt wird sie langsam zu einem Fall, von dem sie sich auch emotional lösen kann.

Hübsche Gegend um Barsinghausen. Am Deister, über den man gegangen ist, um für immer zu verschwinden.

Allerdings in die entgegengesetzte Richtung. Felder, Wälder, schmale Straße, S-Bahn-Anschluss nach Hannover Hauptbahnhof.

Kalenberger hat sich die Adresse aus dem Telefonbuch abgeschrieben.

Egesdorfer Straße, Osterstraße, Langenkampstraße. Einfamilienhäuser, gepflegte Vorgärten, besenreine Gehwege.

Plötzlich ist da ein Bild vor Kalenbergers Augen. Das Haus der Eltern. Ein junger Mann sitzt in seinem Dachzimmer am Computer. Mutter ruft die Treppe herauf. „Kommst du bitte, das Essen ist fertig."

Wen soll Kalenberger hier fragen? Sie kann nicht einfach bei den Nachbarn klingeln und sagen, der Junge hätte die Schule geschwänzt. Sie weiß doch nicht einmal, wie er aussieht. Und als Loverboy bestimmt nicht wie ein Bengel vom Schulhof. Teure Klamotten, Geldscheine in der Hosentasche, protziges Auto im absoluten Halteverbot. Das war doch gerade der Kick für das Schulmädchen Pia. Mutter, du kannst abdecken. Er wird zum Essen nicht runterkommen!

Kalenberger läuft ein paar Straßen entlang, sieht sich nach einem auffälligen Auto um. Nur gediegene Mittelklasse, ab und zu ein Mercedes, grau, Sitzheizung, Sylt-Aufkleber auf dem Kofferraumdeckel.

So wird das nichts. Kalenberger bricht ihre Beobachtung ab und fährt zurück nach Hannover. „Dann werden wir uns eben ein Stündchen auf die Couch legen und nachdenken." Kalenberger krault Toto das Nackenfell und stellt das Auto ein paar Häuser vor ihrem eigenen Eingang ab und setzt Toto in die Tasche. Sie steigt aus, schließt den Wagen ab, dreht sich um und grüßt einen Nachbarn. Auf dem Gehweg kommt ihr ein Mann mit zwei Schäferhunden entgegen. Er führt die Hunde an der kurzen Leine, hat sie sicher im Griff. Als er nur noch wenige Meter von Kalenberger entfernt ist, wird sie von hinten angerempelt, die Tasche wird ihr von der Schulter gerissen, der Mann mit den Schäferhunden zischt ein kurzes „fass!", und Toto lebt nicht mehr. Der Schäferhund hat ihm das Genick durchgebissen. „Aus!“, befiehlt der Hundebesitzer und sein Schäferhund lässt sofort die tote Katze fallen.

Der Hundebesitzer überquert mit dem Rempler die Straße. „Lass die Schnüffelei!“ ruft ihr einer der Männer zu, dann steigen die beiden in einen schwarzen Mercedes mit Breitreifen und getönten Scheiben und fahren davon. Es geschieht alles konzentriert und ohne Hektik. Beim Ausparken wird sogar der Blinker gesetzt.

Kalenberger lässt sich auf die Knie fallen. Toto liegt da wie eine abgestreifte Handpuppe. Wenige Bluttropfen sickern aus dem Fell über Totos Genick. Kalenbergers Augen füllen sich mit Tränen, sie streckt die Hand aus, berührt den noch warmen Körper der Katze. Sie schiebt eine Hand unter den Bauch der Katze, will sie aufheben, doch da spürt sie, wie sie selbst an den Armen in die Höhe gezogen wird. Der Nachbar, den sie vorhin gegrüßt hat, richtet sie auf, redet ihr zu. Kalenberger versteht seine Worte nicht. Wie gebannt starrt sie auf die tote Katze. Der Mann zieht eine neue Fußmatte aus der Plastiktüte eines Discounters. Er legt sie über die tote Katze. „Ich rufe die Polizei an. Sie müssen sich erst einmal beruhigen!“

Kalenberger bewegt sich nicht. Sie starrt auf die grüne Matte mit dem gelben Aufdruck: Welcome! Sie spürt, wie ihre Knie nachgeben, bevor sie zusammensinkt, zieht sie der Nachbar zu einem Baum und lehnt sie beim Hinabgleiten gegen den Stamm. Dann spricht er mit einem der umstehenden Passanten.

Kalenberger will sich an die beiden Männer erinnern, die sie überfallen haben. Es bleiben nur schwarze Schatten. Toto, ihr Toto, nur drei Beine, sie hätte besser auf ihn aufpassen müssen. Hätte gleich ahnen müssen, dass mit dem Mann und den Hunden …

„Frau Kalenberger."

Man soll sie in Ruhe lassen, einfach in Ruhe lassen. „Verzieht euch!", bricht es plötzlich aus ihr heraus.

„Ich bin es. Sie kennen mich doch: Ihre Nachbarin, Frau Rohrbach. Bitte stehen Sie auf. Ich bringe Sie in Ihre Wohnung."

„Ich will in keine Wohnung!" Und dann wird es schwarz in ihrem Kopf, keine Stimmen mehr, keine Geräusche, ihr Körper wird schwer, Kalenberger lässt los und entgleitet ins Nichts.

Allmählich kommt Kalenberger wieder zu sich. Da sind Geräusche, weit entfernt das Schlagen einer Autotür, und dann ist da ein Geruch. Ein penetranter Geruch. Es riecht nach Angst.

Gerüche waren für Kalenberger wie Bilder. Als Kind konnte sie die Verwandtschaft mit geschlossenen Augen an ihrem Geruch unterscheiden. Jede Person hatte ihre eigenen Ausdünstungen. Tante Klara roch nach Erbsensuppe und manchmal auch nach Blumenkohl. Selbst wenn sie Rindfleischsuppe oder Zimt-Reis gekocht hatte. Der Mann aus dem Kiosk hatte den Geruch von Staub und Papier angenommen, ein Mann, der an zwei Krücken lief, aber immer freundlich zu ihr war. Ihre beste Freundin Birgit roch nach Heißmangel, und dieser Geruch stieg ihr auch aus jedem Topf entgegen, in dem Nudeln gekocht wurden.

Es waren nicht immer konkrete Bezüge, auch Stimmungen hatten ihre bestimmte Ausstrahlung. Freude roch nach klarem Wasser und Silberbesteck, Trauer nach alten Stoffen und Lavendel, Angst nach Asche und Nelken. Mit der Pubertät verlor sich ihre Fähigkeit. Aber jetzt ist sie plötzlich wieder da und es riecht ekelhaft nach Asche und ganz leicht nach Nelken.

Auf dem linken Arm spürt sie einen leichten Druck, als würde sie jemand von der Angst zurückhalten. Der Druck bewegt sich! Leicht. Beruhigend. Toto!

Kalenberger reißt die Augen auf. Frau Rohrbach sitzt auf einem Stuhl neben der Couch und streicht ganz leicht über Kalenbergers Arm.

„Toto! Wo ist Toto?"

„Die Polizei hat ihn mitgenommen. Er wird verbrannt!" Frau Rohrbach greift nach einem Gegenstand auf dem Esstisch, legt ihn Kalenberger in die Hand. Totos Halsband.

„Er hatte nur drei Beine!" Kalenberger richtet sich auf. „Er konnte doch niemandem schaden. Diese Verbrecher!" Plötzlich sinkt sie nach vorn, Frau Rohrbach zieht Kalenberger an ihre Schulter und plötzlich bricht es aus Kalenberger heraus. Sie weint, schreit und jammert gleichzeitig. Frau Rohrbach streichelt ihr den Rücken, gibt ihr mit dem anderen Arm Halt.

Für kurze Zeit unterbricht Frau Rohrbach das Streicheln und angelt nach einer Packung mit Papiertüchern. Kalenberger schnäuzt sich die Nase, noch immer laufen ihr die Tränen aus den Augen, sie versucht, ihre Nachbarin anzusehen. „Welchen Tag haben wir heute?"

„Das ist doch nicht so wichtig."

„Ich will wissen, welchen Tag wir haben!" Kalenberger schreit es heraus und Frau Rohrbach weicht ein wenig zurück.

„Samstag!"

„Entschuldigung."

„Macht nichts. Ich bin Krankenschwester und habe eine Weile mit Demenz-Kranken gearbeitet. Die sind auch oft unberechenbar."

„Und wie spät ist es?“

Frau Rohrbach schaut sich um, sucht nach einer Wanduhr und findet sie über der Tür.

„Kurz nach fünf.“

„Um elf muss ich in Göttingen sein!“ Kalenberger macht sich los, versucht aufzustehen.

„Ich würde gar nicht mal dran denken!“

„Ich muss!“ Kalenberger hält sich an Rohrbachs Schulter fest. „Es hängt sehr viel davon ab, vielleicht sogar ein Menschenleben.“

„In den nächsten Tagen können Sie bestimmt nicht aus dem Haus. Kann ich etwas für Sie erledigen?“

Kalenberger lässt sich wieder auf die Couch plumpsen. Sie sieht Frau Rohrbach an. „Ich heiße Marike. Und vielen Dank für alles!“

„Nicht der Rede wert.“ Rohrbach lächelt Kalenberger aufmunternd zu.

Kalenberger schaut sie an. „Ach, so, ich bin Lotte“, Rohrbach lächelt noch ein bisschen mehr.

Ganz leicht legt sich der Duft von Zitronen und Gras über die dunkle Angst.

„Ich koche uns einen Kaffee.“ Rohrbach drückt Kalenberger an die Rückenlehne der Couch.

„Wie lange braucht man bis nach Göttingen?“

„Zu lange!“ Rohrbach stellt die Kaffeemaschine an.

Kalenberger will aufstehen, ihre Knie geben nach, sie sinkt wieder zurück. „Können Sie … kannst du mir etwas aus der Apotheke besorgen, was mir auf die Beine hilft?“

„Dir hilft in deinem augenblicklichen Zustand überhaupt nichts auf die Beine.“

„Bitte. Ich muss.“

„Schmink' es dir ab. Du kommst nicht mal bis zur nächsten Autobahnauffahrt.“

Kalenberger greift nach den Papiertüchern, putzt sich die Nase. „Ich hab das noch nie gesagt, aber es geht um Leben und Tod."

„Stimmt!", sagt Rohrbach.

„Es geht um die Freundin meiner Tochter. Sie ist seit Wochen verschwunden und heute Abend besteht endlich eine Möglichkeit, sie zu treffen."

Möglichst unauffällig schiebt Rohrbach den Fressnapf fürs Katzenfutter hinter den Abfalleimer. „Ich kann dir nicht helfen."

„Ich weiß. Aber du könntest jemanden für mich anrufen." Plötzlich der Schock. „Meine Handtasche. Wo ist meine Handtasche?"

„Keine Panik. Ich habe sie draußen auf die Garderobenablage gestellt."

„Ich brauche mein Adressbuch. Ich möchte dich bitten, eine Kollegin von mir anzurufen."

Rohrbach holt die Handtasche, stellt sie neben Kalenberger auf den Tisch und fischt ein kleines, dickeres Buch mit Spiralheftung aus der Tasche.

„Daria. Daria Schmitz-Erdal." Kalenberger ist kaum zu verstehen.

Rohrbach sieht sich nach dem Telefon um, will das Mobilteil Kalenberger hinüberreichen, dann wählt sie selber. Es dauert eine Weile, bis die Verbindung zustande kommt. Endlich bricht das nervige Rufzeichen ab, Rohrbach meldet sich, stellt sich vor. Dann reicht sie Kalenberger das Mobilteil.

„Du hast es weit gebracht", ulkt Daria, „jetzt sogar schon Personal fürs Telefon ..."

„Ich brauche deine Hilfe!"

„Wie hörst du dich denn an?", fragt Daria.

„Heute Abend will die vermisste Freundin meiner Tochter zum Bahnhof nach Göttingen kommen. Ich würde gern mit dir besprechen, wie ich mich am besten verhalte."

„Kein Problem. Für wann ist das Treffen vereinbart?"

„Dreiundzwanzig Uhr."

„Ach, so früh ..."

„Bitte!", sagt Kalenberger und gibt Rohrbach das Telefon. Rohrbach legt nicht gleich auf, spricht mit Daria, geht mit dem Telefon in den Flur und spricht weiter.

Kalenberger trinkt einen Schluck Kaffee. Am liebsten würde sie sich wieder auf die Couch legen, ihre Decke bis zur Kinnspitze ziehen und liegen bleiben, den ganzen Abend, morgen, übermorgen ...

Doch sie steht mühsam auf, schleppt sich ins Bad, hält erst die Arme unter das kalte Wasser und schaufelt sich schließlich mit den Händen das Wasser ins Gesicht. Wie sie aussieht! Ein Blick in den Spiegel lässt sie erschrecken. Ihr Magen rebelliert, sie muss unbedingt etwas essen.

In der Küche nimmt sie sich eine Scheibe Toastbrot und würgt sie Bissen für Bissen hinunter.

„Ich muss jetzt rüber", sagt Rohrbach. Sie legt eine Hand auf Kalenbergers Schulter. „Irgendwann werden den Zwillingen selbst die Fernsehsendungen zu langweilig. Wenn etwas ist, weißt du, wo du mich findest ..."

Kalenberger nickt, und streichelt über Rohrbachs Hand. „Danke!" In sich spürt sie diese ohnmächtige Wut, sie riecht nach Efeu. Sie will stark sein und sich nicht immer bedanken müssen. Sie wird Rohrbach anbieten, gelegentlich auf die Zwillinge aufzupassen. Bis dahin muss sie allerdings erst wieder auf den Beinen sein.

Als Daria kommt, nimmt sie Kalenberger in die Arme. Kalenberger spürt sofort das Pistolenholster unter Darias Jacke. Was soll das? Sie will sich doch bloß mit ihr besprechen, um vermeidbare Fehler auszuschalten.

Kalenberger bietet Daria ein Glas Mineralwasser an. „Wann musst du wieder zu Hause sein?"

„Mach dir darüber mal keine Gedanken. Ich habe für Bjarne eine zuverlässige Babysitterin."

„Kannst du mich am Bahnhof absetzen?"

„Nein!"

„Nicht so schlimm, ruf ich mir eben ein Taxi."

„Auch nicht! Wir fahren zusammen nach Göttingen. Deine Nachbarin hat mir gesagt, was passiert ist, und so angeschlagen wie du bist, lass ich dich nicht alleine auf die Menschheit los!"

Kalenberger schaut sie skeptisch an, spielt sie auf den misslungenen Einsatz am Raschplatz an? Doch Daria zieht völlig unbefangen ihre braune Wildlederjacke aus, hängt sie über eine Stuhllehne und greift nach der herumliegenden Fernsehzeitschrift. „Ich plane für unsere Fahrt, ganz großzügig gerechnet, zweieinhalb Stunden ein. Du kannst dich also noch ein bisschen hinlegen und ausruhen."

„Was macht das denn für einen Eindruck?"

„Ist hier jemand, auf den du einen Eindruck machen musst?"

Kalenberger seufzt, legt sich auf die Couch, zieht die Decke über sich und schließt die Augen.

Kalenberger spürt eine Hand auf ihrer Schulter, sie will sich wehren, sich aufrichten, da hört sie eine Stimme: „Keine Panik! Alles in Ordnung! Es ist acht und vielleicht solltest du so allmählich aufwachen." Daria! Kalenberger holt tief Luft, macht die Augen auf. Daria hat das Fernsehgerät angestellt, schaut *Hallo Niedersachsen* – ohne Ton.

Kalenberger setzt sich auf, schüttet sich einen Schluck Mineralwasser ein und starrt auf die Tischplatte.

„Auf, auf", sagt Daria, „zieh dir was Bequemes an. Wer weiß, wie lange wir warten müssen." Sie schaltet das Fernsehgerät aus.

Kalenberger versucht mit Schwung aufzustehen, es gelingt einigermaßen, sie geht ins Badezimmer hinüber. Auf der Abtropffläche der Spüle stehen Totos Fressnäpfe, zum Trocknen leicht übereinandergestellt. Daria ist Pragmatikerin, trauern kann Kalenberger auch noch später.

Südschnellweg, A 37, A 7, Richtung Süden. Daria fährt. Sie hatte nichts dagegen, Kalenbergers alten Volvo zu fahren, die Benzinpreise sind hoch!

„Hoffentlich finden wir die Freundin deiner Tochter", sagt Daria. Sie ist eine aufmerksame Fahrerin.

„Das arme Mädchen!"

Schweigen. Längeres Schweigen. „Wenn ich an die dummen Gören denke, packt mich noch immer die kalte Wut", sagt dann Daria.

„Aber sie ist doch nicht freiwillig ..."

„Die Gören in dem Alter wissen alles, können alles und sind so obercool. – Ich war doch bei der Sitte. Da sind uns die verprügelten, verheulten und ausgebeuteten Elendsgestalten dann in die Arme gelaufen. Sechzehn, siebzehn, achtzehn Jahre alt. Die haben sich die Pille geteilt, weil sie doch Freundinnen waren."

„Ist nicht wahr. Es gibt doch Sexualkundeunterricht."

„Wenn du wüsstest, was alles wahr ist: Eine unbedarfte Sechzehnjährige ist für das Geld einer Abtreibung auf den Strich gegangen. Sie hatte geglaubt, wenn man im Stehen poppt, könnte man kein Kind bekommen."

„Fahr bitte nicht so dicht auf, ich habe dann jedes Mal das Gefühl zu ersticken."

„Sorry, war keine Absicht. Ich bin selbst nach Jahren noch viel zu emotional." Daria konzentriert sich auf den Verkehr.

„Über die jungen Dinger kann man so wunderbar hinwegsehen. Von Vater und Mutter werden sie verdrängt, von ihren Zuhältern versteckt, von Drogenhändlern ausgenutzt und dann vom Rotlichtviertel verschluckt. Ein paar Jahre bringen und verdienen sie Geld. Und wenn das vorbei ist, werden sie vom Milieu einfach ausgespuckt und vergessen."

Kalenberger findet in ihrer Handtasche noch ein paar ältere Müsliriegel. Sie wickelt den ersten aus und reicht ihn Daria, den zweiten schiebt sie sich selber in den Mund.

„Was mir in meiner ganzen Dienstzeit am meisten gestunken hat, war diese allgegenwärtige Scheinheiligkeit. Auf der einen Seite die Ausbeutung, auf der anderen die Skrupellosigkeit des Establishments. Mit Essen, Trinken und Frauen werden Millionen gemacht. Und wer hält das alles zusammen? Gangs von Kriminellen in Kooperation mit Anwälten, Ärzten, Show-Stars und politischer Prominenz, die im eher spröden Hannover etwas erleben wollen.

Wenn die Schlagzeilen zu blutig werden und das Geschäft gefährden, schwört man mit Unschuldsmiene Gewaltfreiheit. Setzt Schläger mit Krawatte ein zum Schutz des bürgerlichen Amüsements. Keine Morde mehr, keine Schießereien, kein Raub auf offener Straße – alles friedlich. Wenn sich denn alle an die Abmachungen halten würden ..."

„Ich müsste mal auf die Toilette!"

„Bordelle, Stripbars, Clubs, Kneipen, Tattoo-Läden, Spielhallen – alles dicht gedrängt, alles gehört zusammen. Dazwischen der In-Italiener, gern besucht von der Schickeria. Am Nebentisch Einbrecher aus dem Kosovo, Drogenhändler aus der Türkei, die Unterwelt der Landeshauptstadt. Eine besondere Attraktion wird zum Gaudi des männlichen Publikums angekündigt: Weltrekordversuch! In dreizehn Stunden will eine Frau hundertfünfzig Männer kostenlos oral befriedigen. Männer helft mit, wir holen den Weltrekord nach Hannover!"

Daria biegt zum Rasthof ab. Auf dem Rückweg von der Toilette kauft Kalenberger eine Packung Duplo. Plötzlich wieder eine ihrer Schwitzattacken. Sie setzt sich auf einen Stuhl, wischt sich mit den aufgestellten Papierservietten den Schweiß von Stirn und Nacken.

Daria muss noch tanken, Kalenberger nimmt vierzig Euro aus ihrem Portemonnaie. Als sie wieder zu Daria ins Auto steigt, gibt sie Daria ein ausgewickeltes Duplo. Daria will gleich ein zweites.

Sie fädelt sich in den Verkehr auf der Autobahn ein, hat ihr Thema noch immer nicht abgehakt.

„Früher wurden Frauen aus Osteuropa, Thailand und Südamerika eingeschleust, ihnen wurden die Pässe abgenommen, sie wurden zur Prostitution gezwungen, richtiggehend versklavt. Und nicht nur von Männern. Eine der Schleuserinnen war auch die Tote vom Autohof. Millionenbeträge ließen sich so verdienen. Aber dann kamen die Journalisten, allen voran Boulevardblätter und das Enthüllungsfernsehen. Mit dem schlimmen Schicksal der ausgebeuteten Frauen ließ sich prima Quote machen. Natürlich mit den entsprechenden Bildern mit viel Haut und in eindeutigen Posen. Die Gesellschaft wurde aufmerksam, und wenn es in der Öffentlichkeit rumort, müssen wir von der Polizei ran. Razzia, Kontrollen, verstärkte Streifen. Schlecht, sehr schlecht fürs Geschäft. – Wir sind gleich da, die nächste Ausfahrt raus. – Also gab's ein Großreinemachen am Kiez. Nichts Illegales mehr. Alles nur noch mit Brief und Stempel. Aber die Kerls sind anspruchsvoll. Wer gutes Geld bezahlt, will nicht unbedingt der achte oder zehnte Freier sein, den die Straps-Lady in der Nacht bedient. Um die Wünsche der anspruchsvollen Klientel unauffällig zu erfüllen, sah man sich nach neuen Distributionswegen um. Loverboys werden eingesetzt, die den jungen Dummis den Kopf verdrehen und sie in einzelnen Wohnungen in unauffälligen Wohngebieten unterbringen. Den Rest kennst du. Wir sind angekommen."

Daria findet in der Nähe des Bahnhofs einen Parkplatz, es ist kurz vor zehn und die Berufspendler sind durch und haben ihre Abstellplätze freigegeben.

Göttingen, Stadt, die Wissen schafft.

„Wow, das hat was." Daria steuert auf den Fahrplanaushang zu, nimmt den Zeigefinger der rechten Hand zur Hilfe, um Kalenberger auf irgendwelche Zugverbindungen aufmerksam zu machen. So soll es zumindest aussehen. „Wo willst du dich mit Pia treffen?"

„Am Zeitungsladen, hat sie hinterlassen."

„Gleich da drüben: Presse und Buch!"

„Wir können hier nicht stehen bleiben", sagt Kalenberger.

„Wir setzen uns auf eine Bank!"

„Noch auffälliger."

„Zieh einen Schuh und Strumpf aus und kremple das Hosenbein hoch."

„Was soll das denn?"

In einem der Restmüllbehälter steckt ein Regenschirm in desolatem Zustand. „Tarnung ist alles!" Daria zieht ihn aus der Tonne, reißt den blauen Bezug ab und führt Kalenberger zu der Bank neben dem Bahnhofseingang.

Zögernd folgt Kalenberger Darias Anweisungen. Daria wickelt ihr den Schirmbezug um den Fuß, und Kalenberger muss den Fuß weit von sich strecken.

„Warum?"

„Damit du mir nicht in die Quere kommst."

„Du also auch?"

Daria hält sich die Hand vor den Mund. „Entschuldige. Daran habe ich überhaupt nicht gedacht."

„Hier riecht es nach Hast und Trauer", sagt Kalenberger. Wieder eine Schwitzattacke. So nimmt ihr jeder Beobachter die gestrandete Reisende ab. Es wird elf, viertel nach elf, immer weniger Menschen befinden sich im Bahnhof. Einmal torkelt ein Angetrunkener auf die Bank mit den beiden zu. „Hallo, Ihr Süßen, noch ni … nichts vor heute, rülps?"

Daria schaut ihn an. Es dauert eine Weile, bis der Mann Darias Blick registriert. Dann murmelt er „'tschuldigung" und verlässt den Bahnhof.

Halb zwölf, zwanzig vor zwölf. Die beiden Frauen vereinbaren, bis zwölf zu warten, vielleicht bis Viertel nach.

Einige Reisende durchqueren die Bahnhofshalle, eine ältere Frau schlurft hinter der Gruppe her. Sie schiebt einen Rollator, der über und über mit Plastiktüten behängt ist. Sie schiebt hinüber zu dem Laden Presse und Buch, schaut durch die Glastür in den Laden, rüttelt an der Tür. Verschlossen.

Sie schiebt ihren Rollator mitten in die Bahnhofshalle, schaut sich um, entdeckt die beiden Frauen auf der Bank, sucht weiter, scheint keinen anderen Punkt ihres Interesses zu finden und nähert sich der Bank.

„Das ist doch bestimmt nicht Pia?" Daria kann sich ein Grinsen kaum verkneifen.

Die Alte mit dem Rollator baut sich direkt vor Daria auf, kramt erst in der Aldi-Tüte, dann in der Tüte einer Apotheke und wird schließlich in der Rossmann-Tüte fündig. Sie zieht einen Zettel hervor, schaut Daria an, wieder den Zettel, dann Daria: „Sind Sie Frau Pallenberg?"

„Knapp daneben", sagt Daria und deutet mit dem Daumen der linken Hand auf Kalenberger.

Die Alte schiebt ihren Rollator eine Person weiter. „Sie warten auf jemand?"

Kalenberger nickt.

„Auf wen?", fragt die Alte.

Kalenberger will schon aufbrausen, Daria legt ihr eine Hand auf den Arm.

„Ich warte auf eine junge Frau", sagt Kalenberger.

„Name?"

„Pia."

„Pia und weiter?"

Kalenberger überlegt. Pia. Wie heißt Pia mit Nachnamen? Kalenberger, schneller denken! Pia … Pia …

irgendwas mit Geschmack, Gurke und plötzlich riecht Kalenberger den Namen: „Sauer."

„Falsch", sagt die Alte. Sie schaut Kalenberger noch immer an, scheint ihr noch einen weiteren Versuch zu geben. Zwei Polizisten betreten die Bahnhofshalle, sehen sich um, entfernen sich in die Unterführung zu den Gleisen.

Wie könnte sich Pia noch genannt haben? Hat sie noch einen zweiten Namen? „Manchmal nennt sie sich auch Zizi!"

Die Alte faltet den Zettel zusammen. „Sie haben nicht zufällig 'nen Euro für mich? Mir ist kalt."

Kalenberger greift in ihre Tasche, nimmt das Portemonnaie heraus und gibt der Alten fünf Euro.

Die Alte nickt und stellt sich und ihren Rollator auf Rückwärtsgang.

„Was ist mit dem Zettel?", fragt Kalenberger.

„Steht ein anderer Namen drauf. Wie eine Stadt."

„Wie eine Stadt?", fragt Daria. „Vielleicht Göttingen oder ..."

„Lüneburg", sagt Kalenberger. „Ist es Lüneburg?"

Die Alte hält an, vergewissert sich mit einem Blick auf den Zettel in ihrer Hand und reicht ihn dann Kalenberger. „Haben Sie einen schlimmen Fuß? Ich hätte da eine gute Salbe ..." Sie vertieft sich in ihre Plastiktüten.

Kalenberger faltet den Zettel auseinander, liest, Daria beugt sich zu ihr.

Ich bring mich in Siecherheit, fahr gleich durch. Melde mich bei Aylin. Kummer dich um die andern!

Daria schaut auf, die Alte wühlt noch immer in den Tüten. „Von wem haben Sie den Zettel?"

„Hat mir eine junge Frau gegeben."

„Wie sah sie aus?"

„Weiß nicht mehr."

Kalenberger nimmt noch einen Fünfer aus ihrem Portemonnaie, gibt ihn der Alten. „War sie blond?"

„Weiß nicht. Sie hatte eine Mütze über den Kopf gezogen. War schwer beladen, ein Koffer, eine Tasche und ein Rucksack."

„War sie allein?"

„Hab' sonst niemanden gesehen."

Die Alte schüttelt den Kopf. „Bin doch kein Hier-werden-Sie-geholfen!"

„Wohin ist sie gefahren?"

„Weiß nicht."

„Welcher Bahnsteig, welches Gleis?"

Die Alte schüttelt nur den Kopf. Kalenberger will aufstehen, Daria hält sie zurück. „Das bringt nichts mehr!"

Kalenberger wickelt ihren Fuß aus dem Schirmbezug und zieht ihren Schuh wieder an.

Die Polizisten kommen zurück. „Können wir helfen?"

„Es geht schon", sagt Daria. Sie stützt Kalenberger und verlässt mit ihr den Bahnhof.

Auf der Rückfahrt schläft Kalenberger ein. Daria bringt sie noch in ihre Wohnung hinauf, möchte dann aber gleich nach Hause. Die Babysitterin hat sich zwar nicht gemeldet. Daria vermutet, dass ihr Sohn Bjarne und die Babysitterin friedlich schlummern. Aber eine Mutter muss sich überzeugen, um beruhigt zu sein.

Kalenberger schläft sehr unruhig. Ihre Albtraumbilder spulen sich in der gewohnten Reihenfolge ab. Als sie am Morgen aufwacht, muss sie sich erst zurechtfinden. Sie geht in die Küche, trinkt einen Schluck Mineralwasser, das Handy klingelt. Es ist zwanzig nach fünf.

„Hoffentlich habe ich dich nicht geweckt!“ Es ist Aylin. Eine Antwort wartet sie nicht ab. „Warst du in Göttingen?“

„Ja.“ Wie soll Kalenberger ihrer Tochter nur den Misserfolg schonend beibringen? So früh am Morgen haben die Synapsen für gelungene Ausreden noch nicht geöffnet.

„Du hast sie nicht getroffen? – Ich habe aber gute Nachrichten.“

Warum lässt dieses Mädchen niemals eine Antwort zu? Ist am frühen Morgen vielleicht auch besser.

„Pia ist in Sicherheit! Sie hat mich vor einer halben Stunde angerufen. Sie ist in einem Frauenhaus untergekommen und braucht jetzt erst einmal eine gut bewachte Auszeit.“

„Das ist wirklich eine gute Nachricht.“

„Ich fahre am Wochenende zu ihr nach …“

„Nach?“

„Ich habe Pia mein Ehrenwort gegeben, niemandem ihren Aufenthaltsort zu verraten.“

„Moment!“ Kalenberger geht in den Flur, sucht in ihrer Handtasche. „Uns hat jemand in Göttingen eine Nachricht von Pia übergeben …“

„Du warst nicht alleine in Göttingen?“

„Eine Kollegin von der Kripo hat mich begleitet, ich war nicht so gut drauf.“

„Aber keine Fahndung oder so?“

„Nein.“

„Versprochen?“

„Versprochen!“

„Und was steht in Pias Nachricht?“

„Kümmre dich um die andern!“

„So ist Pia! Kannst du verstehen, warum sie meine Freundin ist?“

„Wenn ich mich um die anderen kümmern soll, muss ich vorher mit Pia sprechen.“

„Ich werd' es ausrichten! Mensch, bin ich erleichtert! Jetzt kann ich mich noch ein Stündchen aufs Ohr legen, wir haben heute erst zur Vierten.“

Kalenberger bestückt die Kaffeemaschine und stellt sie an. Dann holt sie die Tageszeitung aus dem Briefkasten und setzt sich an den kleinen Tisch in der Küche. Die Beklemmung fällt von ihr ab. Sie wird in aller Ruhe Kaffee trinken, Zeitung lesen und sich dann die Haare waschen. Sie wünscht sich eine warme Sonne für den Tag und Gedanken ohne Panikattacken. Sie wird Blumen kaufen und die Balkonkästen bepflanzen. Geranien, Fuchsien, Verbenen? Nichts planen vor der Haarwäsche! Vielleicht bringt sie Kuchen mit, dann würde sie Lotte Rohrbach auf den Balkon einladen, ihre Zwillinge könnten am Esstisch Puzzles legen oder Mau-Mau spielen. Aber vorher wird sie noch Obanczek anrufen. Obanczek hebt ab, Kalenberger meldet sich. Obanczek lacht. Warum? „Brauchst du wieder ein paar Informationen unter der Hand?“

„Wenn du es so nennen willst.“

„Kannst du gerne haben: zwei neue Fälle in diesem Monat, ein Fall aus dem vergangenen Jahr aufgeklärt.“

„Aber sonst geht es dir gut?“

„Ich bin nicht mehr im 1.1 K, wurde der Kriminalfachinspektion 1.2 K zugeteilt: Brandstiftung. Ist gar nicht mal so uninteressant, aber nicht so hektisch. Was kann ich für dich tun?“

„Mich hätte interessiert, ob ihr im Fall der toten Rumänin und des ermordeten Eishockeyspielers etwas herausgefunden habt."

„Soweit ich mitbekommen habe, und du weißt, hier haben die Flure Münder und Ohren, hängen die beiden Fälle irgendwie zusammen. Es scheint um den Einsatz von Erntehelfern zu gehen. Romina Wagenbach hat die Erntehelfer im Osten angeworben und Jan Piecek hat im Westen abkassiert. Mit dem Geschäftsmodell scheinen sie einer bestehenden Organisation in die Quere gekommen zu sein, aber mehr weiß man noch nicht - glaube ich."

„Also kann das nichts mit der verschwundenen Freundin meiner Tochter zu tun haben?"

„Bloß wenn sie Spargel sticht oder Erdbeeren pflückt, kann sie dabei sein!"

„Danke. Und sonst geht's dir gut?"

„Es geht mir besser. Und dir?

„Ich denke, es könnte wieder werden. Vielleicht lasse ich mich dann auch ins 1.2 K versetzen."

„Keine Drohungen, bitte!" Obanczek lacht und legt auf.

Kalenberger sucht ihr Notizbuch. Was hat der Nachbar von Romina Wagenbach in Harsum gesagt?

„Die Wagenbach war sehr sozial eingestellt, hat einen deutsch-rumänischen Freundeskreis geleitet und immer wieder rumänische Frauen in Krankenhäuser, Altenheime oder auch privat vermittelt."

Wenn sie eine seriöse Vermittlung für Saisonarbeiter hatte, warum hat sie ihre Tätigkeit getarnt? Und immer nur junge Frauen? Kalenberger erinnert sich an die Berichte im Fernsehen. So richtig viele junge Frauen waren da weder auf den Spargelfeldern noch in den Erdbeerbeeten zu sehen. Sie muss unbedingt mit Pia sprechen.

ZEHN

Lotte Rohrbach lässt sich gern zum Kaffee einladen, auch ohne Zwillinge, die haben heute Oma-Tag. Kalenberger geht die Treppe hinunter, tritt vors Haus und auf einmal ist da dieser unangenehme dumpfe Geruch der Unsicherheit. Kalenberger dreht sich wieder zur Haustür, sucht mit fahrigen Fingern nach dem Schlüssel, für einen Moment ist es ganz still und dann ist da ein Kinderlied. „… Sonne, Mond und Sterne, lösche aus dein Licht, lösche aus dein Licht, aber nur meine liebe Laterne …"

Kalenbergers Finger verkrampfen sich, sie muss ins Haus, will nichts mehr hören, nichts mehr sehen, die Augen schließen und … sie wird nicht nachgeben. Diesmal nicht. Sie wird die Haustür nicht aufschließen. Sie atmet bewusst ein und aus, wie sie es bei ihren Tai-Chi-Übungen gelernt hat, dann dreht sie sich langsam um. Die Mutter hält ihren Sohn an der Hand, in der anderen Hand eine prall gefüllte Plastiktüte. Der Junge trägt eine Gurke wie eine Laterne und singt noch immer „… Sonne, Mond und Sterne …" Die Mutter trägt ein Kopftuch, ob sie das Lied kennt?

Und plötzlich ist da ein anderer Geruch: Waschtag und Zitronen, frisch und herb.

Kalenberger überquert die Straße, läuft mit einem kleinen Umweg zu ihrem Auto. Sie meidet die Stelle, an der Toto totgebissen worden ist.

Es sind nur wenige Minuten bis zur Orli-Wald-Allee. Sie hält vor dem Blumenladen. Vor der Ladentür Angebote an Geranien und Fuchsien im Sechserpack. Kalenberger betritt den Laden, sie will sich Zeit lassen mit der Auswahl. Ein Mann mit grüner Schürze vor dem weißen T-Shirt fragt sie nach ihren Wünschen. Lage des Balkons, Größe der Balkonkästen, Pflegeverhalten. Und schon trägt ihr die grüne Schürze drei Beutel mit Balkonerde ins Auto. Von der guten, denn schlechte Erde brächte auch nur schlechte Ergebnisse.

Dann zu der Bepflanzung, viel muss bedacht werden und die Auswahl fällt nicht leicht. Eigentlich will sich Kalenberger auch nicht schnell entscheiden, Stunden könnte sie zwischen den Blumen verbringen und ihren Duft atmen. Leicht und süßlich, dann wieder erdig und herb oder sakral und ernst. Jeder Geruch zaubert Kalenberger ein Bild vor Augen. Die grüne Schürze wendet sich bald neuen Kunden zu und Kalenberger kann unbedrängt auswählen. Schließlich entscheidet sie sich für Lobelien, Geranien, Petunien und Zauberglöckchen, und allen Pflanzen verspricht sie eine gute Pflege, bevor sie unter der Kofferraumklappe verschwinden.

Sie möchte noch einen Strauß Schnittblumen für den Wohnzimmertisch mitnehmen, will noch einmal das Geschäft betreten, da fällt ihr wieder der Aushang auf:

Aushilfe gesucht. Bitte im Geschäft melden.

Warum nicht. Hier könnte sie sich wieder aufrichten, könnte sich in andere Welten riechen, sobald die trüben Gedanken wiederkommen, sich mit Leuten unterhalten und käme auch körperlich wieder in Form.

Die grüne Schürze stellt sich als Claus Sander vor. Kalenberger fragt ihn nach dem ausgehängten Stellenangebot. Sander lacht. Das wäre wohl nichts für sie, er könnte fast nichts bezahlen, er hätte mehr an eine junge Praktikantin gedacht, die sich in der Berufsfindungsphase befindet.

„Ich dürfte auch gar keine Bezahlung annehmen und die Tätigkeit müsste ich mir auch noch von medizinischer Seite genehmigen lassen – aber da sehe ich keine Schwierigkeiten." Kalenberger will den Job.

Sander lächelt ein wenig unsicher. „Ganz ohne Bezahlung?"

Kalenberger nickt.

„Das hört sich gut an. Bei uns geht die Arbeitszeit von sechs bis zwanzig Uhr, manchmal wird es auch später."

„Sechs?" Kalenberger lächelt verkniffen. „Sechs Uhr morgens?"

„Keine Panik", sagt Herr Sander, „das ist die Zeit für die Profis. Wie wäre es Ihnen denn recht?"

„So von neun bis dreizehn Uhr, für den Anfang. Wenn ich zurechtkomme, könnten wir die Zeit eventuell auch auf den Nachmittag ausdehnen. Ich habe nicht so viele Verpflichtungen."

„Dann also willkommen im Team!" Sander streckt ihr die Hand entgegen. „Wann wollen Sie anfangen."

„Um neun!"

„Ist schon klar. An welchem Tag?"

„Morgen."

„Morgen haben wir Buchsbaum und Silberblatt im Angebot. Wird nicht so hektisch. Da können Sie sich gerne einarbeiten."

Kalenberger verabschiedet sich, kauft auf dem Rückweg Erdbeerkuchen und Bienenstich und nimmt sich ganz fest vor, zum nächsten Kaffeeklatsch selber einen Kuchen zu backen.

Als sie zu Hause die Treppe hinaufsteigt, hört sie Stimmen aus dem oberen Bereich. Eindeutig Lottes Stimme, sie ist immer ein bisschen zu laut, kein Wunder bei lebhaften Zwillingen, aber die andere Stimme kommt ihr auch bekannt vor. Eine Männerstimme. Es ist Kurt Carolus! Er lächelt ihr ein wenig verlegen entgegen. „Ich wollte nur mal schauen, wie es Ihnen geht.“ Auf einer Hand balanciert er ein Kuchenpaket.

Kalenberger muss lachen. Wie gut, dass sie keinen Kuchen gebacken hat.

Jetzt lacht auch Lotte: „Den Rest können wir an die Zwillinge verfüttern, falls sie von Oma nicht schon mit Eis vollgestopft wurden.“

„Ich hab' ein Gefrierfach!“ Kalenberger schließt ihre Wohnungstür auf, winkt Carolus herein, Lotte muss noch eine Zeitschaltuhr holen, damit sie weiß, wann die Wäsche fertig gewaschen ist, aber nach wenigen Augenblicken kommt sie auch.

Carolus wird auf den Balkon platziert, Kalenberger kocht Kaffee und Lotte Rohrbach ordnet den Kuchen auf einer Glasplatte zu einem bunten Stern. Die Glasplatte ist ziemlich groß, aber noch immer zu klein für den Kuchen.

Kalenberger verteilt den Kuchen, Carolus hat Erdbeerkuchen und Frankfurter Kranz gekauft. Als eingefleischter Hannoveraner behauptet Carolus, die Buttercremeschnitten kämen ursprünglich von der Leine und das Gebäck hätte Hannoverscher Kranz geheißen. Als ihn die Frauen ungläubig auslachen, besteht er darauf, dass es sich bei besagtem Frankfurt um den Ort an der Oder handle. Die Auseinandersetzungen zwischen Hannoveranern und den Einwohnern der Metropole am Main darf man nicht ernst nehmen. Die beiden Messestädte konkurrieren eben auf allen Ebenen.

Man schlürft den heißen Kaffee, Carolus berichtet, dass seine Frau bereits die nächste Bildungsreise plant und seine Bemühungen um den Kleingarten keine Früchte getragen hätten. Er hätte sein Zeitkontingent einfach überschätzt. Schließlich habe er noch mit der Organisation des alljährlichen Schützenfestes zu tun.

„Sie sind doch in Pension?“, fragt Kalenberger.

„Eigentlich schon, aber das Schützenfest lässt mich nicht los und die Stadtverwaltung und die Schützen möchten nur ungern auf meine jahrzehntelange Erfahrung verzichten.“ Carolus schmunzelt. „Sagt man wenigstens.“

„Na ja, Schützenfest“, sagt Lotte, „für mich ist das Dicke-Backen-Musik und Hoch die Tassen!“

„Schützen haben es heutzutage nicht leicht in unserer Gesellschaft“, sagt Carolus, „aber bei den Olympischen Spielen hockt alles vor den Fernsehgeräten und ist stolz auf jede Medaille, die von einem deutschen Schützen errungen wird. Die Schützenvereine sind für Tausende von Menschen in Hannover und Umgebung sportlicher Mittelpunkt ihrer Freizeitgestaltung. Da wird dann nicht unsinnig herumgeballert, sondern jeder Wettkampf benötigt schon eine gewisse Disziplin. Tritt man einem Schützenverein bei, kann man die Vereinsgewehre mitbenutzen oder man kauft sich seine eigene Waffe. Entscheidet man sich für eine eigene Waffe - Pistole, Luftgewehr oder Kleinkalibergewehr - wird man zur Absicherung vom Verein polizeilich gemeldet. Das ist Vorschrift! Jeder neue Schütze muss das akzeptieren, alle anderen haben in einem Schützenverein nichts zu suchen!“

„Herr Carolus“, sagt Lotte, „Sie sind wohl ein Eiferer?“

„Ich rege mich bloß darüber auf, wenn Menschen ohne irgendwelche Hintergrundkenntnisse über andere Menschen urteilen.“ Carolus trinkt seinen Kaffee und lässt sich die Tasse noch einmal vollschenken. Eine Buttercremeflocke klebt unter seinem rechten

Mundwinkel. Sie hüpft mit jeder Lippenbewegung, die Frauen schauen dem Tänzchen der Buttercremeflocke fasziniert zu.

So viel Aufmerksamkeit ist Carolus für seine Erläuterungen zum Hannoverschen Schützenfest gar nicht gewohnt. Sie spornt ihn an, und Carolus erzählt und erzählt.

Dass seit fast fünfhundert Jahren in Hannover das Schützenfest gefeiert wird. Heute das größte der Welt. Aus aller Herren Länder kommen hierzu Besucher und auch Teilnehmer des traditionellen Schützenausmarsches durch die Stadt zum Schützenplatz. Hier stehen dann zahlreiche Bierzelte, Imbissbuden, Süßigkeiten-Stände, Los-Buden und zahlreiche Fahrattraktionen, meist auch die neusten Hoch-, Weit- und Tiefflieger. Neben dem allgemeinen Amüsement werden in den zehn Festtagen Schützenehrungen und die Verleihung von Orden und Ehrenzeichen vorgenommen, die durch die vielen verschiedenen Schützenvereine vorher in Wettkämpfen, dem Städtischen Schießen, ausgeschossen wurden. Alles im Zusammenhang mit dem Schützenfest hat seine Tradition.

Die Buttercremeflocke fällt auf den Tisch, Carolus tippt sie mit dem rechten Zeigefinger auf und streicht sie an der Untertasse ab. Die beiden Frauen müssen sich nach einem neuen, interessanten Blickpunkt umsehen. Doch die nachlassende Aufmerksamkeit kann Carolus nicht stoppen. Selbst das Datum des Schützenfestes würde nicht willkürlich festgelegt. Der Schützenausmarsch findet immer am Sonntag vor dem ersten Montag im Juli statt. Der Freitag davor ist die Bruchmeisterverpflichtung. Im neuen Rathaus von Hannover werden vier Bruchmeister ernannt. Jeder der Bruchmeister steht für eine Himmelsrichtung der

Stadtteile in Hannover. So steht ein Bruchmeister für das Süd-, West-, Nord- oder Ostquartier. Die Ernennung wird vom Oberbürgermeister vorgenommen, später wird von ihm auf dem Schützenplatz auch das Fest eröffnet. Der Abend wird mit einem großen Feuerwerk offiziell beendet.

„Und inoffiziell", sagt Lotte, „hoch die Tassen und ab die Post!"

Carolus verstummt und scheint eingeschnappt.

„So genau habe ich das alles nicht gewusst", sagt Kalenberger.

Carolus schaut in den Blumenstrauß.

„Da wird man doch richtig stolz auf seine Heimatstadt", sagt Lotte Rohrbach.

Carolus schaut kurz und skeptisch zu ihr hinüber. War das Ironie? Sie lächelt ihn offen an. „Ich muss gleich zurück in meine Wohnung, das Abendessen kochen", sagt Lotte.

Carolus überlegt kurz, ob er solange warten soll, doch Kalenberger nickt ihm zu, er trinkt noch einen Schluck Kaffee und fasst die weiteren Ereignisse des Schützenfests zusammen:

Samstag finden dann meistens die Vormärsche der einzelnen Vereine statt. Hier holen die Vereine ihre vom Verein vorher durch einen Wettkampf ausgeschossenen Könige und Königinnen ab. Früher zogen die Vereine in der Nacht von Samstag auf den Sonntag durch ihr Quartier, aber das ist nicht bei allen Anwohnern auf Gegenliebe gestoßen.

Carolus wendet sich an Lotte Rohrbach: „Wegen der Dicke-Backen-Musik!"

Lotte lacht, kneift Carolus ein Auge zu.

Heute würden die meisten Vereine schon einen Tag vorher marschieren, weil das für die Teilnehmer und

Anwohner weniger anstrengend sei. Aber einige Vereine liefen ihren Vormarsch auch heute noch in der Nacht. Was Carolus persönlich … Sonntag wäre dann der große Tag des Ausmarsches, der vor dem neuen Rathaus in Hannover beginne, durch Hannovers Innenstadt zöge und auf dem Schützenplatz ende. „Aber das habe ich wohl schon berichtet."

Lotte pustet aus, es war wohl zu viel Kuchen. Oder zu viel Schützenfest?

„Aber immer nur Planen, Organisieren und zur Erholung auf den Maschsee starren", Carolus putzt sich den Mund mit einer Papierserviette ab, „brächte es wohl auch nicht." Er würde den Gedanken nicht mehr los, sich einen Hund aus dem Tierheim anzuschaffen. Aber nur einen kleinen. Der würde ihn zu einer täglichen Runde zwingen. Allerdings müsste er dann auf seine Ausflüge auf den Engesohder Friedhof verzichten, da Haustieren der Besuch des Friedhofs nicht gestattet sei. Wo denn überhaupt die dreibeinige Katze wäre?

Lotte erstarrt mit der Kuchengabel kurz vor den Lippen, Kalenberger spürt, wie die Dunkelheit sie wieder beherrschen will. Doch diesmal kämpft sie. Sie spricht aus, wie Toto zu Tode kam, Tränen laufen ihr über die Wangen, sie trocknet sie mit einem Papiertaschentuch und greift nach der Kaffeetasse. „Tierheim ist eine gute Idee. Mal sehen, ob sie da dreibeinige Katzen haben."

Noch ist ihr Lachen ohne Heiterkeit. Eine zweite Kanne Kaffee muss gekocht werden.

Carolus hat sich schon einen Überblick über die Tierheime in Hannover und Umgebung verschafft. Allerdings in Bezug auf erstklassige Hunderassen und nicht auf dreibeinige Katzen.

„Eine vierbeinige würde ich auch nehmen!", sagt Kalenberger. Sie hätte doch eigentlich auch all die Sachen von Toto und die wären viel zu schade für die Mülltonne.

Man verabredet sich, am übernächsten Tag gemeinsam nach Langenhagen in die Evershorster Straße zu fahren. Lotte braucht kein Haustier. Sie hat ihre Zwillinge und hofft, noch sehr lange ohne Hamster, Meerschweinchen, Hasen, Kaninchen, Fische, Schildkröten, Vögel und Fundtiere von der Straße auszukommen.

Es klingelt, Oma bringt die Zwillinge zurück. Das Eis beim Italiener ist nicht nur im Mund gelandet. Oma sieht ziemlich geschafft aus.

Carolus verabschiedet sich ebenfalls. Er nimmt noch zwei Stück Kuchen von dem Rest für die abendliche Fernsehsitzung mit. Seine Frau hat heute Chorprobe. Aber keine Frage nach Kalenbergers Tochter. Männer! Da rein und da raus!

Am nächsten Morgen steht Kalenberger um kurz nach sechs auf. Ihr erster Arbeitstag im Blumengeschäft. Oder soll sie doch nicht hingehen? Die Psychotherapeutin hat ihr schon vor längerer Zeit geraten, sich eine geregelte Tätigkeit zu suchen, um ihren Alltag wieder zu strukturieren. Ihren Arbeitgeber wollte die Therapeutin informieren. Der Arbeitgeber hat sich nicht bei ihr gemeldet. Vielleicht hofft er sogar, sie würde ganz aus dem Polizeidienst ausscheiden. Dann könnte er einen passiven Posten aus seiner Kostenstelle streichen, dafür vielleicht sogar einen jungen Kollegen einstellen. Kalenberger weiß, wie dünn die Personaldecke in den Kommissariaten ist, aber – und das hat ihr die Therapeutin beigebracht – es ist nicht Kalenbergers Schuld.

Sie zieht sich an, packt eine alte Hose und ein leicht verblichenes Sweat-Shirt als Arbeitskleidung ein, gießt die Blumen auf dem Balkon und will sich gerade auf den Weg machen, als sie mal wieder von einer Hitzewallung attackiert wird. Toll, danke, sie lehnt sich gegen den zusammengeklappten Balkontisch. Der Wagen der Müllabfuhr biegt in die Straße ein, von der Hildesheimer tönt die Alarmsirene eines Einsatzfahrzeuges herüber, gegenüber auf dem Hausdach singt eine Amsel, Kalenberger wischt sich mit einem Papiertaschentuch den Schweiß von Stirn und Nacken, dem Müllmann platzt einer der gelben Plastiksäcke, der Müll fällt auf die Straße, der Mann schiebt ihn mit seinem Schuh unter ein geparktes Auto, da ist die Schwitzattacke überstanden und Kalenberger kann endlich aufbrechen.

Herr Sander hat das Geschäft längst geöffnet. Er begrüßt Kalenberger. Kränze für zwei Beerdigungen müssen gebunden werden. Die eine Beerdigung um elf, die andere um zwei. Da hat Herr Sander wenig Zeit. Er ruft „Heide“, und noch einmal: „Heiiideee!“ Erst als Herr Sander zu reden anfängt, entdeckt Kalenberger die junge Frau neben sich. Sie ist wie aus dem Nichts aufgetaucht. Dünn, schlank, ganz in Schwarz. Schwarzer Lidschatten, schwarz gefärbte Haare, schwarze Fingernägel, schwarzer Pulli mit langen Ärmeln – ob die Ärmel nicht bei der Arbeit stören?

„Das ist Frau Kalenberger, sie will uns ein wenig bei der Arbeit helfen.“

„Kalenberger!“

„Heide wird Ihnen zeigen, was zu tun ist!“

Ohne ein weiteres Wort marschiert Heide los, um die dekorierten Auslagen herum, an den Blumentischen vorbei, in den hinteren Teil der Halle. Ein Stapel mit gelben Plastiksäcken ist zusammengestürzt. Blumenerde. Einige der Plastiksäcke sind aufgeplatzt und die Erde ist herausgefallen.

Kalenberger sieht Heide an, streckt ihr die Hand entgegen: „Ich bin Marike."

„Die Blumenerde muss auf die andere Seite umgeschichtet werden."

„Marike!" Kalenberger wedelt mit der Hand in Heides Richtung.

„Ich duze mich nicht mit einer wie dir!"

Kalenberger erstarrt. Sie muss sich erst wieder fangen.

„Kennen wir uns?"

„Nicht dass ich wüsste."

„Habe ich dir etwas getan?"

Heide dreht Kalenberger den Rücken zu, bückt sich und hebt den erste Beutel mit Blumenerde auf.

„Dann eben nicht", murmelt Kalenberger. Sie sieht sich um, kann keine Umkleidemöglichkeit entdecken und zieht sich direkt am Arbeitsplatz um. Dann schaut sie kurz, wie Heide die Beutel mit Blumenerde stapelt und beginnt dann ihre eigene Tätigkeit.

Nach einer Dreiviertelstunde ist der neue Stapel aufgerichtet. Neben der Türe zum Glashaus entdeckt Kalenberger einen Straßenbesen, sie holt den Besen und beginnt, die herausgefallene Erde zusammenzufegen.

Heide will ihr den Besen aus der Hand nehmen. „Bei mir kannst du dich nicht einschleimen!" Doch Kalenberger lässt den Besenstiel nicht los. Sie versucht, Heide direkt in die Augen zu sehen. „Warum giftest du mich so an?"

Doch Heide weicht ihrem Blick aus. Es entsteht ein Gezerre um den Besenstiel. „Warum?", fragt Kalenberger noch mal mit Nachdruck.

„Es ist sauschwer, einen einigermaßen gut bezahlten Job zu finden“, sagt Heide, „und da kommen dann Tussis wie du daher, weil sie Blumen doch so sehr lieben und arbeiten umsonst. Wieder ein Job weniger. Gerade für die, die es nötig haben. Scheiße!“

Kalenberger will ihr nicht ihre ganze Geschichte erzählen. Sie sei in der Neuorientierung und habe das Praktikum ohne Bezahlung nur auf Wunsch des Arbeitsamtes angenommen. Ihr wäre eine Bezahlung auch lieber.

„Scheiß Arbeitsamt!“, sagt Heide.

„Rauchst du?“

Kalenberger schüttelt den Kopf. „Woher sollte ich das Geld für die Zigaretten nehmen?“

„Eben“, sagt Heide. „Wir machen eine Pause.“ Sie gehen durch das Glashaus, an der Schmalseite ist eine Tür und davor eine Regentonne mit schätzungsweise mehr Kippen als Wasser.

Heide zieht ein flaches Etui aus der Hosentasche. Kalenberger erkennt die Selbstgedrehten, Heide bietet ihr eine an, Kalenberger lehnt ab.

„Wo hast du denn früher gearbeitet?“

„Bei der Polizei!“ Das kam unbedacht und ohne Zögern.

Heide schaut sie von oben bis unten an, zieht den Rauch der Zigaretten durch den Mund ein und lässt ihn durch die Nase entweichen.

„In der Telefonzentrale!“ Kalenbergers Reflexe stimmen allmählich wieder.

„Da kann man doch ordentlich verdienen. Warum willst du dann umsatteln?“

„Die schlechte Luft in dem Gebäude und die ganze Hektik.“ Wenigstens ein Körnchen Wahrheit. „Das habe ich irgendwann nicht mehr ausgehalten.“

„Kann ich verstehen." Heide wirft ihre Kippe zu den andern in der Regentonne. „Jetzt gehen wir wieder rein, schubsen die Beutel mit der Blumenerde wieder von den Paletten und stapeln sie auf die andere Seite."

Kalenberger will schon protestieren, da entdeckt sie dieses leicht arrogante Grinsen auf Heides Gesicht.

„Na schön", sagt sie und streckt Kalenberger die Hand hin, „kein Stress zwischen uns!"

Diesmal zögert Kalenberger, nimmt ihre Hand sogar bewusst zurück, Heide scheint verunsichert, doch Kalenberger grinst und schüttelt ihr die Hand. „Auf gute Zusammenarbeit!"

„Wir müssen gleich die welken Blätter aus den Geranien zupfen und heute Nachmittag sind die Fuchsien dran."

„Ich arbeite nur bis mittags", sagt Kalenberger, „das ist genug für gratis."

Sie gehen durch das Glashaus und kurz vor dem Verkaufsraum will Heide in den hinteren Bereich abbiegen. „Ich muss noch meine Elfriede füttern."

Kalenberger hat den Türgriff schon in der Hand. „Deine Katze?"

„Komm mit!" Heide schaut kurz in den Verkaufsraum, vom Chef ist nichts zu sehen, dann schließt sie die Tür und nimmt Kalenberger mit, vorbei an den runden Kranzrohlingen, den unbedruckten Schleifen und der Druckmaschine für die Aufschriften. In der hinteren Ecke steht auf einem der Blumentische eine Glasvitrine. Hell ist es hier, Kalenberger sieht sich um, die Fenster sind mit weißer Farbe gestrichen, in diesem diffusen Licht würde Kalenberger nicht gerne arbeiten.

Heide nimmt den Deckel von der Glasvitrine. „Darf ich vorstellen: Elfriede!"

Kalenberger kann kein Tier entdecken, nur eine Pflanze, die sich nicht zwischen Grün und Rot entscheiden kann. Am Ende der Stiele löffelförmige Blätter mit aufrechten Haaren, mit denen sich Elfen frisieren könnten.

Heide spricht mit Elfriede, erzählt ihr von den Blödmusikern, die sie ständig im Internet belagern. Zwecklos. Heide hat einen festen Freund, der sie meist von der Arbeit abholt. Wenn er es nicht verpennt.

Kalenberger bückt sich, schaut ganz genau hin, kann kein Tier entdecken. Heide bückt sich, nimmt ein Schraubglas vom Regalbrett unter dem Tisch, schraubt es vorsichtig auf und entnimmt ihm mit einer Pinzette kleine Fliegen. „Das ist Blödmusiker Paolo!", stellt Heide der Pflanze die Fliege vor und setzt sie auf den behaarten Löffel, der sich sofort schließt. „Und das ist sein Freund Stan!" Ein zweiter Löffel wird mit einer Fliege gefüttert.

„Eine fleischfressende Pflanze?"

„Dosera Anglica, der Sonnentau. Zu Hause habe ich noch drei Pflanzen, alle von meiner Vormieterin übernommen. Aber Elfriede hat in der letzten Zeit ein wenig gekränkelt, da hab ich sie lieber unter ständiger Aufsicht."

„Und der Chef?"

„Hatte am Anfang etwas dagegen, weil ich mich auf meine Arbeit konzentrieren sollte. Doch jetzt will er Schulklassen einladen und sich wichtigmachen. Als Dompteur für fleischfressende Pflanzen."

Sie müssen beide lachen.

Am Nachmittag ruft Kalenberger ihre Tochter in Lüneburg an. Aylin hat mit Pia sprechen können, ein langes Telefongespräch. Ihr Treffen musste allerdings um vierzehn Tage verschoben werden. Pia hat sich auch bei ihren Eltern gemeldet. Aber nach Hause will sie nicht mehr. Kann sie nicht mehr. Ihr Macker könnte sie überall abfangen. Also nicht der richtige Macker, der ist tot. Aber sein Nachfolger, der sich die Rechte gesichert hat. Sie hat richtig Angst. In einem halben Jahr oder später will sie aber zurück nach Lüneburg. Vielleicht. Sie ist auch in ärztlicher Behandlung wegen ihrer Magersucht. „Mögen Männer das? Ich finde es grässlich, mir Pia als Klappergestell vorzustellen. Ich habe richtig Angst vor der Begegnung mit ihr."

„Hast du schon mal etwas davon gehört, dass sich Mädchen mit ihrer besten Freundin die Pille teilen?"

„Gehört schon. Aber solche Verballerten gibt es immer. Oder meinst du mich?"

„War nur eine Frage."

„Ich habe Pia deine Handynummer gegeben. Sie sollte dich doch anrufen!"

„Normalerweise fragt man vorher!"

„Entschuldigung, Frau Hauptkommissarin!"

Kalenberger ist konsterniert, als sie nach all der Zeit mit ihrem Dienstgrad angesprochen wird.

„Pia ist verschwiegen. Schon im eigenen Interesse. Sie will sich das mit dem Anruf bei dir überlegen. Sie ruft aber bestimmt an, denke ich mir, wenn sie sich ein bisschen gefangen hat. Aber jetzt muss ich los. Hab' dich lieb …"

Das hätte ihr Kalenberger auch gern gesagt, doch das Gespräch ist vorher beendet.

Das Telefon klingelt erneut. Wroblewski ist am Apparat. Er druckst herum, Wetter, Befindlichkeit, fehlt nur noch der Wasserstandsbericht. Kalenberger hört zu.

Dann gehen Wroblewski die Ablenkungsthemen aus und er muss zur Sache kommen. „Also, wir haben da ein Problem, und ich weiß nicht, an wen ich mich wenden soll. So ein kleiner Finger ist doch nichts für die Mordkommission – oder?“

„Welcher kleine Finger?“

„Also, beim Penalty-Training hat unser zweiter Torwart, also eigentlich ist er der dritte, aber der zweite ist gerade nicht in Form, also Sepp hat etwas im Eis entdeckt. Direkt in seinem Torraum. Er hat mit den Schlittschuhen die losen Partikel von der Eisfläche geschabt und dann ... dann hat er nur noch geschrien. Direkt vor der Torlinie liegt ein abgetrennter Finger. Eingefroren im Eis. Scheint aber ein kleiner Finger zu sein. Und jetzt wissen wir nicht weiter. Abtauen und die Kripo verständigen ... aber der ganze Aufwand für einen einzigen Finger. Das dauert Tage, bis die Fläche wieder gefroren ist.“

„Ich komme zu Ihnen und dann können Sie immer noch die Kripo anrufen. Der Finger wird in der Zwischenzeit sicher nicht schlecht.“

„Sie haben vielleicht Humor! Mir ist noch immer schlecht und essen konnte ich auch noch nichts!“

„Beschweren Sie sich bei dem Finger!“ Kalenberger lächelt, als sie aufgelegt hat. Ihre alte Kaltschnäuzigkeit kehrt allmählich zurück.

Abgetrennter Finger! Sicher ein Scherzartikel oder eine optische Täuschung.

Sie zieht sich an und fährt ins Eisstadion am Pferdeturm.

ELF

Es ist zweilellos ein menschlicher kleiner Finger, sauber abgetrennt und deutlich zu erkennen, weil er dicht unter der Oberfläche vom Eis liegt. Sie kniet sich aufs Eis, um ein Foto mit ihrem Handy zu machen. „Wie kommt der da hin?“, fragt Kalenberger, ohne zu Wroblewski aufzublicken.

„Woher soll ich das wissen?“

„Sie sind doch Eisfachmann.“

„Aber nicht fürs Einfrieren abgehackter Finger.“

„Muss die ganze Fläche abgetaut und wieder aufgefroren werden, wenn man einen Gegenstand in dieser Größe in der Eisfläche unterbringen will?“

„Kann“, sagt Wroblewski, „muss aber nicht.“ Er reicht Kalenberger die Hand, als sie wieder aufstehen will. „Der Phantasie sind da keine Grenzen gesetzt: Akku-Föhn, Bügeleisen, Grillanzünder – eine Wärmflasche reicht da sicher nicht.“

„Ich würde die Kripo informieren“, sagt Kalenberger.

„Haben Sie eine bestimmte Telefonnummer?“

„Einfach die Kripo!“ Kalenberger wendet sich ab und tapst mit kleinen Schritten zur Tür in der Bande.

„Sie waren mir eine große Hilfe!“, mault ihr Wroblewski hinterher.

Kalenberger wendet sich ihm noch einmal zu. „Sie können mir auch eine sein.“

Wroblewski kann nicht einschätzen, ob sie ihn auf die Schippe nimmt. Er schlittert mit zwei großen Schritten zu ihr an die Bande, schaut sie an, sie meint es ernst.

„Der Kripo bitte kein Wort über mich. Sie haben den Finger entdeckt und gleich die Polizei angerufen."

„Warum?"

„Ich bin doch nur eine Privatperson. Und die Kripo mag nicht, wenn man sich als Privatperson in ihre Angelegenheiten einmischt."

„Aha!"

Kaum hat Kalenberger die Eissporthalle verlassen, ist da eine Überlegung, die auf den ersten Gedanken absurd erscheinen mag, die aber leicht überprüft werden kann und damit aus der Welt ist.

Sie ruft Chili an. Chili ist nicht zu erreichen. Ruft aber kurze Zeit später zurück. „Ohne Vorreden", sagt Kalenberger. „Hast du aktuell Verbindung zu Adél?"

„Gelegentlich. Sie ist gerade dabei, sich wieder an ein normales Leben zu gewöhnen."

„Kannst du sie anrufen?"

„Sie hat ein Handy."

„Ruf sie bitte an. Ich muss so schnell wie möglich wissen, ob diesem Piecek Nachfolger an der linken Hand der kleine Finger fehlt."

„Sie ist raus aus der Szene."

„Vielleicht hat sie noch Verbindungen. Es ist wichtig."

„Ich werde es versuchen."

„Ruf mich so schnell wie möglich an!"

Kalenberger wählt Obanczeks Handynummer. Sie muss nicht lange warten, bis er sich meldet.

„Ich habe geahnt, dass du anrufst", sagt Obanczek.

„Bist du unter die Hellseher gegangen?"

„Pferdeturm! Eis! Eissporthalle! – Da ist Kalenberger nicht weit. Wie hast du von dem kleinen Malheur erfahren?"

Jetzt keine Ausreden, sonst mauert Obanczek. „Wroblewski hat mich angerufen, wusste nicht, was er mit so einem einzelnen Finger anfangen sollte. Ich habe nichts angerührt und ihm zur Kripo geraten!"

„Eine gute Tat."

„Habt ihr schon was?"

„Du weißt doch, dass ich nicht mehr zuständig bin."

„Flurfunk?"

„Sie haben die umliegenden Krankenhäuser und niedergelassenen Chirurgen angerufen, ob jemand mit einer entsprechenden Handwunde verarztet wurde."

„Wurde?"

„Wurde! Erheblich öfter sogar als man denkt. In den letzten vierzehn Tagen sechs Hände, denen der kleine Finger abhandengekommen ist. Zwei Arbeitsunfälle, drei Verkehrsunfälle - oder war es umgekehrt? - jedenfalls haben alle Finger ein Alibi, bis auf den sechsten. Angeblich in einer Tür abgequetscht, ziemlich unwahrscheinlich, sagen die Medizinmänner. Aber mehr ... er ist nach dem Verarzten getürmt. - Also bis dann ..."

„Moment. Du hast nicht zufällig mitbekommen, wer den abgequetschten Finger sein Eigen nannte?"

„Wird noch alles untersucht. Wenn du mich fragst, riecht das alles sehr nach Mafiamethoden. Fragst du mich?"

„Danke, es reicht schon!"

„Mal eine ganz andere Frage: Kannst du Käsekuchen? Ich hab jemanden zum Kaffee eingeladen."

„Kaffee kannst du doch selber ..."

„Zu einem selbst gebackenen Käsekuchen."

„Selbst schuld!"

„Komm Du noch mal an meinem Kellerloch vorbei ..."

„Ruf einfach an, wann du den Kuchen brauchst. Ich habe eine nette Nachbarin, die so was kann.“

Am nächsten Morgen im Blumenladen, Heide schweigt vor sich hin, raucht zwischendurch eine Zigarette und füttert ihre Elfriede. Claus Sander zeigt Kalenberger, wie Rosenstängel richtig gekürzt werden. Gestern noch 10,95 €, heute im Angebot für 6,95 €. Doch Kalenberger stellt sich nicht besonders geschickt an. Sander übernimmt selber das Kürzen, Kalenberger soll erst einmal am toten Objekt üben. Die Stängel ohne Blütenblätter liegen in einem schwarzen Plastikeimer.

Chili ruft an. „Der Typ soll richtig gepflegte Hände haben. Die, die es wissen müsste, traut ihm einen wöchentlichen Besuch bei der Maniküre zu.“

„Alle Finger?“

„Ihr ist wohl nichts Gegenteiliges aufgefallen.“

Kalenberger beendet das Gespräch. Heide kommt zu ihr herüber, sieht die Rosenstängel auf Kalenbergers Arbeitstisch. „Da kannst du dich anstrengen wie du willst, dem Chef wirst du es nie recht machen.“ In ihrer Hand trägt sie eine Bäckertüte, hält die Tüte Kalenberger unter die Nase. Spritzkuchen, glänzen vor Fett. Am liebsten würde Kalenberger ablehnen, aber was tut man nicht alles für ein gutes Arbeitsklima. Der zweite schmeckt dann schon ein wenig besser.

Sie schauen beide zum Fenster hinaus. Autos fahren am Friedhofsportal vor, man steigt aus, begrüßt sich, alles in Schwarz. Eine Beerdigung steht an. Herr Sander hat drei Kränze und fünf Trauergebinde geliefert. Jetzt werden nur noch die Blumensträuße abgeholt, die dem Sarg ins offene Grab folgen.

Zwei Jungs fahren auf ihren Bikes an den Trauernden vorbei, einer fährt absichtlich durch eine Pfütze, das Dreckwasser spritzt auf, ein langer schwarzer Mantel fängt sich die grauen Tränen. Ein Schrei, dann ein nicht gerade pietätvolles Gezeter den Jungen hinterher, die Jungs lachen, der Mantel wird im Blumenladen gesäubert.

„Idioten", sagt Kalenberger.

„Kommt drauf an, welche Seite du meinst."

„Das kann man nur von einer Seite sehen. Das ist nicht mal mehr grober Unfug, das ist schon Sachbeschädigung."

Heide knüllt die Papiertüte zusammen und wirft sie in den Eimer mit den Rosenstängeln.

„Was soll das", mault Kalenberger, „ich bin doch nicht dein Müllmann!"

Heide hebt kurz die Schultern und geht zurück in ihre Ecke mit den umzupflanzenden Buchsbäumchen. Doch plötzlich hält sie inne und kommt zurück. Ganz dicht stellt sie sich vor Kalenberger. „Bist du von der Polizei? Haben sie dich zum Schnüffeln hier eingeschleust? Wahnsinnig coole Performance."

„Es ist nicht wie du denkst."

„So ist es selten!" Heide lacht kurz auf, weicht aber keinen Schritt zurück. Kalenberger ist verunsichert, dreht sich zur Seite.

Auf der gegenüberliegenden Straßenseite kommt ein junger Mann aus dem Friedhofseingang und verschwindet erst hinter den geparkten Autos und dann ganz aus ihrem Blickfeld.

Das war doch ..., geht es Kalenberger durch den Kopf. Sie dreht sich wieder zu Heide um, Heide hat wohl auch aus dem Fenster gesehen. Eine leichte Röte überfliegt ihre Wangen.

„Holt der dich ab?", fragt Kalenberger.

„Wer?"

„Twitter?“

„Kenn ich nicht.“

„Geht mich auch nichts an.“

„Eben!“

Herr Sander rollt einen Wagen mit Paletten heran. Zwergrosen oder Buschrosen oder … Kalenberger muss noch viel lernen. Die Rosen sollen auf die Blumentische gestellt werden. Welke Blätter und Blüten müssen abgezupft werden. Heide soll Kalenberger einweisen.

Eine Weile widmen sie sich still der Aufbereitung der Rosen. „Wie lange arbeitest du schon hier?“

„Schon ein paar Tage“, sagt Heide, „geht dich aber nichts an!“ Sie schaut aus dem Fenster. „Ist das deiner?“

Kalenberger folgt ihrer Blickrichtung. Vor dem Friedhofsportal stiefelt Carolus auf und ab. „Nur ein guter Bekannter, geht dich aber nichts an!“

Plötzlich platzen beide Frauen heraus. Sander schaut herüber, schüttelt missbilligend mit dem Kopf.

„Der immer mit seiner Pietät“, sagt Heide.

„Wollen wir abends mal was trinken gehen?“, schlägt Kalenberger vor.

„Warum?“

„Nur so, um uns besser kennenzulernen.“

„Bist du von der Polizei?“

„Ich war bei der Kripo, bin nach einem Unfall aber nicht mehr arbeitsfähig.“

Die beiden Frauen sehen sich an.

„Pier 51, drüben am Maschsee?“, fragt Heide.

„Dein Stammlokal?“

„Kann ich mir nicht leisten.“

„Warum …“

„Ich dachte, du zahlst.“

Kalenberger hat das Gefühl, Carolus wollte ihr entgegenkommen, als sie die Straße überquert, doch dann überlegt er es sich anders und bleibt auf seiner Seite. Einzelne Trauergäste verlassen den Friedhof. Kalenberger sieht sich unwillkürlich nach zwei Radfahrern um. Entwarnung. Nur der kleine Pritschenwagen der Friedhofsverwaltung rollt zu einem Nebeneingang. Der junge Fahrer grüßt und droht den beiden lachend mit dem Finger.

Kalenberger und Carolus sehen sich verblüfft an. Dann müssen auch sie lachen, aber irgendwie anders.

Kalenberger will sich rasch noch zu Hause umziehen. Carolus wartet vor der Haustür. Eine Nachbarin kommt mit ihrem Husky vorbei, der Hund schnüffelt an Carolus' Bein. Kalenberger ist noch nicht im Flur, da sind die beiden bereits in ein Gespräch vertieft. Der Husky scheint das Ritual zu kennen, legt sich auf die grauen Steinplatten und streckt die Beine weit von sich. So ein Gespräch kann dauern. Kalenberger kann sich mit dem Umziehen Zeit lassen. Sie könnte sogar noch unter die Dusche hüpfen, doch dann belässt sie es beim Händewaschen, Zähneputzen und ein wenig Lipgloss für die Lippen. Sie will einen guten Eindruck im Tierheim machen.

Schon in der Nähe des Tierheims riecht es nach Fleisch, Haaren und Urin, und hinter den offenen Gerüchen kommen bei Kalenberger Angst, Einsamkeit und Verzweiflung an. Wieder eine ihrer Schwitzattacken. Sie betreten die Aufnahme mit dem Kleintierbereich. Carolus spricht mit einer Mitarbeiterin des Tierheims. Fragt nach einem Hund. Schipperke oder Techichi wären ihm recht. Er hat viel gelernt in den letzten Tagen. Carolus lächelt stolz. Die Mitarbeiterin des

Tierheims lächelt auch, aber eher nachsichtig. „Dann kommen Sie mal mit!“ Sie hält den beiden Besuchern die Tür auf, Carolus schreitet voran, Kalenberger kommt etwas zögerlich hinterher. „Sie vermitteln doch sicher auch Katzen?“

Die Mitarbeiterin bleibt stehen. „Beides zusammen ist eher ungewöhnlich. Die meisten Hunde vertragen sich nicht mit …“

Kalenberger und Carolus schauen sich überrascht an, dann dämmert es Kalenberger: „Nein, wir sind kein Paar und wohnen auch nicht zusammen. Er interessiert sich für einen Hund und ich - vielleicht - für eine Katze.“

Die Mitarbeiterin marschiert zu den Hundehäusern. Sie greift in ihre Jackentasche, holt ein kleines Schild mit einer Klammer heraus und heftet es an den Kragen der Jacke. Frau Dinklan.

Kaum kommen sie in die Nähe der Hundezwinger, schwillt die Lautstärke des Gekläffes an. Doch die Hunde verhalten sich recht unterschiedlich, wenn die kleine Gruppe vor einer Gitterbox auftaucht. Manche Hunde machen mit Stimmkraft, wilden Sprüngen und Gejaule auf sich aufmerksam, andere zeigen ihre umgänglichen Manieren durch zurückhaltendes Auftreten, werben mit schräg gelegtem Kopf, sanftem Augenaufschlag oder werfen sich gleich auf den Rücken.

„Wo sind denn die Rassehunde?“, fragt Carolus.

„Die gibt es bei den Züchtern, im Katalog oder in Zeitungsanzeigen. Davon würde ich aber abraten.“

„Sie haben nur …“

„… Promenadenmischungen. In der Abstammung sind die meisten Hunde wie wir Menschen.“

„Ja, aber …“ Carolus will etwas einwenden, doch ein kleinerer schwarzer Hund mit helleren Flecken an

Schnauze und Brust nimmt seine Aufmerksamkeit immer mehr gefangen.

„Und was ist das?"

„Sagen Sie ihm doch einfach, das wäre ein Allgäuer Hirtenhund", flüstert Kalenberger Frau Dinklan zu.

„Das ist Calo." Frau Dinklan bleibt wohl lieber bei der Wahrheit. „Calo kommt aus einem anderen Tierheim. Ein Rüde, sehr schüchtern, aber lieb. Mittlerweile hat sich Calo prima eingelebt. Er ist offen und fröhlich. Calo muss vieles von Grund auf lernen, Kommandos und Zeichen kennt er nicht. Da Calo noch schreckhaft ist, sollte er die erste Zeit nur an der Leine geführt werden."

„Leine? Ich habe noch keine Leine."

„Haben Sie denn Erfahrung mit Hunden?"

„Ein Bekannter hat einen Dalmatiner und eine Nachbarin von Frau Kalenberger ..."

„Dann können Sie den Hund sowieso nicht gleich mitnehmen. Wir würden uns erst bei Ihnen zu Hause umsehen wollen, wo und wie der Hund untergebracht würde."

„Aber ein bisschen Rasse wäre schon drin?"

„Mit Sicherheit ein Pinscher und den Rest dürfen Sie sich aussuchen." Kalenberger lacht.

„Na ja ...", meint Carolus unentschlossen.

Frau Dinklan geht ein paar Schritte weiter, nimmt eine Hundeleine von einem Haken und kommt wieder zurück. Sie öffnet die Tür von Calos Box, leint ihn an und gibt Carolus das andere Ende der Leine in die Hand. „Drehen Sie eine Runde mit ihm und schauen Sie einfach, ob Sie zueinanderpassen."

Carolus greift zögerlich nach der Hundeleine. Calo hat verstanden, schnüffelt an Carolus' Schuhen, hebt sein Bein und will sein neues Herrchen markieren. Carolus springt zur Seite, kommt ins Stolpern, kann sich aber gerade noch am Gitter einer Box abfangen.

Carolus schaut entsetzt, die beiden Frauen versuchen, ernst zu bleiben, dann setzt sich Carolus mit etwas staksigen Beinen in Bewegung. Calo zerrt an der Leine, umkurvt Carolus, Carolus muss aufpassen, dass sich die Leine nicht verheddert, und die beiden Frauen haben nun Zeit, sich um die Katzen zu kümmern.

Das Katzenhaus liegt direkt neben der Aufnahme.

„Hatten Sie schon eine Katze?", fragt Frau Dinklan.

Kalenberger berichtet von Toto.

Frau Dinklan muss Kalenberger allein im Katzenhaus zurücklassen. Ihre Anwesenheit wird in der Tieraufnahme eingefordert. Zweiundzwanzig Meerschweinchen sind eingetroffen. Oder fünfundzwanzig? Man weiß es nicht.

Kalenberger sieht sich um. Ein Druck legt sich ihr auf die Brust, in jeder Katze sucht sie nach Ähnlichkeit mit Toto. Er war fast weiß mit einem schwarzen Schmiss im Gesicht, der ihm dieses unpassende böse, aggressive Aussehen gab. Dabei war er so lieb und ausgeglichen, so einfühlsam und anhänglich, so …

Kalenberger wird klar, dass sie Toto nicht ersetzen kann. Sie muss ganz neu anfangen. Soll sie sich überhaupt eine neue Katze zulegen? Sie schaut sich um. Jede der Katzen hätte ein neues liebevolles Zuhause verdient. Mit einem Mal ist da wieder diese Situation auf der Straße. Der Mann mit den beiden Schäferhunden. Sie spürt wieder den Stoß im Rücken. Das war Absicht. Sie sollte verletzt werden. Sicher eine Warnung im Zusammenhang mit ihrer Suche nach Pia. Aber wer könnte sich in seinen Geschäften gestört fühlen?

Ganz unten im Bauch ist da wieder der aufsteigende Druck, die Angst. Sie spürt den Atem des Angreifers im

Nacken. Ihr bricht der Schweiß aus. Sie muss sich dagegenstemmen. Kämpfen. Eine weiche einschmeichelnde Bewegung an ihrem linken Bein. Eine weiße Katze, vier Beine, schwarze Flecken über dem linken Auge, auf dem Rücken und an der rechten Pfote. Sie muss aus dem Katzenzimmer ausgebüchst sein. Kalenberger kämpft mit sich. Sie ahnt, was passiert, wenn sie sich nach der Katze bückt, um sie auf den Arm zu nehmen. Aber der Druck ist weg, die Angst, die Unsicherheit.

„Ich hätte es mir denken können." Frau Dinklan ist unbemerkt hinzugekommen. Sie nimmt die Katze auf und setzt sie sich auf den Arm. „Augenstern ist unglücklich bei uns. Sie braucht eine Bezugsperson nur für sich."

Kalenberger tritt einen Schritt zurück, betrachtet die Katze, lächelt, streckt die Hand aus und streicht ihr übers Fell.

„Augenstern ist vier Jahre alt und wurde verletzt aufgefunden. Sie ist angeschossen worden und hat dadurch ihr linkes Auge und einige Zähne verloren."

Kalenberger schaut genauer hin. Der schwarze Fleck verbirgt geschickt die Stelle, an der das Auge blinzeln müsste.

Augenstern dreht sich zur Seite, hebt die Pfote und legt sie auf Kalenbergers Hand.

„Sie können es sich in aller Ruhe überlegen", sagt Frau Dinklan, „wir werden sie nicht so schnell vermitteln können."

„Da gibt es nichts zu überlegen", sagt Kalenberger.

Frau Dinklan schaut ihr in die Augen, denkt einen kurzen Augenblick nach. „Wenn Sie Ihren Ausweis mitgebracht haben …"

Kalenberger zieht ihren Dienstausweis aus dem Portemonnaie.

„… könnten Sie die Katze gleich mitnehmen. Sie ist geimpft, sterilisiert und mit einem Chip versehen."

„Ich kann sie doch nicht auf dem Arm …"

„Wir können Ihnen eine Katzenbox leihen. Aber das Zurückbringen nicht vergessen!"

Kalenberger nimmt die Katze von Frau Dinklans Arm und legt sie sich auf die Brust, den Kopf legt ihr Augenstern auf die Schulter. „Du verstehst es, du Schlawiner!"

„Wenn schon, dann Schlawinerin!"

„Tut mir leid, bisher war ich nur einen Kater gewohnt."

Die beiden Frauen gehen zur Anmeldung hinüber. Augenstern wird in eine himmelblaue Transportbox gesteckt, sie nimmt es gelassen. Dann sind noch umfangreichere Formalitäten zu erledigen und ein paar Euro spendet Kalenberger auch noch für das Tierheim.

Sie verabschiedet sich von Frau Dinklan. „Wenn Sie Ihren … äh … Begleiter suchen", sagt Frau Dinklan, „er wird gleich zurück sein. Läuft gerade die dritte Runde mit dem dritten Hund. Er kann sich einfach nicht entscheiden."

Kalenberger wartet vor dem Eingangsgebäude, Augenstern verhält sich ganz ruhig, scheint zu schlafen, will aus ihrem schönen Traum nicht aufwachen. Endlich ein Frauchen für sie ganz allein, mit der Erziehung kann sie bis morgen warten.

Carolus taucht auf. Wollte er nicht einen kleinen, handlichen Hund? Der Hund an seiner Leine reicht ihm bis zum Knie.

Kalenberger will ihren Augenstern lieber nicht gefährden und bleibt in einiger Entfernung. Carolus gibt den Hund einer Betreuerin, spricht mit ihr und winkt dann Kalenberger zu. Beschwingten Schritts kommt er herüber. „Harry wollte mich gar nicht gehen lassen.“ Er beginnt das Gespräch schon in einiger Entfernung. „Aber die anderen waren auch sehr anhänglich. Ich weiß gar nicht, wie ich mich entscheiden soll.“ Jetzt ist er herangekommen. „Muss ich auch nicht. Ich kann, so oft ich will, herkommen und mit allen Hunden meine Runden drehen. Das ist doch ein Angebot?“

„Haben Sie denn die Größe des Hundes mit Ihrer Frau abgesprochen?“

„Das hat noch Zeit. Ich muss mich selber erst noch ein wenig an den Gedanken gewöhnen. Fürs Fahrrad ist es ein bisschen weit weg, aber mit Bahn und Bus geht es sicher auch.“

Das war geschickt eingefädelt, aber Kalenberger ist genau so geschickt im Überhören. Sie nimmt die himmelblaue Transportbox mit Augenstern, hält sie hoch und lässt Carolus hineinschauen. „Ich habe mich schneller entschieden.“

Carolus schaut in die Box. „Eine ganze Katze und, soweit ich erkennen kann, sogar mit vier Beinen.“

„Ihr fehlt ein Auge.“

Carolus schaut genauer. Hoffentlich sagt er jetzt nichts Falsches. „Sind Sie sicher? Fällt doch überhaupt nicht auf!“

Vielleicht kann sie ihn doch gelegentlich mal mit ihrem Auto zum Tierheim fahren.

„Wollen wir noch einen Kaffee zusammen trinken?“, fragt Carolus.

„Tut mir leid“, sagt Kalenberger, „ich möchte mich lieber um Augenstern kümmern und ihr so schnell wie möglich das Eingewöhnen in die neue Umgebung ermöglichen.“

„Kann ich verstehen“, sagt Carolus, obwohl er schon ein wenig beleidigt ist.

Das Katzenklo wird akzeptiert, doch der Fressnapf wird misstrauisch umrundet. Kalenberger öffnet eine Dose von Totos Lieblingsfutter und schüttet den Inhalt in den Fressnapf. Augenstern lässt sich nicht locken, springt auf die Couch und legt sich auf das Kissen mit den stilisierten Lilienblüten.

Kalenberger geht ins Bad, wäscht sich Gesicht und Hände, will sich eine frische Bluse anziehen. Augenstern hat den Fressnapf umgeworfen und frisst den Thunfisch vom Teppich. Kalenberger wird ihr einen neuen Fressnapf kaufen.

Sie setzt sich auf die Couch, Augenstern ist noch eine Weile mit ihrem Fressen beschäftigt, Kalenberger hat die Tageszeitung noch nicht gelesen.

Drei Fahrradfahrer haben sich gegenseitig umgefahren, Hannover hat die meisten Grünflächen aller deutschen Großstädte, im Steintorviertel zwei Leichtverletzte bei einer Messerstecherei.

Sie muss sich um die Männer kümmern, die sie bedrängt haben. Solange sie bei der Erinnerung immer wieder an Toto denken musste, konnte sie sich nicht um sich selber kümmern. Jetzt hat sie Augenstern. Augenstern springt auf die Couch, schmiegt sich in ihren Arm.

Ihre Suche nach Pia muss ein paar Leuten übel aufgestoßen sein. Pieceks Nachfolger zum Beispiel. Lars Helmer. Um Liebe geht es den Loverboys sicher nicht, mit höchster Sicherheit nur ums Geld.

Kalenberger weiß zu wenig über die Szene. Soll sie Daria anrufen? Daria war schließlich bei der Sitte. Aber aktuell sind ihre Informationen bestimmt auch nicht, nach über anderthalb Jahren Abwesenheit vom Arbeitsplatz in der Polizeidirektion.

Kalenberger nimmt das Handy, Augenstern schaut misstrauisch, Kalenberger streichelt ihr über den Kopf. „Keine Bange, ich behalte dich!"

Sie ruft Chili an. Es dauert eine Weile, bis sich Chili meldet. Im Hintergrund ein Stimmengewirr, Schreie, Glas geht zu Bruch.

„Störe ich?", fragt Kalenberger.

„Nö", sagt Chili, „alles unter Kontrolle."

„Ich brauche Informationen aus der Rotlichtszene."

„Dann fahr heute Abend ins Steintorviertel und geh' in die Sansibar."

„Ha, ha, selten so gelacht."

„Weil du mir einmal aus der Patsche geholfen hast, stehe ich dir noch lange nicht uneingeschränkt zur Verfügung."

Kalenberger schwitzt. „Nun hab' dich nicht so, ich brauche nur einen Kontakt."

„He, he, stell die Flasche sofort wieder hin, sonst knallt's!"

„Sprichst du mit mir?"

„Nein. - Ich werde mich umhören, kann aber nichts versprechen. Als Gegenleistung könntest du ein paar Euro für unseren Verein rüberwachsen lassen. Ist auch als Spende von der Steuer abzugsfähig."

„Wirst du nicht von der Stadt finanziert?"

„Moment - ich rufe gleich zurück!"

Augenstern schläft, träumt, hebt die Pfote, seufzt und lässt die Pfote wieder aufs Kissen fallen.

Kalenberger vertieft sich wieder in die Tageszeitung. Schüler flüchtet vor Jugendgang. Stadtwerke-Bauschutt alarmiert Staatsanwalt. Zwei Millionen für …

Das Handy klingelt. Chili. Er scheint sich einen neuen Standort gesucht zu haben. Der Lärm im Hintergrund klingt gedämpft.

„Ich geb' dir einen Kontakt, aber in nächster Zeit brauche ich auch mal deine Hilfe aus deinem Umfeld."

„Hier ist alles friedlich."

„Denkst du!"

„Also?"

„Kommt später." Chili gibt Kalenberger eine Handynummer. „Beruf dich auf mich, dann sollte er sich nicht so zieren. Stan arbeitet als Conférencier in einer Strip-Bar und kennt sich aus. Aber eins schon mal vorweg: Es geht nur ums Allgemeine, nicht um bestimmte Personen. Ist das klar?"

„Wie sprichst du denn mit mir?"

„Der Umgang verdirbt den Charakter." Chili lacht. „Verzeih!"

„Schon vergessen."

Kalenberger ruft Stan an. Stan ist sehr misstrauisch. Kennt keinen Chili, hat noch nie von ihm gehört. Kalenberger muss Chili noch einmal anrufen. Der spricht mit Stan, und als Kalenberger schließlich Stan anruft, ist ihm wieder eingefallen, dass er Chili doch kennt. Aber freundlich ist er nicht. Kann Kalenberger verstehen, mit Gequatsche kommt man im Rotlicht nicht weit, holt sich höchstens ein paar heiße Ohren, wenn es gut läuft.

Stan bietet ein Treffen im Al Vecchio Milano an. Da trinkt er in den Pausen seinen Espresso.

Kalenberger hat das Telefon noch nicht aus der Hand gelegt, da klingelt es erneut. Augenstern reckt sich und gähnt. Obanczek meldet sich. „Ich weiß, dass ich mich auf dich verlassen kann, die Geschichte ist noch nicht freigegeben. Ich will dir nur ein paar unnötige Wege ersparen – oder hast du dir endlich ein Paar passender Schuhe zugelegt?“

„Ich kaufe mir immer passende Schuhe, bloß meine Füße sind manchmal anderer Meinung.“

„Schade, dass wir nicht mehr zusammenarbeiten.“

„War auch nicht immer Gold …“

„Zu dem abgetrennten Finger in der Eissporthalle. Sie haben ihn aufgetaut.“

„Womit?“

„Weiß ich nicht. Jedenfalls ist der Finger vor mindestens anderthalb Jahren abgetrennt worden. Unterm Eis vor dem Eishockeytor war er aber höchstens sechs Wochen eingefroren, weil vor sechs Wochen das ganze Eis erneuert wurde.“

Augenstern mauzt.

„Ist das Toto?“, fragt Obanczek, und Kalenberger muss ihm die ganze Geschichte um Toto und Augenstern erzählen. Sie haben wohl nicht allzu viel zu tun mit Brandstiftungen.

„Und die Neue hat vier Beine?“, fragt Obanczek.

„Sicher.“ Kalenberger will es eigentlich nicht sagen, tut es dann aber doch: „Aber nur ein Auge.“

„Ach, Kalenberger“, Obanczek lacht, „du und dein großes Herz. Im Herbst werde ich deine Adresse an alle schwächelnden Igel weitergeben, damit sie sich bei dir durchfressen können.“

„Untersteh dich!“

„Und wie ist es mit Beamten im einfachen Dienst und ohne Amtszulage und Familienzuschlag?“

„Ich brauche jemanden fürs Fensterputzen.“

„Ich werde sehen, was ich für dich tun kann. Aber zurück zum eiskalten Fingerchen. Die ganzen Umstände haben wohl zu der Annahme verleitet, dass man sich am besten mal im Team der Indians umsehen sollte. Wroblewski hat alle Mann zu einer wichtigen Ansage zusammengetrommelt. Als sie auf dem Eis versammelt waren, mussten sie den linken Handschuh ausziehen, aber siehe da, alle hatten noch ihre fünf Finger an der linken Hand."

„Und dafür rufst du mich an? Ich hab noch einen ganzen Berg Bügelwäsche."

„Du bügelst doch gar nicht!"

„Was du alles weißt."

„Also weiter. Wroblewski wollte die Versammlung schon auflösen, da ist dein spezieller Freund Dirk Weidlich noch mal an der Reihe der Spieler vorbeigegangen und hat sich jede Hand ganz genau angesehen. Bei einem Spieler der zweiten Mannschaft wurde er fündig. Der kleine Finger war nicht echt, sondern eine täuschend echt aussehende Prothese."

„Kochen muss ich auch noch."

„Du machst doch bestimmt wieder irgendeine Diät."

„Ekel!"

„Es hat sich rausgestellt, dass sich vor über einem Jahr zwei Spieler aus dem Team zu einem Extratraining getroffen haben. Dabei ist es zu einem unglücklichen Zusammenstoß gekommen, der eine hat seinen Handschuh verloren und der andere ist ihm mit seinem scharfkantigen Schlittschuh über die Hand gefahren. Finger ab. Sie sind mit dem Finger und der dezimierten Hand zur Notfallambulanz, mussten ziemlich lange warten, bis sich ein Arzt den Schaden ansehen konnte, und da war der Finger nicht mehr anzunähen. Was nun? Der Geschädigte bekam Angst um seinen Arbeitsplatz – wer will schon einen Spieler mit neun Fingern in seiner Profimannschaft – und hat sich eine Prothese anfertigen lassen, aber über die zweite Mannschaft ist er nie hinausgekommen. Den Finger haben sie in die leere Dose eines Energydrinks gesteckt, Wasser eingefüllt, den Deckel wieder eingepasst und im Tiefkühlschrank der Mannschaft ganz unten und ganz hinten eingefroren. Den hat dann jemand vor nicht allzu langer Zeit gefunden und sich einen Spaß daraus gemacht, ihn vor dem Tor in die Eisdecke einzubringen."

„Und ich dachte schon, es wäre ein Fingerzeig der Mafia."

„Frau Kollegin, Frau Kollegin, Ihr Humor war schon immer gefürchtet."

„Wir sollten uns mal wieder auf einen Cappuccino treffen."

„Sollten wir. Aber im Augenblick habe ich einfach zu viel zu tun. Das Kommissariat Brandstiftung ist einfach die Hölle!"

Es klingelt an der Haustür. Lotte. Sie hat nicht genug Mehl im Haus für die abendlichen Pfannkuchen und nun hat sie den Zwillingen die Pfannkuchen versprochen und kommt nicht mehr raus aus der Nummer.

Kalenberger kann leider auch nicht helfen. Lotte muss zum Supermarkt. Sie druckst herum. Ob Kalenberger eine Viertelstunde, zwanzig Minuten auf die Zwillinge aufpassen könnte. Sie würde ihr auch eventuell entstehenden Schaden ersetzen.

Kalenberger willigt etwas zögerlich ein. Sie kennt Lasse und Leon nur zu gut. Als erstes fällt die Telefonstation vom Garderobenschränkchen, dann entdecken die Zwillinge Augenstern, Kalenberger kann sie nur mit einem resoluten „Die kratzt und beißt!" im letzten Moment abhalten, sich auf die Katze zu stürzen, dann reißt Lasse die Fernbedienung für das Fernsehgerät an sich, Leon will sie ihm entreißen, das Fernsehgerät geht an und Sekundenbruchteile später wieder aus. Kalenberger entwindet ihnen die Fernbedienung.

„Langweilig!“, findet Lasse.

„Oberlangweilig!“, ergänzt Leon. Endlich sind sich die Zwillinge mal einig, aber das kann für Kalenberger gefährlich werden.

Augenstern hat sich bereits unter die Couch verkrochen, um sich vor eventuellen Attacken der Zwillinge zu schützen.

Kalenberger, lass dir was einfallen! Und sie lässt. „Wie wäre es mit einem Gutschein für McDonalds?“ Sie hat Coupongutscheine in der Zeitung gesehen.

„Ich will einen Doppel-Cheesburger!“, jubelt Leon.

„Und ich einen McChicken mit Hähnchenfleisch!“ Lasse leckt sich über die Lippen.

„Ich hab aber leider nur einen Gutschein.“

„Für mich! - Nein, für mich! - Ich ...“

Bevor die Prügelei ausarten kann, geht Kalenberger dazwischen. „Wir machen ein kleines Spiel und wer gewinnt, bekommt den Gutschein.“

„Au ja!“, meint Lasse begeistert. Er gewinnt wohl meist.

„Was sollen wir spielen?“, fragt Leon weniger interessiert.

„Meine Katze hat zwei Augen. Eins ist offen und eins geschlossen. Wer als erster sieht, wie sie das zweite aufmacht, bekommt den Gutschein.“

Lasse legt sich mit dem Bauch auf die Couch und starrt Augenstern an, Leon hockt sich zwischen Tisch und Couch und starrt auf die Katze.

Kalenberger kann sogar weiter in ihrer Tageszeitung lesen. Als Lotte kommt, ist sie mächtig überrascht, wie still ihre Kinder sind. Bevor sie mit ihnen zum Pfannkuchen-Backen hinüber in die eigene Wohnung geht, kann sie sogar noch ein paar Sätze mit Kalenberger wechseln. Die Wohnung links im Erdgeschoss ist verkauft worden. An der Wohnungstür gibt ihr Kalenberger dann den Bogen mit den Coupons aus der Tageszeitung. „Nur für alle Fälle“, Kalenberger grinst, „wenn die Zwillinge zu sehr quengeln.“

„Auf zu den Pfannkuchen“, brüllt Lasse plötzlich und die beiden stürmen zur eigenen Wohnungstür. Lotte folgt mit einem leicht gequälten Lächeln.

Das Telefon. Gab es ein Leben vor Telefon und Handy? Aylin. Pia geht es besser, sie kann sich allmählich vom Druck befreien.

„Schön“, sagt Kalenberger. Sie will los.

„Mit unserm Treffen am Wochenende wird es wohl klappen.“

„Prima, dann brauchen wir uns wohl keine Sorgen mehr zu machen.“

„Einen schönen Abend noch!“

„Danke, gleichfalls.“

„Übrigens“, Aylin hat noch nicht aufgelegt, „dieser Lars Helmer hat sich im Chat gemeldet. Du weißt schon, er nennt sich Homer. Ist gerade aus Nizza zurück, war bei irgendeinem Pop-Event. Sagt er.“

„Lass die Finger von ihm. Der Typ ist keine Bereicherung für dich.“

„Ich weiß!“

Kalenberger fährt in Richtung Hauptbahnhof. Raschplatz. Der Raschplatz! Beginn ihrer Probleme. Aber

Kollege Weidlich macht Karriere. Und sie? Ihr steigt die Angst den Rücken hinauf. Ihre Hände schwitzen, dann der Rücken und die Stirn. Warum ist sie unterwegs? Wohin? Pia ist in Sicherheit, ihre Tochter ist gewarnt, die beiden Morde sind bei den Kollegen in der Polizeidirektion sicher in guten Händen. Warum tut sie sich das an? Sie könnte wenden und einfach zurückfahren. Berliner Allee, Sallstraße und ein gemütlicher Fernsehabend mit Augenstern auf dem Schoß. Warum fährt sie weiter? Sie ist ihr ganzes Leben auf der Suche nach irgendetwas, von dem sie nicht weiß, was es ist und wo sie es finden kann. Liebe? Hat ein paar Jahre ins Leben gepasst und sich dann verzogen wie der Frühlingsduft im Sommerregen.

Hamburger Allee, nach rechts in die Friesenstraße und dann links die Hallerstraße. Hier wohnt kein Altkanzler Schröder, kein Maschmeyer und keine Käßmann. Zweckbauten aus den Sechzigerjahren. Natürlich kein Parkplatz, erst in der Lammstraße.

Kalenberger erinnert sich an einen Leichenfund in der Hallerstraße. Aus dem Zustand der Leiche war zu schließen, so hatte Kalenberger damals möglichst neutral formuliert, dass der ältere Mann offenbar über Monate in der Wohnung gelegen hatte, von niemandem bemerkt.

La Vecchio Milano. Ein bisschen dunkel, aber ein anheimelndes Interieur. Eine typische italienische Bar mit Kaffeemaschine, verschiedenen Schnaps- und Likörflaschen, eine Schautheke mit appetitlichen Antipasti.

Kalenberger schaut sich um. Ein junges Paar drängt sich an ihr vorbei. Sie haben bei einer Groupon-Gutscheinaktion mitgemacht, vier Gänge zum halben Preis und nun hoffen sie, noch einen netten Sitzplatz zu bekommen. Wird schon klappen, denkt Kalenberger, das Lokal ist fast leer.

Sie hockt sich an die Bar, bestellt einen Cappuccino. Seitlich in einer Nische sitzen drei Frauen bei Wasser und Kaffee, scheinen sich eine kleine Pause vom Stress mit den gierigen Geizhälsen zu gönnen.

Ein nicht mehr ganz junger Mann betritt das Lokal, winkt kurz zu den drei Frauen hinüber, setzt sich mit einem Hocker Zwischenraum neben Kalenberger.

Er bestellt sich einen Espresso, schaut Kalenberger an. Das Licht bricht sich in seinem leicht taillierten Pailletten-Jäckchen.

„Stan?“, fragt Kalenberger.

Die Bedienung hinterm Tresen poliert Gläser. Mit sanften Kopfbewegungen scheint sie ihre Ohren auf das zu erwartende Gespräch einzustellen, sie kommt auch zwei Schritte näher heran, gerade so, dass es nicht aufdringlich wirkt.

Stan nimmt seinen Espresso und das kleine Glas mit Wasser, rutscht vom Hocker und deutet mit dem Kopf in die hinteren Regionen des Lokals.

Das junge Pärchen ist bei der Vorspeise.

Kalenberger und Stan setzen sich unter ein Ölgemälde mit Markusplatz und Gondoliere.

„Chili hat mir gesagt, Sie wollten mich sprechen?“

Kalenberger bestellt bei der hinzugeeilten Bedienung einen Campari Soda. Stan möchte nichts mehr trinken und schaut auf seine Uhr. „In zehn Minuten muss ich wieder rüber.“

Auf der anderen Straßenseite lockt das Casanova XL mit rot erleuchteten Fenstern. Die Internetseite hat Auskunft gegeben: Alle Damen, die in unserem Haus verkehren, sind Gäste wie Sie. Für die jungen sexy Ladies, die bei uns verkehren, dürfen wir leider laut Gesetz keine Werbung machen. Werbung stattdessen für kuschelige Ecken, die sich mit Vorhängen verschließen lassen, und einem EC-Automaten im Haus.

„Sie sind doch bei der Polizei", sagt Stan, „da müssten Sie doch mehr wissen als ich. Eigentlich studiere ich Germanistik und Philosophie, den Conférencier mache ich nur zur Aushilfe - seit viereinhalb Jahren!"

„Die Polizei schaut nur von außen, wie die Strukturen in Wirklichkeit aussehen, wissen nur die Insider."

„Was wollen Sie denn wissen. Damit das aber gleich klar ist: Ich spreche nicht über konkrete Orte oder Personen. Ich will nicht versehentlich unter eine Dampfwalze geraten. Obwohl es die heute auch schon nicht mehr gibt. Heißen heute Walzenzug mit Glattmantelbandage. Tut aber sicher auch ganz schön weh."

„Wer könnte Interesse daran haben, mich zu ärgern, bloß weil ich mich auf die Suche nach einem verschwundenen Mädchen gemacht habe?"

Kalenberger berichtet von dem Angriff auf ihren Toto.

„Haben Sie aus einem bestimmten Grund gesucht?"

„Meine Tochter vermutet, dass das verschwundene Mädchen einem Loverboy in die Arme gefallen ist. Und ich vermute, dass man mir Angst einjagen wollte."

„Sie stechen in ein Wespennest und wundern sich, wenn Sie gestochen werden?"

„Wo kann ich nach den Typen suchen?"

„Überall und nirgends. Die können aus dem Dunstkreis des Steintorviertels kommen oder aus Winsen oder Leer. Je nachdem, wer wem noch einen Gefallen schuldete."

„Sie sind in einem dunklen Mercedes gekommen, nicht auf Harleys."

„Sie haben mir auch nicht Ihren Polizeiausweis gezeigt."

Kalenberger kramt in ihrer Tasche, sie will und wird den Ausweis nicht finden.

„Lassen Sie bloß stecken." Das Pailletten-Jäckchen schaut zur Nische mit den Frauen hinüber. „Wenn es ums große Geld geht, gibt es keine Gnade. Obwohl Sie doch eigentlich noch ganz gut davongekommen sind. Es wird immer gieriger, aggressiver, rücksichtsloser. Früher kamen die Frauen aus Asien oder Südamerika. Ihre Zuhälter haben sie rübergebracht und ihnen die Pässe abgenommen, damit sie nicht abhauen konnten. Natürlich haben einige an eine Vermittlung als Hausmädchen oder Tänzerin geglaubt, aber die meisten wussten, worauf sie sich einließen. Heute kommen die Frauen aus Rumänien und Bulgarien. Und wir haben seit zweitausendeins ein liberalisiertes Prostitutionsgesetz. Danach gilt die Prostitution nicht mehr als sittenwidrig und die Förderung von Prostitution durch Zuhälter und Bordellbesitzer nicht länger als strafbar. Heute macht sich nur noch strafbar, wer Minderjährige anschaffen lässt oder Frauen zur Prostitution zwingt."

Die Bedienung kommt. Stan winkt ab, die Bedienung zieht sich wieder zurück.

Die Damen vom Nischentisch stehen auf, verabschieden sich mit einem kleinen Wink von Stan und gehen wohl wieder an die Arbeit.

„Das vorgebliche Ziel der Reform ist die Entkriminalisierung von Prostituierten. Die Prostitution soll ein Beruf wie jeder andere sein. Die Damen sind also Arbeitnehmerinnen, die sich bei der Krankenversicherung und Rentenversicherung anmelden können."

Kalenberger trinkt von ihrem Campari Soda, aber nur einen kleinen Schluck.

„Das ist also das normale Geschäft. Da macht die Masse Kasse. Ohne Konfrontation mit der Polizei.

Auch wenn die Damen nur wenig Deutsch sprechen, für eine Razzia werden sie bestens geschult. Sie haben Papiere, die sie als Erwachsene ausweisen, sind freiwillig nach Deutschland gekommen, haben ihre Absteige übers Internet gefunden, und sie arbeiten auf eigene Rechnung. Dagegen ist nichts einzuwenden."

Stan schaut auf seine Armbanduhr, die dem Aussehen nach bestimmt schon mal neben einer Rolex gelegen hat.

„Manch geiler Opa will sich aber mit so einem radebrechenden Fickautomaten nicht zufriedengeben. Jung soll seine Gespielin sein, möglichst blond und naiv. Also privat, statt professionell. Und diese Wünsche bedienen die Loverboys. Sie suchen sich ihre Opfer ganz gezielt im Internet, auf Schulhöfen oder Discotheken aus. Und wie das dann läuft, kann sich jeder selber ausdenken. Ich geh' dann mal wieder rüber, sonst muss ich am Kröpcke bald Würstchen aus dem Bauchladen verkaufen. Schönen Gruß an Chili!"

Das junge Paar hat mit solcher Begeisterung gegessen, dass sich auch bei Kalenberger der Hunger meldet. Sie lässt sich die Speisekarte bringen und wählt Pasta mit Kaninchenragout, und es schmeckt köstlich. Da sind sogar fast zwei Euro Trinkgeld fällig.

Auf dem Heimweg resümiert Kalenberger. Jan Piecek war also nicht nur Eishockey-Profi, er hat auch im Rotlichtviertel kräftig mitgemischt. Die Tote vom Autohof hat die Frauen aus Rumänien und Bulgarien eingeschleust und an die Bordelle weitergeleitet. Also eine interne Auseinandersetzung im Milieu, die Zusammenhänge wird die Polizei klären und gehen Kalenberger nichts an. Der abgetrennte Finger in der Eissporthalle war ein Betriebsunfall und die Begegnung mit diesen unangenehmen Typen wird sich wohl auch nicht wiederholen, wenn sie sich aus allem raushält. Kein Problem, schließlich hat sie ihre Aufgabe erfüllt, ihre Tochter hat den Kontakt zu Pia wiederherstellen können.

Kalenberger kann durchatmen. Sie wird morgen freinehmen, Carolus anrufen und ihn zu einem Spaziergang durch die Herrenhäuser Gärten einladen. Oder noch besser Daria. Sie könnten zusammen den Zoo besuchen. Sie war schon so lange nicht mehr im Zoo. Und Daria auch nicht. Sie freut sich über Kalenbergers Anruf, Bjarne zahnt und braucht dringend Abwechslung. Muss Carolus eben warten.

DREIZEHN

Der Zoo Hannover ist ein Erlebniszoo. Schon an der Kasse. Erwachsene zahlen dreiundzwanzig Euro Eintritt, Bjarne kostet nichts und wäre Carolus mitgekommen, hätte er für seinen eventuellen Hund neun Euro extra zahlen müssen. Allerdings hätte man bei einem Onlinekauf der Eintrittskarten einen Euro pro Person sparen können. Es ärgert Kalenberger noch bis zu den Stachelschweinen, nicht übers Internet bestellt zu haben.

Daria ist gut gelaunt, Bjarne quietscht bei allem, was ihm vor den Kinderwagen kommt, Giraffen, Elefanten, Affen, große Menschen, kleine Menschen, mit und ohne Kinderwagen. Er kaut an einem harten Brötchen herum, braucht ab und zu einen Schluck aus seiner Teeflasche und Mutter muss die Windel wechseln.

Ein herrlich entspannter Tag, findet Kalenberger. Wilde Tiere braucht sie nicht unbedingt. Beim nächsten Mal wird sie mit Daria in den Tiergarten gehen. Zu sehen gibt es da auch eine Menge: frei laufendes Damwild, ein Wildschweingehege und zufriedene Hannoveraner. Es kostet keinen Eintritt.

Daria kommt mit dem frisch gewindelten Bjarne zurück. Sie setzen sich vor das Gasthaus Meyer, Kalenberger bestellt Kaffee, Bjarne bleibt bei seinem Tee aus der Flasche.

Daria erkundigt sich nach Kalenbergers Tochter. Sie kommen auf Pia zu sprechen. Kalenberger zeigt ihre Erleichterung, dass sie raus ist aus der Sache. Daria scheint es nicht so besonders zu freuen. Bjarne quengelt und Daria nimmt ihn auf den Schoß, damit sich sein Blickfeld vergrößert und damit die Abwechslung.

„Kannst du dir vorstellen, was die Mädchen durchmachen, die solchen Loverboys in die Hände fallen?"

Kalenberger möchte nicht weiter darüber nachdenken, sie schaut hinüber zu den Gänsen und Enten. Auf dem Haus der Lamas sitzt ein Pfau und schlägt sein imponierendes Rad.

„Das ist für die jungen Mädchen die erste richtige Liebe. Und dann noch eine, mit der sie bei ihren Freundinnen Eindruck machen können. Er fährt mit seinem Porsche vor oder seinem BMW, nimmt ihr die Schulsachen ab, lässt sie einsteigen und der Neid der Klassenkameradinnen trägt die dumme Göre über alle Bedenken hinweg, die sich vielleicht ganz hinten im Gehirn eingenistet haben.

Er kauft ihr teure Klamotten, mietet ein kleines Appartement als Liebesnest an, geht mit ihr in Lokale, die sie nur aus dem Stadtmagazin kennt. Das dauert ein paar Wochen, dann folgt die Abrechnung. Er hat sich verspekuliert, ist klamm bei Kasse, kann im Augenblick die Miete für das Appartement nicht bezahlen und die Raten für das Auto auch nicht. Er braucht das Geld, viel Geld und schnell. Er hat gar nicht daran gedacht, aber ein paar Freunde hätten gemeint, sie könnte doch ganz schnell Kohle machen. Nicht an der Straße oder im Bordell, so was würde er ihr im Leben nicht zumuten. Vielleicht anschaffen für ein, zwei Wochen, aber nur mit netten Männern, die er persönlich aussucht."

„Pia ist raus aus der Szene und in Sicherheit."

„Pia! Pia! – Du ahnst nicht, wie viele Pias da draußen rumlaufen. Erst helfen sie ihrem Liebsten aus den Schwierigkeiten, indem sie für ein paar Männer die Beine breit machen. Seine Schulden nehmen zu. Er lässt durchblicken, dass sie nicht die Einzige ist, die sich um seine Gunst bemüht. Sie wird ihre Anstrengungen steigern müssen, um ihn nicht zu verlieren."

„Wie blöde kann man eigentlich sein?"

„Erinnere dich mal an deine große Liebe. Wo war da deine Vernunft, dein Verstand? Und diese Mädchen haben niemanden, dem sie sich anvertrauen können. Alle Kontakte wurden von ihm systematisch gekappt. Sie sind allein und völlig überfordert."

Bjarne ist eingeschlafen, Daria legt ihn in den Kinderwagen. Kalenberger trinkt ihren letzten Schluck Kaffee, sie zahlen. Daria schiebt den Kinderwagen und Kalenberger geht mit ihr zum Ausgang.

„Aber lass dir von meinen schlechten Erfahrungen nicht den Tag vermiesen. Ich lade dich zu einem Eis ein im nächsten Café, an dem wir vorbeikommen."

Als Kalenberger vor ihrem Haus ankommt, ist die schöne Sicherheit vom Vormittag dahin. Alles nur Trug. Nicht unterkriegen lassen! Nicht, solange noch jemand auf sie wartet. Augenstern! Nicht aufgeben. Jetzt nicht.

Sie steigt aus. Irgendetwas greift nach ihr. Es macht ihr Angst. Der Lärm. Das Chaos der Autos, Fußgänger, Radfahrer und mittendrin Kinder mit ihren Schultaschen. Warum hat sie das vorher nicht betroffen? Ist es schon immer so beängstigend gewesen? Autos hupen, Sirenen jaulen von der Hildesheimer Straße herüber, ein Radfahrer hält mit quietschenden Bremsen vor ihren Füßen, es stinkt nach Benzin, Fäkalien und Brot. Eine Baustelle wird auf dem Gehweg vor der Haustür abgesteckt, ein Bagger im Miniformat ruckelt sich in Stellung, ein Mädchen singt auf dem Nachhauseweg von der Schule. Kalenberger kann weder Text noch Melodie erkennen. Alles müsste schweigen, wenn Kinder singen. Sie werden zu schnell groß.

Es ist gleich zwei. Kalenberger atmet ein und aus, wie sie es in irgendeinem ihrer Kurse zur Entspannung gelernt hat. Augenstern wartet hinter der Wohnungstür, streicht Kalenberger um die Beine. Ist es Liebe oder Hunger? Auf alle Fälle hat er mörderischen Appetit.

Kalenberger geht spät ins Bett. Sie weiß, dass sie nicht einschlafen wird und als sie schließlich doch ins Reich der Träume hinübergleitet, wird sie bereits erwartet. Das ganze Füllhorn an Angstträumen wird über ihren Schlaf ausgeleert. Raschplatz, Schüsse in der Tiefgarage, die Häme der Kollegen, Toto tot auf den grauen Gehwegplatten. Als sie endlich aufwacht, auch noch eine Hitzeattacke. Der Wecker zeigt zehn nach neun. Verschlafen also auch noch. Sie fühlt sich völlig leer. Mit Mühe hatte sie versucht, dem Tunnel Schritt für Schritt zu entfliehen, jetzt ist sie wieder hinuntergerutscht in die schwarze Tiefe. Erst übermorgen wieder ein Gespräch mit ihrer Psychotherapeutin. Sie hatte sich so sicher gefühlt, die letzten beiden Termine sogar abgesagt. Sie war auf einem guten Weg.

Wie in Trance nimmt sie ihre Tasche, setzt Augenstern hinein und schließt die Wohnungstür hinter sich. Es regnet leicht. Ein Regen, der sich kaum bemerkbar macht, aber alles durchdringt. Was ist schon Regen.

Sie überquert die Hildesheimer Straße und nimmt apathisch ihren alten Weg zum Engesohder Friedhof. Ihre Bank. Nass, glänzend, mit Vogelkot beschmiert. Sie setzt sich, öffnet den Reißverschluss an ihrer Tasche. Augenstern steckt nur kurz sein Schnäuzchen in den Regen, verzieht sich dann wieder ins Innere der Tasche.

Kalenberger schaut sich um und sieht nichts. Doch, ein Grabstein fällt ihr auf, ein blauer Schirm schützt ihn vor dem Regen. Dann wird eine ältere Frau sichtbar, die Blumen vor den Grabstein pflanzt. Der Schirm war nur hinderlich bei der Arbeit und wurde abgestellt.

Die Toten brauchen nichts mehr und erhalten Aufmerksamkeit und Zuwendung. Und die Lebenden, die Hilfe brauchen? Wo anfangen? Mit wem? Womit? Es ist alles so sinnlos.

Der junge Friedhofsgärtner kommt mit seinem Elektrowägelchen vorbei, bleibt auf dem Hauptweg stehen, beugt sich aus der Fahrerkabine in Kalenbergers Richtung. „Guten Morgen!“

Kalenberger nickt schwach. Sie will sich jetzt mit niemandem unterhalten.

„Da ruft jemand nach Ihnen!“

Kalenberger sieht sich um, hört ein „Hallo“, und noch einmal: „Hallo, hier bin ich!“

Jetzt sieht sie eine männliche Person, die ihr mit großen Armbewegungen winkt. Carolus. Er steht auf der anderen Seite der Friedhofsmauer.

Kalenberger erhebt sich, nimmt ihre Tasche und geht zur Friedhofsmauer hinüber.

„Ich kann nicht reinkommen“, sagt Carolus. Er tritt einen Schritt zurück. Neben seinen Füßen wird ein schwarzer Mopp auf Beinen, mit einem weißen Brustfell und fidelen Knopfaugen sichtbar.

„Er kann noch gar nichts“, sagt Carolus, „nicht mal vor einer Tür warten. Ich habe gedacht, ich sollte Ihnen trotzdem schnell ‚Hallo‘ sagen. Entschuldigen Sie, wenn ich zu aufdringlich …“

„Schon gut.“ Kalenberger dreht sich um und will zu ihrer Bank zurück.

„Ich rufe in den nächsten Tagen mal an."

Soll er doch mit Frau und Hund nach Passau oder Barcelona fahren.

Auf dem Weg zum Friedhofsausgang begegnet ihr wieder der blaue Schirm. Die Frau hat noch ein weiteres Grab zu pflegen. Augenstern mauzt in der Tasche, die gebückte Frau am Grab dreht sich um, grüßt.

Kalenberger liest den Namen auf dem kleinen braunen Marmorgrabstein: Mord.

Kalenberger schreit auf, lässt ihre Tasche fallen und flieht in irgendeine Richtung. Mord! Wohin? Was soll sie nun machen? Sie kommt bis zur Eingangshalle, läuft in die eine und andere Richtung, kommt zurück, lässt sich auf die Bank unter der Rundbogenbalustrade fallen, sie schließt die Augen, hält sich beide Hände vors Gesicht.

„Ihre Tasche!" Irgendjemand steht vor ihr. Die Frau mit dem blauen Schirm. Sie stellt Kalenbergers Tasche auf die Bank. Augenstern! Wie hat sie ihn allein lassen können? Kalter Schweiß steht ihr auf der Stirn. Mord! Die schwarzen Männer mit ihren Schäferhunden.

„Habe ich Sie so erschreckt?", fragt die Frau mit Schirm. „Oder war es der Name auf dem Grabstein?"

Kalenberger schaut sie an, kann nichts sagen. Ihre Hand greift in die Tasche, tastet nach Augenstern.

„Ein ungewöhnlicher Name." Die Frau setzt sich neben Kalenberger auf die Bank. „Es waren meine Nachbarn. Nette Leute."

Kalenberger lehnt sich zurück, atmet tief und bewusst, kann sich ein wenig entspannen.

„Sie waren sogar stolz auf ihren Namen. Kamen ursprünglich aus Mecklenburg-Vorpommern oder sogar von Rügen. So genau weiß ich es nicht mehr. Hatten einen großen Landbesitz, wie Egon Mord oft und gern erzählte. Alles wurde ihnen nach fünfundvierzig von den Kommunisten weggenommen. Verstaatlicht. Und jetzt riskieren ihre Nachfolger schon wieder eine große Lippe. Sogar hier im Westen."

Kalenberger denkt nur ans regelmäßige beruhigende Atmen.

„Die Mords konnten bei Verwandten unterkommen und haben sich eine neue Existenz mit einer Druckerei aufgebaut. Wirklich nette Leute." Die Frau steht auf, sieht Kalenberger an. „Ich muss los."

Kalenberger nickt.

„Geht's denn wieder?"

Kalenberger nickt erneut.

„Sie sollten unbedingt zu einem Arzt gehen!" Die Frau spannt ihren blauen Schirm auf und geht in Richtung Alte Döhrener Straße davon, bleibt nach wenigen Schritten noch einmal stehen, dreht sich zurück und nickt Kalenberger aufmunternd zu.

Kalenberger schaut auf ihre Schuhspitzen, ärgert sich über ihre unkontrollierten Gefühlsausbrüche, schämt sich auch ein wenig.

„Na, du Faulpelz!"

Heide steht vor Kalenberger, eine Zigarette in der Hand, die schwarze Frau, nur eine kleine bunte Haarspange bricht den tristen Anblick.

„Hattest heute wohl keine Lust auf Arbeit?" Sie grinst. „Kann ich verstehen, Gehwegplatten mussten gestapelt werden." Sie setzt sich neben Kalenberger. „Wäre schade, wenn du nicht mehr kommen würdest."

Kalenberger schaut sie an, kann ihr aber nicht lange in die Augen sehen und wendet den Blick wieder ab.

Es passiert etwas Überraschendes. Kalenberger spürt Heides Hand auf ihrem Arm. Sie hält den Arm fest, mit leichtem Druck. Kalenberger ist den körperlichen Kontakt nicht mehr gewohnt, will ihren Arm zurückziehen, doch Heide lässt nicht los.

Kalenberger sieht sie an, dann die Hand auf ihrem Arm. Der Ärmel an Heides Sweatshirt ist hochgerutscht. Auf ihrem Unterarm mehrere kleine hässliche Narben. Kreisrund. Scheinen schon länger verheilt zu sein, wurden in der Zwischenzeit aber immer wieder aufgekratzt. Der Schorf auf zwei, drei Narben ist noch ganz frisch.

Heide folgt Kalenbergers Blickt, reißt ihre Hand zurück und zieht den Ärmel bis weit über die Handwurzel herunter. „Kommst du morgen wieder?"

Kalenberger zuckt mit den Schultern.

„Keine Ausreden", sagt Heide, „wenn du nicht freiwillig kommst, hole ich dich!" Sie erhebt sich. Drüben steht Herr Sander in der Tür des Blumengeschäfts.

Heide geht über die Straße, singt laut und falsch „Wachet auf, ruft uns die Stimme …," Herr Sander verzieht sich ins Geschäft.

Was für ein Tag. Was für ein Gefühlsdurcheinander!

Der Regen ist stärker geworden. Kalenberger nimmt ihre Tasche, geht los. Der Regen klatscht ihr das Haar an den Kopf, sie spürt es kaum, bleibt mitten auf der Straße stehen, hebt ihr Gesicht den Wolken entgegen, öffnet die Augen und singt genauso falsch wie Heide: „… der Wächter sehr hoch auf der Zi-i-nne!" Aber erheblich lauter.

„Du willst dir wohl den Tod holen?", sagt Lotte, als Kalenberger die Treppe zu ihrer Wohnung hinaufstiefelt. Sie steht in ihrer Wohnungstür mit einem weißen Badetuch, das sie Kalenberger entgegenhält. Und Kalenberger kann lächeln. Mehr noch. Sie nimmt Lotte in die Arme, drückt sie an sich und als endlich die Tränen kommen, hält sie sich das Badetuch vors Gesicht und flüchtet in ihre eigene Wohnung.

Augenstern ist völlig verunsichert, weiß nicht, wohin er sich wenden soll. Die Couch scheint ihm zu hoch, der Fressnapf zu weit und sein Frauchen zu fremd.

Kalenberger legt ihm das Badetuch in seine Couchecke, hebt ihn auf und legt ihn auf das weiche Frottee. Katzen sind bestechlich, zumindest kuschelt sich Augenstern hinein.

Kalenberger zieht sich um, sie stellt die Kaffeemaschine an und isst ein Knäckebrot mit Frischkäse. Und noch eins.

Sie stellt den Fernsehapparat an, das Regionalprogramm. Der Letzte seines Standes und hat wenige Minuten, nachdem das Programm beendet ist, vergessen, ob sie etwas über einen Hopfenzüchter, Fassmacher oder einen Landarzt gesehen hat.

Die Nachrichten: Warnstreik der Metaller, Seniorentag in Hamburg, Lufthansa will Stellen streichen. Weitere Kurznachrichten: Dissident will China verlassen, deutscher Wetterdienst warnt vor Folgen des Klimawandels. Am Schützenplatz in Laatzen kam es zu einem tragischen Unfall. Zwei junge Frauen wurden beim Überqueren der Bahngleise von einem ICE erfasst und tödlich verletzt. Die Polizei geht von einem leichtsinnigen Überqueren der Gleise aus, um einen Weg abzukürzen. Dann die Wettervorhersage.

Kalenberger gähnt. Sie ist müde, stellt das Fernsehgerät aus und geht ins Bett.

Sie kann nicht einschlafen. Zu viele Eindrücke, die ihre Gedanken belasten, sie würde so gerne mit einem Sonnenuntergang über dem Steinhuder Meer ins Reich der Träume gleiten, doch Bilder von Bahngleisen, Rettungswagen und entsetzten Gesichtern bedrängen sie. Ein beklemmendes Gefühl legt sich auf ihre Brust, sie atmet schwer, ruft Atemübungen des Autogenen Trainings ab und entgleitet schließlich doch in die schwarze Nacht.

Plötzlich schreckt sie auf, sie knipst die Beleuchtung ihres Weckers an, Viertel nach drei. Da war etwas in ihren Träumen, was sie festhalten muss. Sie knipst das Nachtlicht an, geht auf die Toilette, ist fast zu müde, um sich wieder von der Klobrille zu erheben.

Auf dem Weg zurück ins Schlafzimmer sammelt sie Augenstern ein, sie macht sich ganz leicht, bloß nicht auffallen. Kalenberger nimmt sie mit ins Bett, legt sich auf die Seite und streichelt Augensterns Fell.

An einer bestimmten Stelle seiner rechten Pfote ist Augenstern kitzelig. Sehr kitzelig. Sie will sich nichts anmerken lassen, aber dann kommt das Zittern, das Winken mit der Pfote und schließlich muss sie die Pfote zurückreißen, sie kann nicht anders.

Diese Bewegung, die Pfote, plötzlich abrupt zurückgezogen, Kalenberger denk nach, nur noch ein bisschen mehr Konzentration und das Bild ist wieder da. Noch einmal muss Augenstern die Prozedur über sich ergehen lassen. Und in dem Augenblick, als Augenstern seine Pfote zurückzieht, sieht sie ihr Traumbild vor sich: Heide hält ihren Arm, der Ärmel an Heides Sweatshirt ist hochgerutscht. Die runden Narben. Signalisieren Schmerz. Kalenberger richtet sich auf, setzt sich auf die Bettkante. Augenstern hechtet aus dem Bett.

Sie hat den Zusammenhang, zumindest könnte es einer sein. Das Telefongespräch mit Chili: Sie ist vor einem Loverboy abgehauen, nachdem er sie mit brennenden Zigaretten traktiert hat.

Könnten es Narben sein, die glühende Zigaretten hinterlassen haben? Kennt Heide das Loverboy-Milieu? Ist sie vor ihrem Zuhälter geflohen und in der Gärtnerei untergetaucht?

Als Kalenberger endlich wieder einschläft, ist es kurz nach fünf. Trotzdem ist sie pünktlich am Arbeitsplatz. Herr Sander druckt Kranzschleifen für die beiden Beerdigungen am Vormittag. Kalenberger stößt einen Geranientopf vom Blumentisch, ruft „Entschuldigung" und macht sich auf den Weg zu Besen und Schaufel. Heide füttert ihre fleischfressenden Pflanzen, Kalenberger gesellt sich zu ihr.

„Guten Morgen!"

„Ich hab dir noch eine halbe Stunde gegeben, wenn du dann nicht erschienen wärst, hätte ich dich geholt."

„Sklaventreiberin!"

Heide schaut Kalenberger mit einem amüsierten und gleichzeitig abwehrenden Seitenblick an.

„Wenn du das sagst ..."

„Heute Nacht habe ich von dir geträumt", sagt Kalenberger.

„Besser als vom Gerichtsvollzieher!"

Beide lachen, doch das Lachen hat keine Fröhlichkeit.

„Es lässt mir keine Ruhe", sagt Kalenberger, „das sind doch Brandwunden auf deinem Arm?"

„Und wenn schon!" Heides Stimme schnellt in die Höhe, wird schmal und spitz.

„Stammen die Wunden von glühenden Zigaretten?"

Ein Schauer durchläuft Heides Körper. „Das geht dich überhaupt nichts an!" Sie verschließt das Glas mit den lebenden Fliegen und stellt es auf das Ablagebrett unter den Tisch.

„Wenn du ..."

Heide will Kalenberger mit einer Armbewegung zur Seite schieben, doch so leicht ist Kalenberger nicht aus der Balance zu bringen.

Heide dreht sich um und geht mit einem kleinen Umweg um den Tisch herum.

„Mein Gott“, sagt Herr Sander, er schleppt einen Kranzrohling, „so lange kann das Auffegen doch nun auch nicht dauern!“

Das war die erste Zurechtweisung für Kalenberger. In ihrer normalen Haut würde sie jetzt den nächsten Geranientopf nehmen und auf den Boden fallen lassen. Doch sie will nicht hinausgeworfen werden, dann würde sie den Kontakt zu Heide ganz verlieren.

„Die Erde war nass und klebrig.“

„Aber jetzt sind Sie fertig?“

Kalenberger weist ihre leeren Hände vor.

„Dann bringen Sie bitte das Bund mit den Thujazweigen an meinen Arbeitsplatz. Der erste Kranz wird in fünfunddreißig Minuten abgeholt.“

Kalenberger holt die Thujazweige und bringt sie an Herrn Sanders Arbeitstisch. Sie schaut auf die frisch gedruckte Kranzschleife.

„Soll das wirklich ‚Schürzenbruder‘ heißen?“

„Veralbern kann ich mich alleine. Da steht …“ Herr Sander sieht genau hin, „… verflixt noch mal, was das wieder an Zeit kostet.“ Er begibt sich schnellen Schrittes an seine Druckmaschine und Kalenberger hat Zeit, Heide zu suchen.

Heide hockt hinter der Mini-Kiefer. Sie zittert. Kalenberger beugt sich zu ihr.

„Hau ab!“, zischt Heide.

Doch Kalenberger zieht sich keinen Schritt zurück. „Hast du Angst? Vielleicht vor Lars Helmer?“ Kalenberger richtet sich auf. „Ich kann dir versichern, dass nichts geschieht, was du nicht willst!“

„Das habe ich schon mal irgendwo gehört!“

„Wenn wir uns zusammentun, könnten wir uns gegenseitig schützen.“

„Ich trau dir nicht.“

Kalenberger überlegt, womit sie Heides Misstrauen überwinden kann. Sie hebt resignierend die Schultern. „Ich kann dich nicht zwingen!“

Heide steht auf, begibt sich in Richtung Glastür. Kalenberger dreht sich nach Herrn Sander um, der ist beschäftigt. Sie folgt Heide auf den Hof.

Heide hat sich eine Zigarette angesteckt. Sie raucht nicht, sie pafft.

Kalenberger bleibt in einiger Entfernung stehen. Heide ist sehr nervös. Aber sie flieht nicht weiter, hält ihren Standort.

„Alle, denen ich vertraut habe, haben mich betrogen. Ich trau nur noch mir selber.“

„Ich hätte gern jemanden, mit dem ich in jeder Situation rechnen könnte. In jeder!“

Heide schaut Kalenberger an. „Ist kindisch, aber ich schneide mich nun manchmal.“

„Schneiden?“

„Ja, schneiden. Wenn ich zu viel Stress habe.“

„Nach Schnittwunden sehen die Narben aber nicht aus!“

„Ach, lass mich doch in Ruhe!“ Heide wirft ihre Kippe in die Regentonne und geht wieder ins Gewächshaus.

Kalenberger würde sie gerne weiter befragen, doch Heide geht zu Herrn Sander und hilft ihm bei der Ausgestaltung des Totenkranzes. Aus Schürzenbruder wurde Schützenbruder.

Kalenberger äußert Kopfschmerzen, fasst sich mit Leidensmiene an die Schläfe und verspricht ein Wiederkommen für den nächsten Tag.

Kalenberger will noch nicht nach Hause, durch einen kleinen Nebeneingang betritt sie den Engesohder Friedhof, begibt sich zu ihrem alten Stammplatz und setzt sich auf die Bank. Hat der kniende Engel schon immer mit leicht geneigtem Kopf herübergeschaut? In seinem starren Blick scheint Resignation zu liegen. – Kalenberger, nun bleib mal auf dem Boden, sonst ist die Einweisung in die geschlossene Psychiatrie nicht mehr weit.

Sie greift zu ihrem Handy und vereinbart ihre nächste Therapiesitzung mit Frau Domröse. Aber erst für die nächste Woche. Frau Domröse ist sehr kurz angebunden, scheint Stress zu haben.

Über Kalenberger im Baum gurren die Tauben. Sie gurren nicht richtig, sie stöhnen unmelodisch mit radikalem Absturz am Ende einer Strophe. Schrecklich! Elstern mag Kalenberger auch nicht und Raben-Krähen und das bürokratische Aussehen von Bachstelzen.

VIERZEHN

Manchmal stellt sich Kalenberger vor, dass da eine zweite Ebene ist hinter den Gedanken und Bildern in ihrem Kopf. Es ist wie eine Unsicherheit, ein Drängen, ein ängstliches Gefühl. Zu winzig, um wahrgenommen zu werden, doch zu präsent, um übergangen zu werden. Da ist irgendetwas, was die vordere Ebene in ihrem Kopf erreichen will. Aber was? Ein Gesprächsfetzen, eine Stimme, eine Notiz, eine Meldung? Kalenberger weiß, dass sie sich entspannen muss. Sonst wird das Etwas im undurchdringlichen Nebel bleiben.

Während ihrer Zeit in der Polizeidirektion hatte sie an mehreren Kursen für Autogenes Training teilgenommen. Kostenlos. Wurde von der Dienststelle angeboten. Sie war begabt für das Autogene Training, konnte schnell abschalten und ihre Ruhe finden. Sie brauchte diese Ruhepunkte in ihrem Berufsleben, sie nannte sie Trittsteine in der Hektik. Manchmal wurde es einfach zu viel Mord, Totschlag und irgendwas dazwischen. Alles immer blutig, brutal, sinnlos. Zu viele ungeklärte Fälle stapelten sich auf ihrem Schreibtisch und im Computer. Zu viele Verbrechen, zu wenig Kollegen, nicht genügend Laborplätze, einfach nicht genug Leute. Und es wurde von Jahr zu Jahr immer schlimmer. DNA-Analysen konnten mittlerweile in wenigen Tagen erstellt werden, aber die Techniker waren so überlastet, dass es Wochen dauern konnte, bis die Berichte vorlagen. Es war einfach immer zu viel vom Zuviel.

Kalenberger schließt die Augen, atmet ruhig und gleichmäßig. Ich bin ganz ruhig. – Der rechte Arm ist schwer. – Der rechte Arm ist warm. – Mein Atem ist ruhig – es atmet mich …

Es drängt sich etwas in ihren Gedanken nach vorn. Sie muss die Übung noch einmal beginnen. Und noch einmal. Und da ist es plötzlich deutlich und klar, ein Fernsehbildschirm, der Nachrichtensprecher mit der gestreiften Krawatte … Am Schützenplatz in Laatzen kam es zu einem tragischen Unfall. Zwei junge Frauen wurden beim Überqueren der Bahngleise von einem ICE erfasst und tödlich verletzt. Die Polizei geht von einem leichtsinnigen Überqueren der Gleise aus, um einen Weg abzukürzen.

Kalenberger macht die Augen auf. Die Informationen aus dem Unterbewusstsein klappen auch nicht mehr wie früher. Was soll sie mit der Meldung anfangen? Soll sie einen Blumenstrauß an der Unglücksstelle ablegen oder ein Grablicht entzünden?

Sie erhebt sich von der Bank, verlässt den Friedhof. Sie muss noch Katzenfutter kaufen, Augenstern wird sich freuen, wenn sie heute früher nach Hause kommt. Vielleicht sollte sie überhaupt wieder zu Hause bleiben.

Zwei junge Frauen wurden von einem Zug überrollt. Es könnte Unachtsamkeit gewesen sein oder ein gemeinsamer Suizid oder … was oder?

Kalenberger nimmt die Post aus dem Briefkasten. Reklame, Rechnungen, eine Ansichtskarte von Petra aus der Telefonzentrale der Polizeidirektion. Krk, wie immer man das auch richtig ausspricht, Kalenberger hat es noch nie herausgefunden und ein Briefumschlag ohne Anschrift, aber leicht verdreckt.

Augenstern freut sich wirklich, als Kalenberger die Wohnungstür aufschließt. Sie verzieht das Gesicht, leckt sich übers Schnäuzchen und scheint bereits das

Schlemmertöpfchen Pute & Lamm in ihrer Vorstellung zu verzehren.

Kalenberger stellt die Kaffeemaschine an, gönnt sich ein Knäckebrot mit irgendeiner Frischkäsezubereitung, ob mit Schnittlauch, Petersilie oder Brennnesseln, bei einem Test würde sie die Geschmacksrichtung nicht herausschmecken. Es könnte schon sein, dass es gar keine Kräuter sind, sondern naturidentische Austauschstoffe – unter Schutzatmosphäre verpackt, bei + 8° mindestens haltbar bis: siehe Seitenaufdruck.

Die beiden jungen Frauen von den Bahngleisen. Kalenberger starrt auf die Katze, ohne zu sehen, wie sie frisst. Welcher Zusammenhang könnte wozu bestehen?

Sie greift zur Post, sortiert, alles uninteressant, der weiße Umschlag macht sie neugierig. Darin ein karierter Zettel aus irgendeinem Schreibheft:

Wollen wir uns nach der Arbeit treffen? Wie wär's mit Maschsee, Pier 51?

Heide. Eine fahrige, konfuse Schrift. Sie will sich also mit ihr treffen. Kalenberger ist sich nicht mehr ganz so sicher, ob sie es möchte. Noch mehr Schicksal, noch mehr Probleme, noch mehr Ausweglosigkeit?

Und plötzlich ist da ein Gedanke. Ein Zusammenhang. Haarfein. Sie ruft Obanczek im Büro an.

Obanczek hat eine Brandstiftung auf dem Tisch. Eher fahrlässige als vorsätzliche. Ob Kalenberger keine Lust hätte, mit ihm zusammen zu ermitteln. Der zweite Schreibtisch in seinem Büro sei noch immer unbesetzt und es wäre bei der chronischen Unterbesetzung sicher keine Schwierigkeit …

Kalenberger merkt sofort, Obanczek hat Redebedarf.

Bei einem Brand in Neustadt ist am Samstag ein Dreiundfünfzigjähriger leicht verletzt worden. Der Mann hatte im Keller seines Hauses, wo er sich eine Garage eingerichtet hatte, mit einem Schwingschleifer am Auto gearbeitet. Plötzlich gab es einen Knall, das Auto stand in Flammen und griff rasch auf die Fassade des Einfamilienhauses über und breitete sich bis zum Dachstuhl aus.

Der Kaffeeduft umschmeichelt Kalenbergers Nase.

„Brandstiftung ist nichts für mich, ich habe schon selbst genügend Hitzeattacken!“

Beide lachen. Ein guter Ansatzpunkt für Kalenberger: „Ich brauch dich mal wieder als Informationsquelle.“

„Wahrscheinlich wieder umsonst?“

„Kostenlos, nicht umsonst!“ Ein bewährter Scherz zwischen ihnen ohne Anspruch auf einen Lacher. „Kannst du mir die Namen von den beiden Frauen besorgen, die am Laatzener Schützenplatz von einem ICE überrollt wurden? Und dann noch alles über einen Lars Helmer, stammt aus Barsinghausen?“

„Kann ich. – Wie wär's mal wieder mit einem gemeinsamen Kaffee in der Markthalle?“

„Nur wenn der Schröder da ist!“

„Irgendein Schröder wird schon da sein.“

„In einer Stunde!“

„Ich freu mich.“

Wie immer, gute Stimmung in der Markthalle. Kalenberger wird von zwei ehemaligen Kollegen gegrüßt. Merkwürdig, sie haben nicht weggesehen. Da fällt ihr erst auf, dass sich Obanczek mit ihr an diesem Ort des Gern-gesehen-Werdens verabredet hat. Entweder hat er seine Karriere aufgegeben oder er verbucht es vor seinen Kollegen als Recherche zu einem neuen Fall.

Obanczek steht am Tresen vom Il Monello, zur Begrüßung nimmt er sie sogar in die Arme und – was ist das denn – er drückt ihr einen Kuss auf die Wange.

„Bist du pleite?“, fragt Kalenberger.

Obanczek lacht und sagt: „Ja!“ Vor sich hat Obanczek einen doppelten Espresso. Kalenberger bestellt sich einen Cappuccino.

„Und - wo ist nun unser Altkanzler?“

„Hat gerade keine Zeit, muss seiner Frau die Rede für den Unterbezirksparteitag schreiben.“

„Warum bist du pleite?“

„Ich habe mich verliebt, aber sie will noch nicht so richtig. Da heißt es ranklotzen!“

„Zeig ihr doch deine Lippenstiftsammlung!“

„Bin ich verrückt, sie träumt von einem Macho.“

„Obanczek ...“

„Kalenberger ...“

Sie bestellt zwei von den frisch gebackenen Tigelle-Brötchen, für sich mit Parmaschinken und für Obanczek mit Mozzarella.

„Wie läuft's in der Direktion?“

„Wie immer. Und bei dir?“

„Besser als schlecht.“

„Na, dann!“

Obanczek prostet Kalenberger mit seiner leeren Espressotasse zu, Kalenberger verbrennt sich fast die Finger am Cappuccinoglas.

„Hast du was für mich?“

„Natürlich, immer ein gutes Wort!“

„Ich hätte gern zwei Namen.“

„Reicht dir der eine nicht?“

Sie sehen sich an, prusten los, bei Obanczek verliert Kalenberger für Momente die bleierne Schwere ihres Seelenmantels. Sie bestellt zwei Grappa.

„Die jungen Frauen hießen Jessica Bruck und Liza Franke.“

Kalenberger schreibt sich die Namen in ihr kleines Notizbuch.

„Über einen Lars Helmer liegt nichts vor. Die Sache am Schützenplatz Laatzen wird als Unglücksfall behandelt. Also routinemäßig."

„Versteh ich."

„Und wonach suchst du?"

„Wenn ich das wüsste."

Kalenberger hat ihren Cappuccino ausgetrunken, will sich noch etwas bestellen, weiß nicht, was.

„Merkwürdig ist es schon", sagt Obanczek, „aber ich will mich da nicht einmischen. Hab' genug mit meinem eigenen Kram zu tun."

„Was ist daran merkwürdig?" Kalenberger bestellt einen Campari Soda, sie sieht Obanczek an, der nickt und sie bestellt zwei.

„Kennst du die Stelle in Laatzen?", fragt Obanczek.

„Ich habe ein paar Mal den Flohmarkt auf dem Laatzener Schützenplatz besucht."

„Hm."

„Was ist hm?"

„Weil die beiden Frauen einen Weg abkürzen wollten, sind sie über die Gleise gelaufen? – Wo wollten sie denn hin?"

„Woher soll ich das wissen", sagt Kalenberger, „du solltest doch auf dem Laufenden sein."

„Außer dem öden Schützenplatz ist da weit und breit nichts."

„Ein bisschen weiter ist das Leine-Center. – Junge Frauen shoppen gern."

„Um gefahrlos auf die andere Seite der Gleise zu kommen, gibt es eine Unterführung, die nur wenige Schritte entfernt ist."

„Das ist mehr als eine Überlegung wert."

„Ich hab noch was gut bei dir!"

„Oje, ich hab's vergessen. Für wann brauchst du den Käsekuchen?"

„Für morgen."

„Das ist wirklich zu schade. Meine Tochter kommt heute Abend zu Besuch und bleibt bis übermorgen. Da hab' ich leider keine Zeit."

„Passt doch wunderbar. Ich komme mit zu dir, wir backen gemeinsam den Käsekuchen und ich lasse dir eine Hälfte für den Kaffeeklatsch mit deiner Tochter."

„Ich hab kein Mehl im Haus."

„Das können wir besorgen."

„Musst du denn nicht zurück in die Direktion? Es könnte doch schon wieder ein neuer Brand ausgebrochen sein."

„Für heute Nachmittag ist Regen angesagt."

Kalenberger trinkt von ihrem Campari Soda. „Ich kann überhaupt nicht backen." Sie flüstert fast.

„Ich auch nicht. - Da wird es doch langsam Zeit, dass wir es lernen." Obanczek zieht sein Smartphone aus der Tasche, tippt auf dem Display herum.

„Bestellst du einen Käsekuchen?", fragt Kalenberger hoffnungsvoll.

„Ich bin im Internet und suche auf dem Portal chefkoch.de nach einem einfachen Rezept."

„Dann kannst du ihn auch gleich selber backen."

„Du bist mir noch einen Kuchen schuldig, und ich helfe dir nur mit untergeordneten Handreichungen."

Sie kaufen im Supermarkt nach Obanczeks Handy-Vorgaben ein. Irgendwie ist es Kalenberger unangenehm, einen Arbeitskollegen in die Wohnung mitzunehmen. Augenstern findet ihn auf Anhieb ganz toll, streicht um seine Beine herum und mauzt, wenn er auch nur die Hand nach ihr ausstreckt.

Kalenberger stellt eine Plastikschüssel auf die Arbeitsplatte neben dem Herd. Dann wäscht sie sich im Badezimmer die Hände, als Obanczek aus dem Badezimmer zurückkommt, schaltet er sein Smartphone an und lässt es nach der eingegebenen Adresse suchen.

„Eintausendzweihundertsechsundzwanzig Rezepte. Welches nehmen wir?"

„Das erste!"

„Passt. Das wurde als simpel bewertet, und in dreißig Minuten müssten wir fertig sein."

„Also ..."

„Fünfundsiebzig Gramm Butter mit einem Ei, fünfundsiebzig Gramm Zucker, einem Päckchen Vanillezucker ..."

„Muss man den Herd vorheizen?"

„Hier steht. Kuchen bei zweihundert Grad fünfzig Minuten backen."

„Das beantwortet nicht meine Frage."

„Gehen wir mal davon aus, dass die Kuchenmasse in den kalten Backofen kommt, sonst stünde bestimmt vorgeheizt im Rezept. Ich könnte einen Bäcker anrufen."

„Wir setzen auf kalten Backofen! Weiter!"

„... Butter schaumig rühren, siebenhundertfünfzig Gramm Magerquark unterrühren und zweihundert Gramm Zucker nach und nach einrieseln lassen ..."

„Diät ist das nicht", sagt Kalenberger.

„Aber Trennkost! Kein einziges Gramm Fleisch wird verwendet!"

Sie lesen, rühren, füllen den Teig in eine Backform und übergeben sie dem Backofen.

„Und wie komme ich nun an meinen Käsekuchen?" Obanczek greift nach seiner Jacke, um sie sich überzuziehen.

„Ich kann dir einen Kaffee anbieten."

„Wird das nicht ein bisschen viel Koffein?"

Doch das meint Obanczek nicht, wie er's sagt. Er hängt seine Jacke wieder über die Stuhllehne und setzt sich.

„Du hast mich auf eine Idee mit den toten Frauen gebracht."

„Ich habe nichts mit den Ermittlungen zu tun."

Das Kaffeewasser läuft blubbernd durch die Kaffeemaschine. „Wir waren doch früher ein so gutes Team."

„Könnten wir auch wieder werden, wenn du zurück in die Polizeidirektion …"

„Hilf mir einfach mal ein bisschen beim Überlegen. Das geht dann schneller."

„Also hängst du dich wieder mal in einen Fall rein?"

„Da ist etwas, was mir einfach keine Ruhe lässt. Vielleicht sind die jungen Frauen nicht freiwillig über die Gleise gelaufen."

„Gehen wir mal davon aus, dass sie jemand gehetzt hat. Dann müsste es aber einen Grund geben, der die Frauen so massiv getrieben hat."

„Und der Grund muss auf der anderen Seite der Gleise liegen." Kalenberger schüttet zwei Tassen Kaffee ein, bietet Milch und Zucker erst gar nicht an, sie kennt ihren Obanczek.

Sie holt ihr Laptop, stellt es auf den Tisch und fährt es hoch.

„Was willst du finden?"

„Wo junge Frauen am unauffälligsten in Laatzen wohnen können."

„Hochhäuser!"

„Wäre die wahrscheinlichste Lösung."

Kalenberger startet Google-Maps, sucht den Schützenplatz, schaltet dann auf Earth um. Obanczek ruckelt seinen Stuhl neben Kalenberger. „Keine Hochhäuser! Alles normale Wohnbebauung."

„Und was ist das?" Kalenberger fährt mit dem Cursor auf eine Ansammlung von grauen Hausdächern.

„Steht doch dran: aquaLaatzium. Ein Erlebnisbad. Glaube kaum, dass die Damen vom Schwimmen direkt zum Shoppen über die Gleise geeilt sind."

Der Kuchen duftet aus dem Backofen, Obanczek schluckt trocken und im gleichen Augenblick weiß Kalenberger, dass sie noch eine Menge Kraft investieren muss, um ihn zum Teilen des Kuchens zu bewegen. Warum nur malen sich die Mädels an, gehen zum Friseur und schlüpfen in die schicksten Klamotten, wenn sie ein Date haben. Sie sollten einen Kuchen backen, bei Kuchen wird jeder Mann schwach. Und den Rest kannst du vergessen.

„Das war's dann wohl", sagt Obanczek. „Die Spur ist tot, und wenn sich niemand mit einer überzeugenden Beobachtung meldet, bleibt es bei dem Unglücksfall mit unbekanntem Hergang."

„War auch nur so ein Gedanke", sagt Kalenberger.

Obanczek teilt dann großzügig den Kuchen, eine Hälfte für sich und eine für Kalenberger, also nicht eine ganze Hälfte für Kalenberger, eher vier Zehntel, und wenn man ehrlich ist, etwas mehr als ein Drittel.

„Ich hab noch eine Bitte", sagt Kalenberger an der Wohnungstür, „kannst du mir Fotos von den beiden Frauen besorgen?"

„Kein Problem, die sind in unserer Datenbank. Lars Helmer eher nicht." Er streichelt Augenstern, als Augenstern merkt, dass Obanczek gehen will, verzieht sie sich beleidigt auf ihr Katzenklo im Badezimmer.

„Wie wär's beim nächsten Mal mit einem gedeckten Apfelkuchen, das Rezept könnte ich mir von meiner Mutter mailen lassen."

„Ich hätte nichts dagegen", sagt Kalenberger. Trotz ihrer anfänglichen Reserviertheit hat ihr Obanczeks Anwesenheit eine angenehme Sicherheit gegeben. Die jahrelange Zusammenarbeit wirkt wie ein Windschutz gegen den Wind der Selbstzweifel.

Kalenberger schneidet sich ein schmales Stück von ihrem Kuchenanteil. Wegen der Kalorien. Den Rest bringt sie zur Nachbarin hinüber. Die Zwillinge erklären Käsekuchen spontan zu ihrem Lieblingskuchen und Lotte bedankt sich.

Am Abend sendet ihr Obanczek von seinem privaten Computer die Fotos von den beiden verunglückten Frauen und eine Nachricht. Laut Einwohnermeldeamt Laatzen hat ein Lars Helmer vor einem knappen Jahr eine Einzimmerwohnung in Laatzen angemietet und ……….. Kalenberger findet die Anhäufung von Punkten doch ein wenig zu spektakulär ……… 1 Tag nach dem Unglück auf den Bahngleisen abgemeldet.

Kalenberger druckt sich die Bilder der beiden Frauen aus und betrachtet sie lange. Die junge Frau mit dem blonden Haar steht vor eine Fontäne. Im Hintergrund eine große Wasserfläche. Es könnte Bregenz am Bodensee sein. Die junge Frau lacht unbekümmert und scheint mit der Kamera flirten zu wollen. Das andere Foto vermittelt Kalenberger einen extrem entgegengesetzten Eindruck. Sie kennt diese Art von Fotos. Sie werden in der Pathologie gemacht, wenn private Fotos nicht vorhanden sind. Die sterile Aufnahme und die nachträglichen Retuschen geben den Personen ein Aussehen, als kämen sie direkt aus einem Wachsfigurenkabinett. Oder wären auf dem Weg dahin. Die junge Frau hat kurz geschnittenes glattes schwarzes Haar, im Ansatz zwischen den Brüsten trägt sie im Dekolleté ein Tattoo, ein zweites auf dem rechten Oberarm. Es scheint sich um Spinnen, Insekten oder ähnliches Getier zu handeln.

Am nächsten Morgen spricht Kalenberger mit Herrn Sander. Sie bedankt sich, dass sie bei ihm arbeiten durfte, doch die Arbeit sei ihr zu schwer und sie könnte sich einfach nicht an die festen Arbeitszeiten gewöhnen.

Herr Sander macht schon den Mund auf, um etwas zu erwidern, doch Kalenberger fährt unbeirrt fort.

Außerdem wäre es doch den jungen Leuten gegenüber nur fair, eine feste Arbeitskraft einzustellen und angemessen zu bezahlen.

Herr Sander schluckt.

Es habe ihr aber insgesamt so gut gefallen, dass sie gelegentlich gerne mal vorbeischauen möchte. - Sie reicht ihm die Hand. Herr Sander zögert. - Dann könnte sie auch stundenweise aushelfen. Jetzt schlägt Herr Sander zu und lächelt verständnisvoll.

Kalenberger möchte sich auch noch von Heide verabschieden, Herr Sander widmet sich einer gerade hereingekommenen Kundin. Schwarze Kleidung, rote Augenränder, Taschentuch in der Hand. Ein Trauerfall.

Kalenberger geht durch zum Gewächshaus, Heide zupft welke Blätter. Kalenberger könnte nicht mal sagen, wie die blauen Blumen heißen.

„Danke für deinen Brief."

„War nur ein Zettel", sagt Heide, „und ich habe es in der Zwischenzeit schon tausend Mal bereut."

„Warum?"

„Weil ich das nicht mehr tun darf, woraus früher achtzig Prozent meiner Persönlichkeit bestanden. Vertrauen!"

„Kennst du Jessica Bruck oder Liza Franke?“

„Nie gehört!“

„Und Lars Helmer?“

Heide zupft weiter.

Kalenberger kramt in ihrer Jackentasche, zieht die Fotos von den toten Frauen heraus und legt sie vor Heide auf die Blumen. Kalenberger sieht, wie Heide mit sich kämpft, sich konzentriert und in eine andere Richtung schaut, doch immer wieder wandern ihre Augen zurück.

„Ist sie tot?“, Heide deutet mit dem Finger auf die Schwarzhaarige mit den Tattoos.

„Wer ist das?“ Kalenberger würde gern verbindlicher klingen, aber irgendwie wird's immer ein wenig schroff, wenn ein Fragezeichen am Ende ihres Satzes steht.

Heide schaut sie an. „Sie sieht nicht gut aus.“

„Sie wurde mit ihrer Freundin von einem ICE überrollt. Beide waren auf der Stelle tot. Ob sie allerdings freiwillig über die Gleise gelaufen sind …“

Heide fasst nach Kalenbergers Arm, zieht sie mit sich, raus aus dem Gewächshaus. Draußen steckt sich Heide eine Zigarette an.

„Also nichts mit Pier 51?“

„Wüsste nicht, was dagegenspricht.“

„Du selber!“

„Ich?“

„Kannst du dich nicht um deinen Haushalt und deine einäugige Katze kümmern? Warum schnüffelst du rum?“

Kalenberger kann nicht umhin, Heide vor der Freundin ihrer Tochter zu erzählen, die Loverboys in die Hände gefallen ist. Und ihren Nachforschungen nach Lars Helmer.

„Es wäre besser für dich, wenn du einfach alles so lassen würdest, wie es ist. Es ist schon gefährlich genug für mich allein.“

Kalenberger sieht ihr in die Augen. Das leichte Schielen bei Nervosität, das linke Auge wandert in Richtung Nase. Und mit einem Mal überschlagen sich Kalenbergers Gedanken.

„Du kennst dich in der Szene aus?“

Heide schaut auf ihre Hände.

„Bist du Adél?“

„Wie kommst du denn darauf?“

Kalenberger sieht sie nur an. „Bist du's oder bist du's nicht?“

„Ich würde es noch lauter hinausposaunen.“ Ohne den Kopf zu bewegen schaut sich Heide vergewissernd um, scheint aber nichts Gefährliches zu entdecken. „Ich bin im Zeugenschutzprogramm.“

„Du bist also abgehauen?“

Heide höhnt: „Ich hab mir ein paar Tage unbezahlten Urlaub von den Stinktieren genommen.“

Kalenberger überlegt.

„Wohnst du hier?“

Ganz nah tritt Heide an Kalenberger heran. „Das willst du nicht wirklich wissen. Ich würde dir raten, jetzt zu gehen. Wenn du etwas weißt, hast du keine ruhige Minute mehr. Dann wirst du keine neue Identität brauchen, sondern gar keine. Null, nichts, niente. Sie werden dir keine Ruhe lassen, dich Tag und Nacht verfolgen, bis du auf den Gleisen liegst.“

„Ich lasse mich nicht so leicht einschüchtern.“

Herr Sander geht durchs Gewächshaus, scheint Heide zu suchen, als er sie draußen an der Regentonne entdeckt, dreht er ab und geht zurück ins Geschäft.

„Er weiß von deiner …“

„Sander ist meine Lebensversicherung. Ich wohne in dem Büro hinter dem Gewächshaus, hat er mir zur Verfügung gestellt. Mit Feldbett und Fernseher."

„Ich würde Platzangst bekommen."

„Es gibt einen unauffälligen Ausgang über den Hinterhof zur Hildesheimer Straße. Wenn es mir zu eng wird, haue ich gelegentlich ab."

„Auch kein richtiges Leben", sagt Kalenberger.

„Ich hab schon ein paar Mal gedacht, ich mache Schluss. Aber dann habe ich an die andern gedacht, die noch drinhängen, und da war dann der Hass. Drei Mädchen habe ich schon rausgeholt. Mädchen wie die Freundin deiner Tochter. Lars ist nicht gerade gut auf mich zu sprechen."

„Und die Polizei?"

„Das Geschäft lebt von der Geheimhaltung und sollte sich mal ein Freier beschweren oder sonst etwas passieren, verschwinden die Mädchen von der Bildfläche und werden in eine andere Wohnung umgesetzt."

„Okay", sagt Kalenberger, „ich bin dabei. Wenn es die volle Dröhnung gibt, habe ich immer noch ein paar Kollegen im Hintergrund, die uns helfen können."

„Überleg es dir lieber noch tausend Mal. Was nützen dir alle Kollegen, wenn du vom Hochhaus springst, vor ein Auto läufst oder von einer Brücke fällst? Im entscheidenden Augenblick kann dir keiner helfen, und du bist auf dich alleine gestellt. Dieser Helmer ist nicht allein!" Heide zündet sich die dritte Zigarette an. „Ich lass dich jetzt über die Hildesheimer raus und du vergisst, was wir besprochen haben." Sie wirft die gerade angerauchte Zigarette in die Regentonne, dreht sich um, gibt deutlich zu erkennen, dass sie nicht weiterreden will.

Kalenberger folgt ihr, um einen Gartenteich herum, durch mehrere Buschreihen und erreicht nach wenigen Metern zwischen einem Unternehmen für Messtechnik und dem Loewe Kompetenzzentrum - was immer das auch sein mag - die Hildesheimer Straße. Kalenberger will das Gespräch mit Heide nicht abbrechen lassen, doch Heide ist bereits wieder hinter den Büschen verschwunden.

Zögerlich geht Kalenberger die Hildesheimer Straße hinunter, überquert die Straße, muss auf dem Mittelstreifen warten, bis die Straßenbahn vorbeigerauscht ist, noch ein Stück weiter die Straße hinunter, bis sie die Elkartallee erreicht hat. Sie biegt ein, will auf die andere Straßenseite. Ein weißer Krankenwagen biegt ins DRK-Altenzentrum ein, er muss abbremsen, weil eine Frau mit Rollator die Einfahrt kreuzt. Plötzlich hält Kalenberger irgendetwas zurück. Sind das wieder die alten Instinkte?

Kalenberger tritt hinter einen Baum, späht die Straße hinauf. In einiger Entfernung von ihrer Wohnung parkt auf der gegenüberliegenden Straßenseite ein schwarzer Mercedes. Kalenberger spürt eine undefinierbare Gefahr. Sie wartet ab. Wartet lange. Mit der Zeit glaubt sie, durch die Windschutzscheibe zwei Personen in dem Auto unterscheiden zu können. Plötzlich öffnet sich eine der hinteren Türen, ein Mann steigt hastig aus, ein Schäferhund springt hinter ihm auf den Gehweg und setzt sofort seinen Haufen neben eine der Linden. Nach wenigen Augenblicken sind Hund und Mann wieder im Auto verschwunden, und die Tür fällt ins Schloss.

Sofort ist ihre Panik wieder da, sie sieht vor sich, wie sich der Schäferhund auf ihren armen Toto stürzt und ihn zu Tode schüttelt. Diesmal warten sie nicht auf Toto.

Ganz vorsichtig, und ohne das Auto aus den Augen zu lassen, zieht sich Kalenberger zurück, dann überquert sie die Hildesheimer Straße, findet nicht gleich den Zugang zum Hof der Gärtnerei, muss über die Yvonne-Georgi-Allee zum Eingang des Blumengeschäfts. Herr Sander blickt kurz auf von seinem Auftragsbuch und weist dann mit dem Daumen über die Schulter.

Heide richtet die Blumentöpfe aus, die Stauden mit den vielen Knospen nach vorn, die etwas sparsameren in die Mitte des Tischs und der kläglich Rest kommt auf den Boden unter den Blumentisch.

„Und?", fragt Heide, sie schaut Kalenberger nur kurz an.

„Sie sind schon da. Wahrscheinlich Helmer mit einem Begleiter."

Heide fällt ein Blumentopf aus der Hand, er ruiniert im Fallen zwei weitere Pflanzen.

„Hoffentlich sind sie dir nicht gefolgt!"

„Sie haben mich nicht gesehen."

Heide nimmt den Wurzelballen der verunglückten Pflanze aus den abgeknickten Blütenstängeln und steckt ihn in einen neuen Plastiktopf.

Kalenberger berichtet von ihrer Beobachtung. Mechanisch verrichten Heides Finger die Arbeit des Sortierens. „Was willst du jetzt machen?"

„Ich muss nach Hause, Augenstern braucht sein Fressen."

„Dann lad die Typen doch zu einem kleinen Kaffeeplausch zu dir in die Wohnung. Vielleicht werden sie dich höflich bitten, ihnen nicht mehr nachzuschnüffeln und das Geschäft zu versauen. Aber nur vielleicht."

„Was soll ich denn jetzt nur machen?"

„Willkommen im Klub", sagt Heide. „Lass dir für die nächsten Tage ein Feldbett von Sander geben. Du ziehst bei mir ein. Ruf einen Nachbarn an, wenn sich jemand Fremdes nach dir erkundigt, bist du auf unbestimmte Zeit verreist."

„Ich kann Augenstern doch nicht allein lassen."

Die beiden Frauen beratschlagen, wie sie Augenstern unauffällig aus der Wohnung bringen lassen. Lotte, die Nachbarin, geht nicht, sie könnte bereits mit Kalenberger gesehen worden sein. Ein Mann wäre am unauffälligsten, ein Mann muss her.

Kalenberger zögert nur kurz, dann ruft sie Carolus an. Er hat seiner Frau fest zugesagt, mit ihr zu den NDR-Musiktagen zu gehen, um das Abschlusskonzert im Funkhaus anzuhören. NDR Radiophilharmonie, Leitung Eivind Gullberg Jensen - Peter Tschaikowsky, Sinfonie Nr. 4 f-Moll op. 36. Sein Mops hat jetzt auch einen Namen: Mister Jazz und einen Hundesitter für den Abend haben sie auch schon engagiert. Aber Kalenbergers Auftrag will er gerne annehmen, er kann sich dann mit seiner Frau später im Funkhaus treffen.

Er soll auf die Klingel einer Parterrewohnung drücken, falls er beobachtet wird, weckt er damit kein Interesse, dann soll er hoch in die erste Etage, von Frau Rohrbach den Wohnungsschlüssel holen und dann, tja, wie kann er Augenstern unauffällig aus der Wohnung befördern?

Carolus schlägt eine Styroporbox vor, in dem das benachbarte Chinarestaurant das bestellte Essen zu den Kunden bringt.

Kalenberger ruft Lotte an, berichtet ihr nur, was sie wissen muss und was sie auf Nachfragen antworten soll.

„Ist das ein Spiel oder hat es mit deiner Tochter zu tun?" Lotte klingt auf einmal sehr besorgt. „Kann ich dir helfen?"

„Nicht direkt, aber melde dich bitte, wenn jemand nach mir fragt."

„Mach ich!"

„Danke. – Ach, noch etwas. Wenn Herr Carolus Augenstern aus meiner Wohnung holt, soll er bitte auch das Ladegerät für mein Handy mitnehmen."

„Wo kann er es finden?"

„Weiß ich doch nicht, vielleicht zwischen meinen Dessous?"

Lotte lacht verstört, Kalenberger verabschiedet sich, Heide sieht sie an und Kalenberger findet etwas wie Bewunderung in ihrem Blick.

Heide bringt Kalenberger in die provisorische Wohnung. Kalenberger schaut sich um, ein kleiner Schrank, ein Waschbecken an der Wand, Wasserkocher, Kaffeemaschine, an der Decke eine matte Glühbirne mit einem schwarzen Metallschirm. Auf einem kleinen Tisch ein Brotkasten. Ein Stuhl.

Kalenberger setzt sich auf den Stuhl, Heide lehnt sich an die Bürotür.

„Wie lange wirst du es hier aushalten?" „So lange es sein muss. Was ist das nur für eine Scheißgesellschaft."

„Rumheulen bringt nichts."

„Und was bringt etwas?"

„Kämpfen! – Es hilft zumindest dir selber!"

„Also kämpfen wir. – Wo fangen wir an?"

„Bin ich die Politesse oder du?"

Kalenberger steht auf, schaut in den Brotkasten, nimmt sich eine Scheibe Toastbrot, sieht Heide an, Heide hebt die Schultern, Kalenberger isst.

„Lass uns arbeiten", sagt Heide, „das lenkt ab und holt wenigstens einen Teil der Kosten, die Sander für uns aufbringt, wieder rein."

Buchsbäumchen müssen umgetopft werden, Thuja sind eingetroffen und werden an einer Längsseite des Gewächshauses aufgereiht, Vogeltränken sind im Sonderangebot und müssen mit den neuen Preisen versehen werden. Dreißig Cent billiger als in der vergangenen Woche.

Plötzlich greift Heide nach Kalenbergers Arm, zieht sie hinter den Bambus am Plastikteich. Eine weißlich graue Styroporkiste mit Beinen steht vor der Glastür. Heide legt den Finger auf die Lippen, macht „Pssst!"

Doch Kalenberger ist nicht zu halten. „Herr Carolus!" Sie eilt zur Tür, nimmt die Kiste an sich und trägt sie ins Gewächshaus. Die Beine bleiben draußen. Mit dem dazugehörigen Oberkörper und dem Kopf. Schick sieht Carolus in seinem dunklen Anzug aus. Er versucht, Erde von seinem Hosenbein zu schütteln, muss irgendwo gegen einen der Blumentische gelaufen sein. Heide verschwindet kurz und bringt Carolus eine Bürste. Kalenberger hat keine Augen für ihn. Sie nimmt Augenstern aus der Kiste, drückt sie an sich und Augenstern schnurrt. Unten in der Kiste ist das Ladegerät … Kalenberger stutzt … für ihren Fotoapparat.

„Ich muss los!", sagt Carolus. „Das Funkhaus wartet."

„Danke!", sagt Heide. Kalenberger ist zu sehr damit beschäftigt, Augenstern mit Kosenamen zu überhäufen. Carolus scheint schon ein wenig eingeschnappt, als er sich umdreht und geht.

Für Augenstern wird eine Holzkiste mit einer alten Decke ausgepoltert, eine Vogeltränke dient als Trinknapf, aber zu Fressen findet Augenstern nichts in dem Gewächshaus. Mäuse hat sie wohl noch nie gefangen.

„Schreib' auf, was sie frisst", sagt Heide, „Sander wird es besorgen."

Am Abend in der kleinen Wohnung gibt es dann Ravioli aus der Dose für die beiden Frauen und für Augenstern fit+fun, leckere Stückchen in Soße – ohne Farbstoffe und Konservierungsmittel, und es schmeckt allen. Heide holt nach dem Essen eine Flasche Rotwein aus dem Schrank. Augenstern schlummert bald ein, aber die Frauen haben noch viel zu bereden.

„Wir müssen Helmer und seinen Begleiter loswerden", Heide hebt ihr Glas in Kalenbergers Richtung, „damit du wieder in deine Wohnung kannst und dann ..."

„... dann sehen wir weiter." Kalenberger gähnt. Augenstern mauzt, schlägt mit den Pfoten nach aufregenden Traumbildern, und Heide geht sich in der angrenzenden Mini-Toilette die Zähne putzen.

Sie liegen noch lange wach auf ihren Feldbetten. Die Unbequemlichkeit zwingt Kalenberger, konzentriert zu denken. Verschiedene Ideen werden im Flüsterton diskutiert, aber alles bleibt in Ansätzen stecken. Dann segelt Heide mit leichtem Schnarchen davon, und Kalenberger ist mit ihrer Angst allein. Eine unsichtbare Hand schließt sich um ihren Hals, drückt ihr die Luft ab. Eine Hitzeattacke überfällt sie. Aufgeben? Das wäre ein Sieg für die falsche Seite. Sie darf sich jetzt nicht einfach treiben lassen. Sie muss sich wehren. Nicht mit Gewalt, da sind ihr die Brutalos und Dark Angels überlegen. Sie muss sich etwas einfallen lassen. Ideen sind manchmal wirkungsvoller als ein Hundebiss oder ein Elektroschocker.

Schließlich senkt sich der graue Schleier der Müdigkeit auch über ihre Gedanken. Doch kurz vor dem Einschlafen ist da ein kleines, unscheinbares Teufelchen, das sie frech angrinst. Morgen früh wird sie es längst vergessen haben.

Es riecht nach Kaffee. Kalenberger schlägt die Augen auf. Heide steht vor dem kleinen Schrank mit den ramponierten Türen. „Auch schon wach?"

Kalenberger gähnt, stellt die Füße auf den Boden und will sich erheben. Zweimal fällt sie zurück, bevor sie steht, die Hände ins Kreuz stemmt und den Rücken nach hinten durchbiegt.

„Lange halte ich das nicht aus. Ich bin eine alte Frau und brauche mein gewohntes Bett!"

„Im Krankenhaus sind die Betten kaum komfortabler und irrsinnig schmal."

Kalenberger setzt sich auf den Stuhl an den kleinen Tisch, Heide hat noch einen Hocker besorgt, wohl eher eine ausrangierte Blumenbank, und setzt sich zu ihr.

„Du könntest deine Freunde von der Polizei ..."

Da ist es wieder, das Teufelchen von letzter Nacht, und Kalenberger findet es ganz sympathisch. Sie bespricht sich mit Heide. Heide ist zuerst skeptisch, doch als ihr Kalenberger die Einzelheiten ihres Plans darlegt, kann sie sich mit ihm anfreunden.

Kalenberger greift zum Handy, ruft Lotte an. Lotte berichtet, dass der schwarze Mercedes verschwunden ist, dafür steht etwas weiter unten ein silberfarbener BMW. Auch mit getönten Scheiben, Hunde scheinen aber nicht im Auto zu sein. Die beiden Männer vertreten sich so alle Stunde die Beine. Lotte meint, sie wollte ihnen nicht im Dunkeln begegnen, nicht mal in der Dämmerung, also eigentlich überhaupt nicht. Sie sähen ein bisschen heruntergekommen aus, man würde ihnen so ein großes Auto gar nicht zutrauen.

„Die Handlanger mit den Lohnaufträgen!", murmelt Heide.

Kalenberger treibt Lotte an, der Akku ihres Handys ist schon zu dreiviertel entladen. „Deine Schwägerin arbeitet doch drüben im DRK-Altenzentrum", sagt Kalenberger, und dann erläutert sie Lotte ihren Plan. Lotte scheint den Ernst der Lage nicht zu verstehen, sie muss immer wieder lachen. „Natürlich", sagt Kalenberger, „es kann auch durchaus danebengehen, aber einen Versuch ist es wert!"

Jetzt kann sich Kalenberger endlich in den Toilettenraum zurückziehen, um sich notdürftig für den Tag zurechtzumachen.

„An die Arbeit", sagt Heide, „arbeiten vertreibt düstere Gedanken."

In einer Gärtnerei gibt es immer etwas zu tun, oft sind es Kleinigkeiten, die aneinandergereiht eine Menge Zeit fressen. Zum Mittag lässt Herr Sander drei Pizzen bringen. Der Blumenladen wird über die Mittagszeit geschlossen, und sie essen zu dritt von der Ladentheke. Plötzlich ein leises Pochen an der Glastür. Heide und Kalenberger ducken sich hinter der Verkaufstheke. Nichts passiert. Heide angelt über Kopf nach einem weiteren Pizzastück. Kalenberger hat es den Appetit verschlagen. Ein heftigeres Klopfen. Herr Sander sagt „Ja, ja" und es klingt nach mindestens hundert Gramm Pizza im Mund.

Das Schlurfen von Schuhen ist zu hören, der Schlüssel wird in der Ladentüre gedreht, und dann geht alles sehr schnell. Eilige Schritte, ein Schatten huscht am Tresen vorbei, verschwindet nach hinten in die Gärtnerei, der Schlüssel dreht sich wieder im Schloss des Blumenladens, Herrn Sanders Schritte nähern sich dem Tresen, hinter dem die Frauen hocken.

Plötzlich ein lautes Klopfen an der Ladentür. Herr Sander ruft: „Mittagspause! Kommen Sie um fünfzehn Uhr wieder!“ Ein noch heftigeres Pochen an der Seitenscheibe.

„Haut ab, sonst hol' ich die Polizei!“

Stille. Herr Sander nimmt sich noch ein Stück Pizza. Die Schatten an der Ladentür verschwinden. Die beiden Frauen erheben sich aus der Hocke, und Herr Sander wischt sich mit einer fehlgedruckten Trauerschleife das Fett von den Lippen. Hasn Millöcker! Er hat es gerade noch vor dem Eintreffen der Trauergäste bemerkt. Mit spitzen Fingern stippt er Sardellenbrösel aus der Verpackung.

„Was war das denn?“, fragt Kalenberger.

„Nichts! Denk einfach, du hast nichts gehört oder gesehen!“

„Kann ich nicht. Berufskrankheit.“

„Das war Twitter. Mal wieder auf der Flucht vor irgendwelchen Schulden.“

„Und wo ist er jetzt?“

„Hoffentlich weit, weit weg!“, sagt Heide.

„Moment!“ Kalenberger eilt ins Gewächshaus und dann in die kleine Wohnung. Ihre Tasche liegt auf dem Feldbett und scheint sie höhnisch anzulachen.

Blitzschnell sieht sich Kalenberger nach Fluchtmöglichkeiten um. Es gibt keinen, außer dem direkten Weg durchs Gewächshaus. Und Twitter ist ihr nicht entgegengekommen. Also …

Kalenberger postiert sich neben der Tür zum Toilettenraum. „Spül ab und komm ganz vorsichtig heraus! Eine falsche Bewegung und die Pfanne in meiner Hand landet direkt auf deinem Kopf, und das tut verflucht weh.“

Nichts rührt sich.

„Nun mach schon, ich hab' nicht den ganzen Nachmittag Zeit, muss noch die Düngestäbchen sortieren."

Blödsinn, aber etwas anderes ist ihr so spontan nicht eingefallen.

Nichts.

„In der einen Hand habe ich die Pfanne und in der andern mein Handy mit der Kurzwahl zur Kripo. Such es dir aus, Beule oder Handschellen!"

Im Toilettenraum ist die Wasserspülung zu hören. Es dauert eine Weile, bis die Türe vorsichtig geöffnet wird. Twitter steht zitternd in der Türöffnung.

„Marsch, zurück", sagt Kalenberger, „und die Hände gewaschen!"

Twitter leistet keinen Widerstand. „Und jetzt her mit meinem Geld!" Kalenberger streckt ihm ihre Hand entgegen.

Alles an dem jungen Mann zittert, die Beine, die Arme, die Lippen.

„Alles Geld!", sagt Kalenberger.

Twitter greift in seine Hosentasche, legt Kalenberger Scheine und Münzen auf die Hand.

„Und den Rest!", sagt Kalenberger.

Twitter greift noch einmal in seine Tasche, holt noch zwei Scheine heraus und zieht das Taschenfutter nach außen.

Kalenberger sieht ihn an. Ein schlotterndes Häufchen Elend. Armer Kerl. Sie wird ihm nicht viel weiterhelfen können. Vielleicht aber über die nächsten Stunden retten. „Wie viel brauchst du?"

Twitter öffnet den Mund, kann nicht sprechen, fährt sich mit dem Handrücken über die Lippen, versucht es erneut, streckt Kalenberger dann zwei zitternde Finger mit den abgebrochenen Fingernägeln entgegen.

Kalenberger gibt ihm zwei Scheine, Twitter murmelt etwas wie „Danke!" und verschwindet, so schnell ihn seine unsicheren Beine tragen.

Kalenberger nimmt ihre Tasche und geht zurück in den Verkaufsraum. Ihr Handy klingelt. Sie nimmt das Gespräch an, ein leichtes Lächeln huscht über ihr Gesicht, als sie auflegt. „Chef", sagt sie zu Herrn Sander, „wir brauchen zwei Stunden unbezahlten Urlaub. Wir arbeiten alles nach."

„Ich hör' nichts", Herr Sander zerreißt die Kartonverpackung der Pizzen, „ich sehe nichts und ich verstehe auch nichts!"

„Danke, Chef!", sagt Heide.

Die beiden Frauen gehen durchs Gewächshaus, Heide wirft die Kartonreste in die Tonne mit Biomüll. An der Hildesheimer sehen sie sich erst vergewissernd um, überqueren dann die Straße und bleiben an der Ecke zur Elkartallee stehen.

Sie verbergen sich hinter einem geparkten Lieferwagen, Kalenberger schnauft durch, tritt dann einen kleinen Schritt vor und schaut um den Kleinlaster die Elkartallee hinauf.

„Es geht los!", flüstert sie Heide zu, die in ihrem Rücken steht und den Zugang von der Hildesheimer im Auge behält.

„Wie viele?", fragt sie.

„Drei!", sagt Kalenberger.

„Zwei Rollatoren, eine Gehhilfe. – Jetzt sind es schon fünf … sieben, es werden immer mehr. – Komm, für uns besteht wohl keine Gefahr mehr, entdeckt zu werden."

Zögernd verlassen sie ihr Versteck. Die Menschen aus dem DRK-Altenzentrum umringen den silberfarbenen BMW. Fotos werden gemacht, man klopft gegen die getönten Fensterscheiben, versucht die Türen aufzuziehen.

„Jetzt aber schnell!“, sagt Kalenberger. Die beiden Frauen überqueren die Straße im Laufschritt, noch bevor sie die Haustür von Kalenbergers Wohnhaus erreicht haben, summt der Türöffner.

In der ersten Etage werden sie bereits von Lotte Rohrbach erwartet. Kalenberger stellt ihre Begleiterin vor – ohne weitere Erläuterungen. Lotte hat ihr Handy in der Hand und grinst. Die Zwillinge drängen nach und wollen die Katze streicheln.

Kalenberger und Heide sehen sich an. Kalenberger wird blass. Sie haben Augenstern vergessen. Kalenberger hat augenblicklich ein schlechtes Gewissen.

Sie gehen zusammen in Lottes Wohnung. „Carolus ist nicht zu Hause“, sagt Kalenberger, „er hätte Augenstern sicher wieder zurückgebracht.“

„Das kann Bernhard machen“, sagt Lotte. Bernhard ist Lottes Mann und die Zwillinge sind sauer, weil er mit ihnen auf den Spielplatz wollte. Lotte verspricht ihnen drei Spielplätze am Wochenende und Eis. „Pommes auch?“, fragen die beiden wie aus einem Mund. Lotte seufzt. Sie wendet sich wieder ihrem Besuch zu.

„Lotte, das hast du wunderbar organsiert!“

„War gar nicht so schwer nach eurer Vorarbeit.“ Das Grinsen wird wohl heute nicht mehr aus ihrem Gesicht verschwinden. „Einen Kaffee?“

Kalenberger nickt und Heide hat auch nichts dagegen.

„Ich habe meine Schwägerin im Altenzentrum angerufen und sie um ihre Mithilfe gebeten. Natürlich habe ich ihr nicht genau erklärt, worum es geht, alles nur vage umschrieben. Sie fand’s spaßig und hat dann sofort unter dem Siegel der Verschwiegenheit im Zentrum verlauten lassen, dass in der Elkartallee eine neue Tatort-Folge gedreht wird. In einem silberfarbenen BMW säßen zwei Ganoven, die von Maria Furtwängler gleich festgenommen würden. – Ich habe nicht gedacht, dass es so gut funktionieren würde. Die Alten wollten natürlich dabei sein, und wer sich noch einigermaßen bewegen konnte, ist raus."

„Vielleicht wollten sie sogar noch Autogrammkarten von den beiden im BMW?" Heides Lachen klingt nicht sehr fröhlich.

„Ihr bleibt heute Nacht natürlich hier!", bestimmt Lotte.

„In ihre Wohnung kann Marike aber nicht." Heide linst durchs Fenster über die Balkonbrüstung. „Der Wagen ist zwar weg, aber so leicht geben unsere Freunde wohl nicht auf."

„Ich geh nicht zurück in die Gärtnerei!" Kalenberger sieht Heide an. „Und du auch nicht!"

„Ich habe keine Wahl."

„Wir haben ein Gästezimmer und eine zusätzliche Gästematratze. Das Problem ist also gelöst!" Lotte serviert den Kaffee.

Immer wieder schaut eine der Frauen aus dem Fenster, die Rollator-Polonaise hat sich längst ins Altenzentrum zurückgezogen, die Straße liegt ruhig und still.

„Sie sind hartnäckig und lernen schnell", sagt Heide, die gerade die Straßenkontrolle übernommen hat. „Aber damit haben sie wohl nicht gerechnet!"

Die beiden anderen Frauen springen auf und stellen sich zu Heide ans Fenster.

„Ich kann nichts Verdächtiges entdecken", sagt Lotte.

„Schaut euch mal den dunkelblauen Wagen auf der anderen Straßenseite unter der Laterne an."

„Das ist doch bloß ein VW oder so", sagt Lotte.

„Ich wette", sagt Heide, „dass die beiden Gestalten wieder zwei neue Handlanger von ihnen sind. Sie können sich tarnen, das Auto wechseln, aber ihr Verhalten ist immer gleich. Möglichst unauffällig parken, ein paar Meter von der Haustüre entfernt, immer die ganze Straße im Blick haben und sich selbst hinter getönten Scheiben verbergen."

„Meinst du?"

Es muss Zufall sein, aber genau in diesem Augenblick schiebt eine alte Frau ihren Rollator aus der Einfahrt des Altenzentrums. Sie überwindet den Bordstein und setzt sich in Richtung des dunkelblauen VWs in Bewegung.

Sie hat noch keine drei, vier Schritte zurückgelegt, da wird der VW gestartet, er schießt aus der Parklücke, wendet und fährt in Richtung Hildesheimer Straße davon.

„Wenn sie vor jedem Rollator fliehen“, sagt Lotte, „sind sie viel unterwegs. Ich denke mal, hier sind wir sie endgültig los. Irgendeiner von den Alten ist jetzt wohl immer unterwegs und hält nach dem Tatort-Team Ausschau.“

Lottes Mann ruft an, er kann nicht pünktlich zu Hause sein, muss Überstunden machen, verspricht seiner Frau einen Kinobesuch und ein Essen beim Italiener, berichtet Lotte mit einem Achselzucken. Kalenberger und Heide sehen sich nur an.

„Ich geh dann jetzt los“, sagt Kalenberger, „ich muss Augenstern holen.“

„Du bleibst, wo du bist!“, bestimmt Lotte.

„Die Kerle sind doch weg und außerdem haben wir alle ein Handy, wir können uns jederzeit warnen.“

„Nehmt euch noch einen Kaffee“, sagt Lotte, „ich hole rasch die Wäsche aus der Wäscherei.“ Sie zieht ihre Jacke über, holt eine rote Plastikwanne aus dem Badezimmer und schnappt sich die Wohnungsschlüssel.

„Musst du deine Wäsche ausgerechnet jetzt abholen?“, fragt Kalenberger verständnislos.

„In einer halben Stunde bin ich zurück. Mit deiner Katze. Passt auf die Zwillinge auf!“ Schon ist Lotte zur Tür hinaus.

Die Zwillinge haben das Geräusch der Tür gehört. Jetzt kommen sie in die Küche, jemand soll ihnen den Fernsehapparat im Wohnzimmer anstellen.

„Gibt es jetzt überhaupt ein Kinderprogramm?“

Die Zwillinge nicken.

Kalenberger schnappt sich die Zeitung, liest: Privatdetektive im Einsatz, Magnum, Notruf Hafenkante. „Das sind doch keine Kinderprogramme!"

„Wir dürfen immer SOKO gucken."

„Ab ins Kinderzimmer und mit Lego spielen, sonst gibt es vierzehn Tage Pizza-Verbot!", sagt Kalenberger. Die Zwillinge schleichen sich.

„Du hast wirklich Ideen!" Heide spült die Kaffeetassen ab.

Es klingelt an der Wohnungstür. Die beiden Frauen sehen sich an. „Mich kennt hier niemand", sagt Heide. Sie geht an die Sprechanlage. „Ja, bitte?"

„Ich hab hier was für Kalenbergers."

„Frau Kalenberger ist verreist und kommt erst übernächsten Monat zurück."

„Mensch, Heide, ich hab die Katze gerettet und auf ein kleines Dankeschön gehofft."

Heide stutzt. „Das ist Twitter", sagt sie, „keine Ahnung, wie der uns gefunden hat. Ich geh runter. Lass niemanden in die Wohnung. Ich klingle drei Mal und dann noch einmal zwei Mal."

„Und wenn Twitter auch zu den sogenannten Handlangern gehört?"

„Bestimmt nicht!"

Heide lacht auf.

„Er ist viel zu unzuverlässig."

Kaum ist Heide weg, wird die Wohnungstür aufgeschlossen. Lottes Mann steht plötzlich im Flur, er stellt seine Tasche ab, hängt die Jacke an die Garderobe und fährt zusammen, als er Kalenberger plötzlich hinter sich sieht.

„Nanu, hab ich die falsche Wohnungstür erwischt?" Er versucht, sich an den Gegenständen im Flur zu orientieren.

„Alles in Ordnung“, sagt Kalenberger, „Lotte ist gleich zurück. Sie holt nur rasch die Wäsche aus der Wäscherei.“

„Welche Wäsche aus welcher Wäscherei?“

„Na, die Wäsche eben.“

„Wir bringen unsere Wäsche nie in eine Wäscherei.“ Lottes Mann geht in die Küche, schüttet sich ein Glas Mineralwasser ein, spuckt den Schluck ins Spülbecken. „Bäh“, sagt er, „die Zwillinge versauen alles mit ihrem dämlichen Brausepulver. Schrecklich, seitdem sie das farblose entdeckt haben.“

Es klingelt. Drei Mal, dann zwei Mal. „Ich mach dann mal auf“, sagt Kalenberger entschuldigend zu Lottes Mann.

„Haben Sie die Wohnung übernommen? Ich will sofort wissen, wo meine Frau ist.“

„Keine Panik!“ Kalenberger geht in den Flur und drückt auf den Türöffner. Heide kommt die Treppe herauf gesprungen, in ihren Armen die Decke aus der Gärtnerei, aus der ein vorwitziges Schnäuzchen die Umgebung wittert. „Twitter war ordentlich drauf. Ein cleveres Kerlchen“, sagt Heide, „hat einfach im Telefonbuch nach deiner Adresse geschaut.“

Kalenberger nimmt Augenstern aus der Decke, vergräbt ihr Gesicht in ihr Fell.

„Wollen Sie mich umbringen?“, ruft Lottes Mann aus der Küche. „Ich habe eine Katzenhaarallergie.“

„Auch eine Methode, einen Mann loszuwerden“, flüstert Heide.

Die Zwillinge kommen aus dem Kinderzimmer gestürzt.

„Wir konnten kein Sandmännchen sehen“, beschwert sich Lasse, „und Pizza dürfen wir auch nicht mehr essen“, petzt Leon. Lottes Mann streicht beiden übers Haar, er hat nicht zugehört.

Bald kommt auch Lotte zurück. Sie hat zwar keinen Augenstern unter der Decke in ihrer roten Plastikwanne, dafür aber die Dosen mit dem Katzenfutter, die Herr Sander besorgt hatte. Hatte sie die überhaupt bezahlt?, überlegt Kalenberger .

Man bespricht sich am Tisch im Wohnzimmer, wie es weitergehen soll. Lottes Mann Bernhard öffnet eine Flasche Rotwein und die Zwillinge sind sauer, weil der Fernseher durch die Erwachsenen blockiert wird. „Wir haben keine Lust mehr auf Lego!"

Kalenberger möchte noch an diesem Abend zurück in ihre Wohnung, damit Augenstern wieder ihr richtiges Zuhause hat. Lotte schlägt eine Woche Aufenthalt im Gästezimmer vor, Bernhard niest und seine Augen tränen. Heide würde gern noch ein paar Tage auf Kalenberger aufpassen und somit die Annehmlichkeiten von Dusche und ordentlichen Mahlzeiten genießen. Sie bietet an, die Kartoffeln zu schälen und das Geschirr abzuwaschen. Rohrbachs haben eine Geschirrspülmaschine und essen nur ganz selten Kartoffeln. Die Zwillinge stehen auf Nudeln. Eben drum, meint Heide. Bernhard niest und seine Augen tränen noch mehr.

„Wir können Augenstern doch jetzt schon in die andere Wohnung bringen", schlägt Heide vor. „Augenstern fällt doch bestimmt nicht auf, wenn wir kein Licht machen."

Ein guter Vorschlag, finden alle, ein sehr guter Vorschlag, findet Bernhard.

Heide packt Augenstern in die Decke, nimmt Kalenbergers Wohnungsschlüssel und bringt die Katze hinüber in die dunkle Wohnung.

Kalenberger hängt ihr Handy ans Ladegerät.

Es wird dann noch ein langer Abend an Rohrbachs Wohnzimmertisch. In der freundschaftlichen Runde und mit zwei Gläsern Rotwein in Bauch und Hirn kommt Kalenberger die Lage schon nicht mehr so bedrohlich vor. Sie möchte noch an diesem Abend zurück in die eigenen vier Wände. Doch dagegen setzt Bernhard einen Zeitungsartikel, den er aus seiner Mappe im Flur holen will.

„Die Jungs sind jetzt sicher besonders nervös und reagieren bestimmt überempfindlich auf jede Störung ihrer Geschäfte.“ Bernhard legt die Zeitung auf den Tisch und dreht sie in Kalenbergers Richtung.

Die Presse berichtet über eine Großrazzia im Rockermilieu:

Bis an die Zähne bewaffnete Spezialkräfte der Polizei wären in ganz Norddeutschland im Einsatz gewesen. Es werde wegen Körperverletzung, Erpressung, Korruption sowie Waffen- und Menschenhandel ermittelt.

Rund achtzig Objekte – insbesondere Bordelle, Gaststätten und Wohnungen – seien durchsucht worden. Die Razzia sei noch nicht beendet, es habe aber bereits Festnahmen gegeben.

Kalenberger liegt auf dem Gästebett, sie braucht keine Decke zum Zudecken, Heide nimmt sie gern. Sie liegt auf einer durchaus komfortablen Matratze neben Kalenbergers Bett, bestimmt zwanzig Zentimeter Höhe, hat Heide geschätzt und dabei mit der Zunge geschnalzt.

Kalenberger kann nicht schlafen, Heide grunzt wie ein Wildschwein. Kalenberger könnte auch ohne Geräuschbelästigung nicht schlafen. Razzia, Rotlichtviertel, Loverboys, für die Gesellschaft ein vernachlässigbares Thema. Wer drinsteckt wird gnadenlos zerrieben. Steckt sie drin? Wird sie gejagt? – Wohl kaum. Loverboys agieren doch eher als Einzelpersonen ohne Organisation. Lars Helmer oder jemand aus seinem Umfeld will ihr Angst machen, damit sie sich raushält. Lässt sie sich Angst machen? Natürlich. Jeder Mensch empfindet Angst, es kommt nur auf die Stärke der Auslöser an. Und die Hemmschwelle für ihr Angstempfinden, das muss sich Kalenberger selber eingestehen, hat sich in den letzten Monaten stark verringert. Vielleicht sollte Heide bei ihr einziehen, dann könnten sie gegenseitig aufeinander aufpassen. Aber ihr Schnarchen ist unerträglich! Da ließe sich doch sicher was mit einem Kopfkissen machen. Unterm Kopf!

Kalenberger steht möglichst lautlos auf, sucht im Dunkeln nach ihren Schlüsseln und schleicht dann in ihre Wohnung hinüber. Das geht nicht ganz geräuschlos, aber niemand scheint ihren Umzug zu bemerken.

Im Dunkeln tastet sie sich ins Schlafzimmer, Augenstern mauzt ganz leise und es hört sich wie eine Begrüßung an, dann liegt Kalenberger in ihrem Bett. Es riecht vertraut, rot erleuchten die Ziffern des Weckers das dunkle Zimmer, der Kühlschrank summt, sie hat vergessen die Küchentür zu schließen. Soll sie noch einmal aufstehen? Eine Frage, die Kalenberger nur noch im Traum beantworten kann.

Sie läuft durch einen lichten Buchenwald, ein Specht klopft, eine Amsel singt und in der Suhle zwischen den Tannen schnarcht das Wildschein.

„Darf ich mich zu dir legen?"

Kalenberger schrickt auf. Heide!

„Pst, ich bin's. Ich denke, ich sollte dich nicht alleine lassen. Die Matratze habe ich mitgebracht."

„Wie bist du hereingekommen."

„Ich habe mir Lottes Zweitschlüssel von der Garderobe genommen."

„Es ist schön, dass du gekommen bist!“, sagt Kalenberger. „Danke!“

„Ich hoffe bloß, du schnarchst nicht.“ Heide legt ihre Matratze auf den Boden an der gegenüberliegenden Wand. „Bei Geräuschen bin ich nämlich sehr empfindlich.“

„Ich hab mich da nicht so“, murmelt Kalenberger. Eine Bemerkung, die sie noch eine ganze Zeit bereut, bis sie endlich einschläft.

Von heftigem Klingeln wird sie geweckt. Pochen an der Tür, wieder Klingeln. „Marike, mach auf, wenn du mich hörst.“ Pochen und Klingeln und jetzt auch die Zwillinge: „Aufmachen, aufmachen!“

„Ich zähle jetzt bis zehn und wenn du dann nicht aufgemacht hast, rufe ich die Polizei an.“

„Eins - zwei - drei ...“

„Moment, Moment!“ Kalenberger erhebt sich mühsam. Ihr rechtes Knie schmerzt. Ab fünfzig erlebt man doch jeden Morgen neue Überraschungen. Sie schlurft zur Tür, drückt die Türklinke, gähnt und dreht sich wieder um.

Im Schlafzimmer liegt Heide auf ihrer Matratze, Augenstern auf der Decke in ihren Armen.

„Verräter!“, murmelt Kalenberger.

„Wir können auch wieder gehen!“ Lotte steht im Flur. Im Arm eine Tüte. Kalenberger schnuppert, es riecht verführerisch nach frischen Brötchen. „Du bist nicht gemeint!“, sagt Kalenberger.

„Die Schokobrötchen sind für mich“, ruft Lasse, „und für mich“, ergänzt Leon.

Davon wird Heide nun doch wach. Erst reckt und streckt sich Augenstern, dann ist Heide an der Reihe. Sie schaut sich um, scheint sich kurz orientieren zu müssen.

„Ich stell dann mal die Kaffeemaschine an", sagt Kalenberger.

„Für mich schwarz, ohne Milch und ohne Zucker!" Heide bewegt sich in ihrem Kokon, scheint sich wohlzufühlen.

„Vielleicht auch noch ein Ständchen gefällig?", fragt Kalenberger.

„Gern", antwortet Heide, „aber bitte nichts Klassisches, du bist so ein Beethoven-Typ, und Klavierkonzerte am Morgen ertrag ich einfach nicht. Davon bekomme ich Kopfschmerzen. Besser ist NDR N-Joy!"

Lotte legt die Brötchentüte auf den Tisch, tritt ans Fenster und schaut hinaus. „Von deiner Eskorte hat sich noch niemand blicken lassen."

„Ich denke mal, die sind wir los!" Heide gähnt. „Ich darf noch deine Dusche benutzen?"

„Mami, Mami, Lasse pult die Schokolade aus den Brötchen."

„Bäh", macht Lasse, „das ist überhaupt keine Schokolade!"

„Stimmt", sagt Lotte wohlgelaunt, „das ist Kümmel, zur Abschreckung vorwitziger Kinderfinger."

Man setzt sich an den Frühstückstisch, Kalenberger schüttet Kaffee ein, für die Zwillinge hat Lotte zwei Päckchen mit Kakao mitgebracht. Die Trinkhalme kleben bereits an der Packung.

„Wie soll es denn jetzt weitergehen?", fragt Lotte.

„Nach dem Frühstück geh ich wieder zu meiner Arbeit." Heide gähnt verschlafen. „Bin ziemlich spät dran!"

„Ich muss die Kinder in den Kindergarten bringen und einkaufen." Lotte schaut auf ihre Armbanduhr. „Los, Kinder, zieht euch die Schuhe an, wir müssen los!"

„Keine Lust", sagt Lasse.

„Kindergarten ist langweilig", meint Leon.

„Heute wird im Kindergarten gezaubert!" Lottes Hinweis wirkt wie ein Startschuss, die Zwillinge rutschen von den Stühlen, eine Kakaopackung fällt um, macht nichts, sie ist sowieso leer, Lasse will vor Leon in der eigenen Wohnung sein und die Schuhe anziehen und Leon vor Lasse. Es kommt zum Gerangel an Kalenbergers Wohnungstür und wenige Schritte weiter vor Rohrbachs Tür.

„Können wir dich allein lassen?"

„Natürlich", sagt Kalenberger, „erstens bleibe ich heute zu Hause und außerdem habe ich ein Handy mit den eingespeicherten Kurzwahlnummern von euch."

„Aber pass auf dich auf!" Heide trinkt den letzten Schluck Kaffee bereits im Stehen.

„Nach Feierabend kommst du wieder her?", fragt Kalenberger.

„Wenn ich darf?" Heide vergisst fast, ihre Tasse abzustellen.

„Das wäre doch noch schöner", sagt Kalenberger, „wenn meine Nichte schon an der Medizinischen Hochschule Hannover studiert, kann sie doch auch bei mir wohnen."

„Deine Nichte?"

„Meine Nichte!"

„Aha!" Heide stellt die Tasse ab. „Dann bis nachher – Tante! Soll ich etwas fürs Abendessen einkaufen?"

„Das kann ich doch mitbringen", bietet Lotte an, und nach wenigen Augenblicken schließt sich Kalenbergers Wohnungstür hinter den beiden Frauen. Kalenberger nimmt ihre Kaffeetasse, tritt ans Fenster, sie kann gerade noch sehen, wie Heide die Elkartallee überquert. Eine Kehrmaschine biegt auf den Hof des

Altenzentrums, auf der Elkartallee parken einige Autos. Nichts Verdächtiges. Kalenberger setzt sich auf die Couch, Augenstern springt ihr auf den Schoss, Kalenberger greift zur Fernsehzeitschrift. Das abgedruckte Programm ist nicht mehr aktuell. Egal, ist sowieso immer dasselbe. Kalenberger schlägt den Donnerstag auf und knipst das Gerät an. Tipps für das Anlegen eines Steingartens, dann vier Teflonpfannen im Test, bei den Reisetipps für die Mecklenburger Seenplatte schläft sie ein.

Als sie wieder aufwacht, verspürt sie Lust auf ein ausgedehntes Wellness-Entspannungs-Orangenblüten-Melisse-Bad. Augenstern trollt sich beleidigt, als das Wasser in die Wanne rauscht. Sie mag nicht baden.

Duschen kann jeder, aber baden? Kalenberger sperrt den Festnetzanschluss und stellt das Handy aus. Sie holt den Stereoplayer und schiebt eine CD mit Gitarrenmusik von Joaquín Rodrigo und Mario Castelnuovo-Tedesco ein. Auf den Rand der Badewanne wird eine Strecke von fünf Pfefferminz-Pralinen ausgelegt.

Dann holt sie aus dem Schlafzimmer ihren augenblicklich aktuellen Krimi, steigt in die Wanne und lässt sich zu den spanischen Gitarrenklängen von den sanften Wellen einer südlichen Erinnerung umspielen.

Ein Vergnügen, das auch nicht ewig währt. Irgendwann schrumpeln die Fingerspitzen, die Sitzposition wird ungemütlich und die Haare müssen auch noch gewaschen werden.

Kalenberger schlägt ein Tuch um die feuchten Haare, zieht ihren Bademantel an und geht in die Küche. Jetzt einen Kaffee! Und dazu noch eine, höchstens zwei Pfefferminzpralinen.

Der Anrufbeantworter blinkt. Erst der Kaffee! Es könnte ein wichtiger Anruf sein, vielleicht von Heide. Auf dem Handy ist kein Anruf vermerkt. So wichtig kann es nun also doch nicht sein. Sie füllt Kaffee in die Filtertüte, stellt die Kaffeemaschine an, drückt auf den Wiedergabeknopf des Anrufbeantworters.

„Helmut hier. Ich muss dich dringend sprechen!" Dann eine Telefonnummer.

Welcher Helmut? Kalenberger kennt keinen Helmut. Nur ... aber der hat noch nie angerufen. Helmut? Vielleicht aus der Polizeidirektion Waterloostraße? Ihr fällt niemand ein, der mit Vornamen Helmut heißt und etwas mit ihr zu tun hat. Ist irgendwo aus der Mode gekommen, der Name.

Sie hört noch einmal den Anrufbeantworter ab, stutzt bei der Telefonnummer. Vorwahl 04131? Die Nummer hat nichts mit Hannover zu tun. Sie schaltet ihren Laptop ein. 04131 – Lüneburg. Lüneburg – Aylin. Also Helmut Hölscher, Aylins Stiefvater. Der Rückruf hat sicher bis morgen Zeit. Hölscher will bestimmt wissen, ob sich Kalenberger an einem gemeinsamen Geburtstagsgeschenk zu Aylins achtzehntem Geburtstag beteiligt. Nein, wird sie nicht! Sie wird Aylin ein persönliches Geschenk machen. Sie könnte ihr ein Ticket für ein Musical in Hamburg spendieren. Oder zwei. Ist Aylin überhaupt schon zu zweit? Erzählt hat sie jedenfalls nichts. Doch in wenigen Wochen ist sie erwachsen, da hat sie doch bestimmt ... Und wenn es etwas ganz anderes ist? Es wird ihr keine Ruhe lassen, sie wird den ganzen Abend grübeln und grübeln. Und die halbe Nacht bestimmt auch noch.

Sie lässt sich noch einmal den Anruf vorspielen, notiert sich die ganze Telefonnummer, will schon anrufen, da klingelt das Telefon direkt unter ihren Händen.

Kalenberger erschrickt. Wovor? Sie meldet sich. Helmut ist am Apparat. Hat es sicher auch nicht leicht. Hat die Frau geheiratet, mit der Kalenbergers Ehemann fremdgegangen ist. Klein, unscheinbar und unauffällig. Kalenberger hat nie verstanden, was ihr Mann an dem Neutrum gefunden hat. Sie wird ihn auch nicht mehr fragen können.

Helmut Hölscher hat etwas gesagt, Kalenberger hat nicht zugehört, sie muss eine schlechte Verbindung vorschieben, damit er sich noch einmal wiederholt.

Aylin ist verschwunden. Schon seit vier Tagen. Nichts Dramatisches, sie hat bereits eine Ansichtskarte geschrieben. Aus Dänemark. Sie würde ein paar Tage Urlaub machen im schicksten Hotel am Platz. Alles inklusive, sogar liebevolle Betreuung. Bei ‚liebvolle' ist aus dem i-Punkt ein Herzchen geworden.

Kalenberger zittern die Knie. Sie setzt sich, will sich nichts anmerken lassen: „Und?"

„Das ist alles ein bisschen komisch. Sie hat seit Kurzem einen Freund. Den wollte sie uns schon mehrmals vorstellen. Das Treffen ist immer wieder verschoben worden. Letzte Woche war der Termin dann fest. Doch zu einem Treffen kam es trotzdem nicht. An dem Tag ist sie nicht nach Hause gekommen, hat wohl schon eine Tasche mit Kleidung in die Schule mitgenommen, und ist verschwunden."

„Wissen Sie ...", Kalenberger räuspert sich, „... weißt du, wo Aylin ihren Freund kennengelernt hat?"

„Nicht so genau. Ich glaube übers Internet. Sie hat doch immer vor dem Bildschirm gehangen und unterwegs war das Handy ständig an. Man konnte nicht mal in Ruhe mit ihr essen gehen. Immer SMS hin und SMS her."

„Hast du ein Foto von dem Freund?"

„Sie hat mir mal ein kleines auf ihrem Computer gezeigt, an das Aussehen kann ich mich aber nicht mehr erinnern. Komm' doch her und schau es dir selber an. Du bist doch bei der Kripo und weißt sicher besser als ich, wie man damit umgeht."

„Der Computer hat doch bestimmt ein Passwort?"

Helmut lacht auf.

„Auf der einen Seite sind sie Erwachsene und auf der anderen noch halbe Kinder. Das Passwort hat sie unter die Schreibtischplatte geklebt."

„Woher weißt du das?"

„Walburga hat es entdeckt, als sie in Aylins Zimmer Staub gewischt hat. Wir mussten beide lachen, aber benutzt haben wir das Kennwort nicht. - Kommst du?"

Kalenberger überlegt einen Augenblick. „Ich habe meine Prinzipien und mir geschworen, niemals das Haus zu betreten, in dem deine Walburga lebt. Ist es ein Laptop oder ein richtiger PC?"

„Ein Laptop."

„Den könnte ich abholen lassen, wenn du nichts dagegen hast."

„Wenn Aylin auftaucht, müsste er allerdings zurück sein."

„Na, klar!", sagt Kalenberger. Sie ist sich allerdings ziemlich sicher, dass Aylin nicht so schnell nach Hause kommt.

Sie legt auf, beauftragt UPS das Paket nach Voranmeldung in Lüneburg abzuholen. Wo? Irgendwo muss sie doch Aylins Anschrift haben. Irgendwo, nur nicht zur Hand.

Sie ruft noch einmal in Lüneburg an. Walburga ist am Telefon. Zuckersüß! „Wie schön, nach so langer Zeit deine Stimme zu hören."

„Ich brauche eure Adresse."

„Kommst du also doch?“ Zuckersüß ist plötzlich bitter wie Galle.

„Ich brauche die Adresse, um etwas abholen zu lassen.“

„Du hättest auch gerne selber vorbeikommen können.“ Wieder zuckersüß. Wie sich die Frau verstellen kann! Aber Kalenberger bekommt die Adresse und legt mit einen kurzen „Moin!“ auf.

Obanczek ist nicht bereit, den Laptop im Polizeilabor untersuchen zu lassen, bietet aber an, selbst vorbeizukommen. Er hätte da so einiges an Tricks und Erfahrung. Es würde auch gar nicht teuer.

„Nein!", sagt Kalenberger. „Schaff dir eine Frau an, wenn du Lust auf Kuchen hast!"

„Bist du sicher, dass man sich dafür eine Frau zulegt?"

„Okay, ich besorge ein paar Stückchen aus der Bäckerei."

„Das hört sich doch prima an. Übrigens: Dein Arbeitsplatz ist neu besetzt worden. Jetzt sitzen zwei wildfremde Beamte in unserem schönen, kleinen Büro. Ist das nicht eine Schande?"

„Ich wäre schon gern informiert worden."

„Kommt sicher. Ist auf dem Dienstweg, und der ist lang, sehr lang."

Heide kommt nach Hause, sie ist müde und möchte unter die Dusche. Den ganzen Tag Säcke mit Rindenmulch geschleppt. Eine Reisetasche hat sie mitgebracht und in den Flur gestellt. „Mein Zeug muss erst gewaschen werden. Riecht alles nach Tod!"

„Wie lange hast du in der Gärtnerei gelebt?"

„Viereinhalb Monate!"

„Und jetzt bist du raus aus dem Fadenkreuz?"

Heide holt eine Plastiktüte aus ihrer Reisetasche und verschwindet im Bad. Kalenberger kocht ein kleines Abendessen. Salzkartoffeln und gestiftelte Rote Bete mit Schmand.

Die Rote Bete sind fertig, die Kartoffeln werden kalt und Heide hat das Bad noch immer nicht verlassen.

Vorsichtig klopft Kalenberger an die Tür: „Du lebst noch?“

„Alles in Ordnung, brauche höchstens noch ein Stündchen.“

Kalenberger ist sehr dankbar für das Gästeklo in ihrer Wohnung.

Es klingelt. Kalenberger schaut durch den Spion in der Tür. Lotte.

„Ich weiß, ich bin spät dran. Die Zwillinge brauchten neue Schuhe, und ich konnte ihnen nur mühsam klarmachen, dass man nicht auf Fußballschuhen in den Kindergarten geht.“ Sie drängt sich an Kalenberger vorbei und geht in die Küche. Sie hievt die schwere Einkaufstasche auf den Tisch. „Dafür habe ich dir gleich einen Vorrat für die nächsten Tage mitgebracht.“

Kalenberger hört, wie die Badezimmertür aufgemacht wird. Lotte hat viel frisches Gemüse mitgebracht. Möhren, Sellerie, Fenchel, Salat und nochmal Salat und plötzlich steht jemand hinter Kalenberger.

„Hast du Besuch?“, fragt Lotte erstaunt.

Kalenberger dreht sich um. Heide. Völlig verändert. Stiftkurze blonde Haare, geigelt, schmale Augenbrauen und ein wenig aufgelegtes Rot auf den Lippen.

Kalenberger starrt sie an. „Hoffentlich sind die Haare nicht alle im Abfluss gelandet …“

„Jetzt brauche ich nur noch Klamotten. Ich fahr morgen mal in die Kleiderkammer der Diakonie in der Burgstraße. Kannst du mir ein Fahrrad leihen?“

„Ich hab kein Fahrrad.“ Kalenberger staunt noch immer.

„Du kannst mein Fahrrad nehmen“, auch Lotte starrt noch immer Heide an, „hat kein Licht, aber eine tolle Klingel, wie man sie am Maschsee braucht.“

„Ich denke mal, mit diesem Aussehen sollte ich raus sein aus dem Suchraster meiner Freunde.“

„Sei dir nicht zu sicher!“, sagt Kalenberger.

„Du passt doch auf mich auf.“ Heide lächelt, und Kalenberger ist, als hätte Heide auch das Lächeln ausgewechselt.

„Ich könnte dir eventuell mit Kleidung aushelfen“, sagt Lotte. „Ich hab noch zwei bis drei Kisten mit Sachen vor den Zwillingen. Sind schon ein bisschen älter, ich habe immer gehofft, ich würde irgendwann mal wieder reinpassen.“

Die Chance lässt sich Heide nicht entgehen. Sie verabredet sich mit Lotte zur Anprobe nach dem Essen.

Es klingelt an der Wohnungstür. Kalenberger schleicht auf Zehenspitzen zur Tür, linst durch den Spion, schleicht wieder zurück. „Ich kann nicht viel erkennen, vor der Tür steht ein riesiger Rosenstrauß.“

„Ach, du Scheiße!“, sagt Lotte und hält sich im gleichen Augenblick die Hand vor den Mund. „Das ist bestimmt Carolus, der dir einen Heiratsantrag machen will.“

„Glaube ich nicht!“

Heide schleicht an die Tür, kommt zurück. „Du brauchst doch bloß zu warten, bis ihm die Arme vom Halten des Straußes lahm werden. Dann siehst du, wer da vor der Türe steht.“

„So lange kann ich die Zwillinge nicht allein lassen.“

„Dann sehe ich nach!“, entscheidet Kalenberger.

Heide hält sie zurück.

„Es könnte eine Falle sein.“

Kalenberger überlegt, reißt sich dann zusammen und öffnet den Küchenschrank. „Dann wollen wir der Falle mal einen gebührenden Empfang bereiten. Schließlich sind wir drei starke Frauen!“

Sie gibt Lotte eine Bratpfanne, nimmt sich das Gemüsemesser und drückt Heide das Schneidebrett in die Hand.

Heide legt das Brett auf der Arbeitsplatte ab, verknotet den Gürtel des Bademantels eng um ihren schmalen Körper und nimmt das Brett wieder entschlossen zur Hand.

Kalenberger geht mit dem Messer mutig voran. „Wer ist da?“, ruft sie durch die geschlossene Tür.

„Iche – Tomaso!“

„Was sagt er?“, fragt Lotte.

„Entwarnung“, sagt Kalenberger. Sie nimmt Lotte die Pfanne ab, gibt sie zusammen mit ihrem Messer Heide in die Hand und winkt sie mit einer Handbewegung in die Küche. Vorsichtig öffnet sie die Tür.

„Iche habe Freigang!“

Kalenberger macht die Tür weiter auf, Tomaso sieht Lotte, jetzt kommt auch Heide wieder hinzu, verlegen versucht er, den Blumenstrauß hinter seinem Rücken zu verstecken.

„Vielleicht solltest du heute Abend bei uns essen“, sagt Lotte zu Heide.

Heide schaut Kalenberger an, Kalenberger nickt ganz leicht.

Lotte und Heide gehen in Rohrbachs Wohnung hinüber, Kalenberger sieht, wie sich Tomaso zusammenreißen muss, um nicht der jungen Frau im Bademantel hinterherzuschauen.

„Was willst du?“, fragt Kalenberger, als sich die Tür der gegenüberliegenden Wohnung hinter den Frauen geschlossen hat. Kalenberger ist sicher, dass sie ihre Ohren ans Türblatt pressen, um zu lauschen.

„Iche kanne dich nich vergesse."

Mit Tomaso lief mal was.

Jede zweite Woche hat Kalenberger in der Pizzeria angerufen und sich eine Pizza Diabolo von Tomaso bringen lassen. Der Bringdienst wurde dann von Tomaso meist bis nach Mitternacht verlängert und Kalenberger war mit seinem zusätzlichen Service durchaus zufrieden.

„Komm rein."

Dann hatte Kalenberger entdeckt, dass Tomaso bei einer kleinen Schutzgelderpressung mitmischte. Zwei Cent von jeder in Linden verkauften Pizza flossen auf sein Konto bei der Deutschen Bank. Ein Mann wie Tomaso „gehte doche nich zu Sparkasse!"

Kalenberger hatte Tomaso rausgeschmissen und ihren Kollegen einen Tipp gegeben. Unrecht bleibt eben Unrecht, auch wenn es zärtlich daherkommt und eine standhafte Erektion vorzuweisen hat. Sie könnte ihm zumindest einen Kaffee anbieten.

Tomaso setzt sich auf eine Stuhlkante und strahlt Kalenberger an. „Wie kommen du zurecht ohne miche?"

Kalenberger nimmt eine Packung Kekse aus dem Schrank. Gut & Günstig! Den Zwillingen ist es egal, ob es Bahlsen-Kekse sind oder eine Billigmarke.

„Gut!" Sie nimmt den Strauß Rosen vom Tisch, kann sich nicht erinnern, eine Vase in entsprechender Größe zu besitzen und legt die Rosen vorsichtig ins Waschbecken der Spüle.

„Wann kommst du raus?"

„Wollen Abend nich mit unerfreuliche Sachen verderben!"

Er strahlt noch immer. Will wohl gleich mit ihr in die Kiste springen. Na ja, Gefängnis, sexueller Notstand – nicht mit ihr.

„Iche habe dir vergeben!"

Kalenberger schaut ihn von der Seite an. Seine Selbsteinschätzung hat im Knast keineswegs gelitten. – Sie schüttet Tomaso eine Tasse Kaffee ein, schwarz trinkt er ihn, komisch, dass man solche Nebensächlichkeiten über Monate behält.

Sie setzt sich gegenüber von Tomaso an den Tisch. Tomaso trinkt einen Schluck Kaffee, verbrennt sich die Zunge, würde sich aber auf den Tod nichts anmerken lassen. Seine Hand wandert über den Tisch, sucht Kalenbergers Fingerspitzen. „Hatte grosse Sehnsucht, ganz grosse!"

„Nach deinem Bankkonto – es ist doch sicher eingezogen worden?"

„Wie kannste du so gemein sein, haha, ware sicher blöder Scherz!"

Tomaso steht auf: „Iche Toilette."

Kalenberger nickt. „Du kennst sicher noch den Weg."

Tomaso geht festen Schritts und in sehr aufrechter Haltung an Kalenbergers Stuhl vorbei, streicht ihr völlig unabsichtlich über den Arm.

Der geht sich jetzt Viagra einwerfen, geht es Kalenberger durch den Kopf. Sie muss lachen. „Binne gleich zurück!", sagt Tomaso.

Kalenberger sucht sich ein Waffelröllchen aus der Keksmischung heraus. Eins haben die Zwillinge doch tatsächlich übersehen. Tomaso kommt zurück, bleibt hinter Kalenbergers Stuhl stehen. „Iche diche so vermisse!" Er legt ihr seine Hände auf die Schulter, streichelt sie leicht, plötzlich spürt sie seine Lippen in ihrem Nacken. Ein wohliger Schauer durchrinnt ihren Körper. Sie hat ihn auch vermisst. Ihn? Seine Zärtlichkeit und den Sex!

Seine Hände wandern von den Schultern hinab auf ihren Busen, streicheln die Brüste, kneten sie ganz leicht, mit einem Finger umkreist er ihre Brustwarzen, die sich zwar nicht gleich, aber nach einer Weile intensiver Bearbeitung aufrichten. ES funktioniert also noch.

Tomaso kommt um den Stuhl herum, nimmt ihren Kopf in seine Hände und drückt seine Lippen ganz sanft auf ihren Mund, vorsichtig erkundet seine Zunge ihre Lippen, dringt dann in ihren Mund ein, mit einer Hand dirigiert Tomaso Kalenbergers Hand auf seine Hose. Sein Kuss wird leidenschaftlicher, bedrängt ihre Zunge, zieht sich ein wenig zurück, wird dann zum Eroberer. Mit einer Hand löst Tomaso den Gürtel an seiner Hose, öffnet den Reißverschluss, mit einer etwas komplizierten Handstellung greift er wieder nach ihren Brüsten. Er löst sich von ihr, sieht ihr in die Augen, führt ihre Hand zu seinem Penis, knöpft ihr die Bluse auf, nimmt ihre Brüste aus dem Büstenhalter, greift ihr in die Haare, zieht sie vom Stuhl auf ihre Knie. Sein Glied steht jetzt direkt vor ihrem Gesicht. Kalenberger spürt die Erregung zwischen ihren Beinen, sie wird feucht. Sie wird ihm den Gefallen tun und sein Allerheiligstes in den Mund nehmen. Da fällt ihr Blick auf die Unterhose, die auf seine Schuhe gerutscht ist. Eine weiße Feinrippunterhose. Mit zwei, drei gelben Flecken. Ekel steigt in ihr auf, sie schiebt Tomaso von sich, steht auf, würgt und muss ganz schnell einen Schluck Mineralwasser trinken.

„Wasse isse los?“, fragt Tomaso. Seine Erektion hat bereits einiges an Kraft eingebüßt, mit einer Hand versucht er, die Standfestigkeit wieder zu erhöhen. „Iche will diche, nur diche! Komme her, meine kleine Engel."

Kalenberger ist einen halben Kopf größer als Tomaso. „Das ist alles ein großer Irrtum!" Sie packt ihre Brüste wieder ein und arrangiert ihre Kleidung. „Du solltest jetzt gehen."

Nichts ist entwürdigender für einen Mann, als mit heruntergelassener Unterhose vor einer Frau zu stehen und abgewiesen zu werden. „Iche nix mehr Pizza Diabolo bringe!" So schnell es geht, zieht sich Tomaso wieder an, stopft das Oberhemd in die Hose und fährt sich mit einer ordnenden Handbewegung durchs Haar.

„Iche diche verlasse!" Er sieht Kalenberger herausfordernd an. „Willste du dasse?"

Warum auch immer, ein Lachen steckt in Kalenbergers Hals, das sie kaum noch unterdrücken kann. „Bitte!", sagt sie und geht voraus zur Wohnungstür. Tomaso drückt sich an ihr vorbei, ohne sie zu berühren. „Due nixe Frau, due … due … due Carabinieri! Pah!"

Ganz schnell schließt Kalenberger die Tür hinter ihm, dann bricht das Lachen aus ihr heraus. Es ist ein Lachen zwischen Trauer und Befreiung. Braucht sie einen solchen Mann? Braucht sie solchen Sex?

Sie spült Tomasos Kaffeetasse, trocknet sie ab und stellt sie in den Küchenschrank. Sie füllt ihre Kaffeetasse auf, stellt sich ans Fenster und schaut hinaus, ohne etwas wahrzunehmen. Liebe, Sex, Erotik – was für eine Plage für wenige Augenblicke Schwerelosigkeit. Tomaso ist abgehakt. Aber die Sehnsucht wird zurückkehren. Zum Beispiel im Traum. Als Heide zurück in die Wohnung kommt, vorsichtig und auf geschmeidigen Sohlen, liegt Kalenberger bereits im Bett. Irgendetwas sagt Heide noch, lacht wohl auch, aber Kalenberger gleitet ohne Erwiderung hinüber ins Reich der Träume.

Am nächsten Morgen kurz nach sieben klingelt es an der Haustür. Der Kurierdienst von UPS mit einem Paket aus Lüneburg. Kalenberger drückt den Türöffner. Eigentlich auch nicht ungefährlich, Heide ist längst zur Arbeit gegangen.

Sie nimmt das Paket an, unterschreibt und ruft dann Obanczek in seinem Büro an.

Er ist zum Arzt. Sie wählt seine Handynummer. Obanczek sitzt im Wartezimmer, geht dann aber vor die Tür. Es hat sich in seiner Armbeuge ein Furunkel gebildet, das untersucht werden muss. Wenn man einmal positiv auf MRSA-Bakterien getestet ist, kann man nicht vorsichtig genug sein.

„Und nach dem Arztbesuch?“

„Verstehe, ich soll bei dir vorbeikommen? Der Laptop ist eingetroffen?“

„Du bist unschlagbar mit deinem Spürsinn!“

Kalenberger geht unter die Dusche, Lotte fragt, ob sie ihr etwas mitbringen soll, sie bringt die Zwillinge in den Kindergarten. Kalenberger stellt überrascht fest, sie haben beide nagelneue Fußballschuhe an den Füßen.

„Der Herr Papa!“, sagt Lotte.

Kalenberger bestellt zwei Brötchen und vier Stück Kuchen. „Ich erwarte Besuch.“

„Wenn du irgendwann mal keinen Platz mehr hast für deine Rosensträuße, kannst du sie bei mir unterstellen.“

„Mama komm“, drängeln die Zwillinge, „wir müssen in den Kindergarten.“

„Ihr habt es doch sonst nicht so eilig.“

„Heute schon!“

Lotte geht mit den Zwillingen, Kalenberger winkt ihnen vom Küchenfenster aus zu. Lotte winkt zurück, die Zwillinge haben es eilig.

Kalenberger überlegt, ob sie ihr Äußeres auch verändern sollte.

Aber wie? Mit Kleid und Perücke? Sie hasst Kleider und Perücken … sie wird erst einmal so bleiben, wie sie ist. Also Kaffee trinken und Zeitung lesen, noch bevor die Brötchen kommen.

Obanczek klingelt dann noch vor Lotte. „Kein Kuchen?" Obanczek grinst.

„Wird gerade noch gebacken!" Kalenberger deutet auf das Paket vom Kurierdienst. Obanczek setzt sich, reißt die Verpackung des Päckchens auf, Kalenberger stellt ihm eine Kaffeetasse neben den Laptop. Sie verschwindet im Bad und zieht sich schnell über, was an der Türgarderobe hängt.

Als sie zurück in die Küche will, klopft es an der Wohnungstür, Lotte mit der Brötchentüte und einem Kuchentablett auf der Hand. „Sie hatten frischen Apfelkuchen", sagt Lotte, „ist doch recht?" Sie ist nicht ganz anwesend.

„Sehr recht!", sagt Obanczek.

Lotte verabschiedet sich. Obanczek stellt den Laptop an, auf dem Bildschirm klebt ein Zettel.

„Das Passwort?", fragt Kalenberger.

„Ich geh dann mal. Heute Abend gibt es bei uns Reibekuchen", sagt Lotte, „wenn jemand Lust hat …"

„Reibekuchen mit Rübenkraut?" Obanczek leckt sich über die Lippen.

„Dann eben auch mit Zuckerrübensirup", sagt Lotte ein wenig resigniert, „eigentlich war Apfelkompott geplant, aber ich muss nachher sowieso noch mal zum Supermarkt."

Lotte geht, Kalenberger geht ans Fenster, schaut auf die Straße.

„Ein Passwort, wie man es sich nur wünschen kann“, Obanczek hält den vom Bildschirm abgelösten Zettel in der Hand, „kurz, knackig und wahnsinnig einfallsreich: 9Nilya4. Ich möchte wetten, deine Tochter ist 94 geboren?“

„Sie hat sicher nicht damit gerechnet, dass jemand ungefragt ihren Laptop benutzen würde.“

„Übrigens“, Obanczek wendet sich an Kalenberger, „der Täter in den Mordfällen Jan Piecek und der Frau auf dem Autohof an der A 7 ist gefasst. Es ging um hundertzwanzig Euro, die ein Vermittler der Erntehelfer zu wenig bekommen haben will. Er sei von der Frau zum Mann und vom Mann zur Frau geschickt worden und da habe ihn die Wut gepackt und er habe erst den Mann im Eisstadion und dann die Frau auf dem Autohof ins Jenseits befördert. Mit Zuhälterei hat er wohl nichts zu tun, so ein kleiner Giftzwerg, sie haben ihn übrigens in Pforzheim erwischt.“

„Der Vorhang zu und alle Fragen offen!“, sagt Kalenberger.

„Goethe?“

„Bertolt Brecht!“

„Dirk Wroblewski von den Hannover Indians war übrigens sehr kooperativ, haben die Kollegen berichtet. Er hat geholfen, wie er konnte.“

„Wo!“

„Nein, wie!“

„Also: wie?“

Obanczek lacht.

„Mit heißem Kaffee und ein paar netten Eishockey-Witzen:“

Kalenberger verdreht die Augen.

„Der gefällt mir: Ein Fischer geht Eisfischen. Als er ein Loch in die Eisfläche schlagen will, ertönt eine Stimme: ‚Hier gibt es keine Fische!‘ Der Mann geht weiter, klopft ein neues Loch ins Eis. Wieder die Stimme: ‚Hier gibt es keine Fische!‘ Beim dritten Mal hebt der Mann die Fischerrute zum Himmel und fragt: ‚Bist du das, lieber Gott?‘ Darauf eine Stimme aus einem Lautsprecher: ‚Hier gibt es keine Fische, hier spielen die Hannover Indians!‘“

„Ha, ha, ha!“

„Danke!“ Obanczek richtet seine Aufmerksamkeit wieder auf den Computer, tippt das Passwort ein und die Programme bauen sich auf.

„Und?“ Kalenberger schaut gespannt auf den Bildschirm.

„Ich müsste schon wissen, wonach wir suchen, um es zu finden.“

Kalenberger holt sich einen Stuhl und setzt sich neben Obanczek. Er hat ein neues Aftershave, viel zu aufdringlich, findet Kalenberger, sie wird gelegentlich in eine andere Richtung atmen müssen. „Wenn es so ist, wie ich vermute, müsste der Kontakt über irgendeinen Chat zustandegekommen sein.“

„Und über welchen? Ihr Computer hat ICQ, Skype und Yahoo im Angebot.“

„Wenn ich mich recht erinnere, hat Aylin erzählt, dass sich Pia mit ihrem Freund über Skype unterhalten hat.“

„Also Skype!“

„Probier's einfach mal.“

„Passwort?“

„Nimm das bekannte.“

„Funktioniert nicht.“ Obanczek tippt ein neues Kennwort ein. „Jetzt klappt's!“

„Womit bist du reingekommen?“

„Mit der kreativen Variante: 4Nilya9 - die meisten Computerbenutzer sind einfach zu bequem."

Aylin hat alle Dialoge abgespeichert. Mit ihren Freundinnen, ein paar Schulkameraden und einem Mister Neinn!

Obanczek ruft die Datei von Mister Neinn! auf.

„Komischer Name", sagt Kalenberger.

„Nicht für Simpson-Kenner. Homer Simpsons Markenzeichen."

Der erste abgespeicherte Chat-Dialog ist zweieinhalb Monate alt. Erst nur Geplänkel: Wie geht es dir? Was machst du? Welches ist deine Lieblingsband? Doch bald schon schießt sich Mister Neinn! auf sein Opfer ein. Ob sie manchmal auch so gefrustet sei? Von ihren Eltern, der Schule, ihren angeblichen Freunden. Mit der Zeit wird der Austausch auch intimer. Mister Neinn! sehnt sich nach aufrichtiger Liebe, nach Zärtlichkeit und einem bedingungslosen Füreinanderdasein.

„Mich würden schon seine mangelnden Rechtschreibfähigkeiten stören", murmelt Kalenberger.

„Hier scheint es zu einem ersten Treffen gekommen zu sein." Obanczek tippt auf einen neuen Eintrag auf dem Bildschirm: Ich bin so glücklich. Die andern können über dich sagen, was sie wollen. Ich kenne dein wahres Ich!

„Wie kann man nur so blöde sein?"

„War da nicht mal was zwischen dir und einem italienischen Pizzabäcker?"

„Scheißkerl", sagt Kalenberger, und Obanczek schaut verunsichert, kann wohl nicht einordnen, ob er oder der Pizzabäcker gemeint ist. Er scrollt die Dialoge über den Bildschirm. „Es geht immer so weiter und weiter. Ich glaube, das müssen wir uns jetzt nicht antun."

„Wir müssen Mister Neinn! zweifelsfrei identifizieren."

„Wenn deine Tochter mit den Chat-Fotos so umgegangen ist wie mit den Dialogen, werden sie nicht allzu schwer zu finden sein." Obanczek klickt den Tab Anzeigen oben auf der Seite an und dann die Unterzeile Video-Schnappschüsse.

„Okay", sagt Obanczek, „das sind nicht allzu viele, vielleicht ein paar Hundert."

„Schnarchnase", sagt Kalenberger, „wir brauchen nicht alle, wir brauchen Mister Neinn!"

„Da haben Sie nicht ganz unrecht, Frau Hauptkommissarin!" Obanczek schmunzelt.

„Da sind es nur noch, Moment, vierundsechzig." Er lässt die Fotos in schneller Folge über den Bildschirm laufen.

„Halt", Kalenberger fasst Obanczek am Oberarm, „zurück, weiter zurück, weiter, das fasse ich nicht. Das ist doch eine maßlose Unverfrorenheit. Das ist ein Foto von Lars Helmer inmitten seines Fanclubs Skalp-Hunter. Jetzt sind wir also sicher, mit wem Aylin Ferien in Dänemark macht."

„Jetzt ...", sagt Obanczek, „... jetzt würde ich gern ein Stück vom Apfelkuchen essen. Jetzt hat er genau die richtige Konsistenz, leicht al dente und noch nicht völlig durchgeweicht."

„Kaffee?"

„Kaffee!"

Kalenberger stellt zwei Kaffeetassen auf den Tisch und legt zwei Kuchengabeln neben die Teller.

„Ist dir aufgefallen, wann die Beziehung intensiviert wurde?", fragt Kalenberger.

Für einen Moment glaubt sie, die Zwillinge zu hören: „Mit vollem Mund spricht man nicht!" Lernen sie im Kindergarten. „Und beim Husten die Hand vor den Mund halten!“

„Es ist noch nicht lange her?“

„Da war Pia noch nicht in Sicherheit. Aylin wusste doch, wer Mister Neinn! ist.“

Obanczek scheint kaum zuzuhören, lässt sich den Apfelkuchen schmecken.

„So hätte ich Aylin nicht eingeschätzt. Das war doch Verrat an ihrer besten Freundin, und dass sie so naiv ist, auf den Typen reinzufallen.“

„Du siehst das ein wenig zu kritisch.“ Diesmal hätten die Zwillinge an Obanczek etwas auszusetzen gehabt. „Der Mann ist ein Profi. Hast du dich schon mal gefragt, warum seit Jahrhunderten so viele Frauen auf Heiratsschwindler hereinfallen?“

„Vielleicht hast du recht.“

„Wo die Liebe anfängt, hört der Verstand auf.“

„Wir haben alles“, sagt Kalenberger. Sie schreibt sich die Kennwörter und den Pfad zu den Video-Schnappschüssen auf. „Der Rest geht zurück an den Absender.“

„Aber nicht vergessen, die Fingerabdrücke abzuwischen!“

ACHTZEHN

Kaum ist Obanczek gegangen, klingelt es an der Wohnungstür. Eine verabredete Klingelfolge. Heide. Fast drei Stunden vor Feierabend. Kalenberger wird ihr den Zweitschlüssel von Lotte geben.

Heide hängt ihre Umhängetasche an die Garderobe. Schaut in den Kühlschrank, nimmt eine angebrochene Colaflasche heraus.

„Die steht schon seit Aylins letztem Besuch im Kühlschrank", sagt Kalenberger.

„Egal, wovon mir schlecht wird."

„Hat dich jemand geärgert?"

„Ja, hat!"

Lottes Klamotten passen ihr wie angegossen. Nur die Hosenbeine sind ein wenig zu lang. Aber das trägt man heute so, hat Kalenberger in irgendeiner Zeitschrift gelesen. Zum Friseur müsste sie eigentlich auch mal wieder.

„Ärger schadet dem Teint!"

„Laberei auch!" Heide trinkt, spuckt die Cola aus dem Mund ins Spülbecken. „Willst du mich vergiften?" Sie nimmt sich ein Glas Mineralwasser. „Wir hatten heute Besuch."

„Nicht schlecht für ein Geschäft."

„Zwei Typen, ich habe sie sofort erkannt. Sie haben im Blumengeschäft nach einer Angestellten gefragt. Sie soll so ein Grufti sein - schwarzes Haar haben, schwarze Klamotten, schwarzer Lidschatten."

„Die Typen aus dem Proll-Mercedes?"

Heide nickt. „Sie haben mich aber nicht erkannt, obwohl einer von ihnen sogar versucht hat, mit mir zu flirten. Ich habe aber weiter weiße Rosen auf den Trauerkranz gesteckt."

„Sie haben also dich gesucht und nicht mich?"

„Scheint so."

„Aber wie sollten sie dich gefunden haben und eine Verbindung zur Elkartallee herstellen?"

„Hab ich mich auch gefragt. - Hast du was zu essen?"

„Nimm dir, was du findest."

Heide nimmt Käse aus dem Kühlschrank und zwei Scheiben Knäckebrot aus der Packung auf dem Tisch. „Sander hat natürlich nichts gesagt, hat sie sogar richtig angepöbelt. Ich hab' schon gemerkt, wie der Größere auf ihn los wollte, aber sein Kollege hat ihn zurückgehalten. Wollte wohl keine handfeste Auseinandersetzung vor Zeugen." Heide beißt ins Brot, das Brot spritzt in alle Himmelsrichtungen, der Käse hängt ihr an der Unterlippe. „Sie sind dann auch ziemlich schnell gegangen."

„Wie haben sie dich bloß gefunden ..."

„Das habe ich mich auch gefragt. Doch als sie raus sind, hat sich ihnen Twitter aus dem Nichts plötzlich in den Weg gestellt und die Hand aufgehalten. Sie haben ihn gegen die Friedhofsmauer gestoßen und ihm noch einen kräftigen Tritt verpasst."

„Als sie mit dem Auto abgerauscht sind, wollte ich erst raus, aber Sander hat mich zurückgehalten. Er hat Twitter aufgesammelt und so recht eindringlich gefragt, was die Typen von ihm wollten. Zusammengefasst: Twitter wollte nichts verraten, sie haben ihm einen Fuffi versprochen und Twitter hat alles ausgespuckt."

„Arschloch!", sagt Kalenberger.

„Twitter ist krank, er kann sich nicht wehren." Heide trinkt noch ein paar Schlucke, lacht und stellt das Glas ab. „Zum Glück hatte mich Twitter noch nicht im neuen Outfit gesehen und die alte Heide beschrieben. Also lass sie suchen!“

„Zurück in die Gärtnerei kannst du trotzdem nicht.“

„Ich werde mal mit Chili telefonieren, was ich machen soll.“

„Wohnen tust du hier.“

„Hab’ ich mich schon bedankt?“

„Ich kann mich nicht erinnern.“

„Ich auch nicht!“

„Wir haben wohl beide ein schlechtes Gedächtnis!“

„Und meine fleischfressenden Pflanzen?“

„Kann doch sicher Herr Sander für ein paar Wochen versorgen und später sehen wir weiter.“

Heide nickt nachdenklich. „Ich mache mir Sorgen um Twitter. Der ist total fertig. Wenn es so weitergeht, hält er kein halbes Jahr mehr durch.“

„Er müsste in Therapie.“

„Der ist so fertig, der würde sich sogar in eine geschlossene Anstalt einweisen lassen. Um selber einen freien Platz zu ergattern, ist er schon zu schwach.“

„Kannst du kochen?“, fragt Kalenberger.

Heide prustet los. „Wasser!“

„Spiegeleier?“

„Zur Not.“

„Wir lassen uns was einfallen. Ich rufe erst einmal unsere Polizeipsychologin an. Sie könnte Twitter eventuell unterbringen, wenn sie nicht gleich auflegt und auch sonst einen guten Tag hat.“

Heide zuckt mit den Schultern. „Vielleicht werden es auch Rühreier …“

Kalenberger greift zum Telefon. Frau Dr. Siebers geht nicht selber an den Apparat, dafür der Anrufbeantworter: „Bitte rufen Sie noch einmal an oder sprechen Sie nach dem Piepton aufs Band … Hallo, wer ist da?“ Frau Dr. Siebers hat doch noch abgenommen. Kalenberger meldet sich. „Frau Kalenberger, wie schön, mal wieder von Ihnen zu hören …“

Kalenberger spürt, wie die Psychologin die Zeit verzögert, durchatmet, es raschelt, sie scheint eine Akte aufzuschlagen.

„… wie fühlen Sie sich?“

„Nicht besser und nicht schlechter.“

„Das ist aber schade. Je länger Sie nicht im Polizeidienst sind, umso schwerer wird es sein, wieder in die aktuelle Arbeit einzusteigen.“

„Mein Platz ist doch bereits wieder neu vergeben.“

„Wer sagt das?“

„Ist das wichtig?“

„Es sind so viele Stellen im Polizeidienst frei, für die Sie mit Ihren Fähigkeiten und Erfahrungen bestens geeignet sind. Möchten Sie denn überhaupt zurück in den Dienst?“

Jetzt nichts Falsches sagen, sonst wird die Psychologin das Gespräch neutralisieren. „Ich wäre glücklich, aber meine Therapeutin meint, ich wäre noch nicht so weit.“

„Es wird, es wird werden …“ Frau Dr. Siebers ist zufrieden, die Rentenkasse wird noch nicht in Anspruch genommen. Das wird statt eines Kreuzchens ein Fragezeichen auf ihrer Liste. „Kommen Sie doch einfach mal auf einen Kaffee vorbei, dann können wir gemeinsam Pläne schmieden.“

„Gern“, sagt Kalenberger, „danke für die Einladung.“ Die war genauso wenig ernst gemeint wie ihre Erwiderung.

„Dann also …“

„Einen Augenblick, bitte.“ Hat sie denn gar nicht bemerkt, dass Kalenberger bisher noch keinen Grund für ihren Anruf genannt hat? „Ich wollte Sie um Hilfe bitten. Der Sohn einer Freundin ist drogenabhängig und …“ Kalenberger berichtet von Twitter, Frau Dr. Siebers hört zu. „… es geht um Leben und Tod!“

„Ich werde sehen, was sich machen lässt“, sagt Frau Dr. Siebers nach einem Augenblick des Nachdenkens. „Moment.“ Das Gespräch wird unterbrochen.

„Meinst du, der Chinese bringt auch Spiegeleier?“, fragt Heide.

„Im Küchenschrank über dem Herd steht eine Dose mit Würstchen.“

„Würstchen kann ich“, sagt Heide und es klingt wie ein Jubelschrei.

„Hallo, Frau Kalenberger, sind Sie noch am Apparat?“

„Bin ich.“

„Der Sohn Ihrer Freundin könnte im Klinikum Wunstorf stationär aufgenommen werden. Er muss allerdings freiwillig kommen und eine eingehende Untersuchung über sich ergehen lassen.“ Dann gibt Frau Dr. Siebers noch die Angaben zur Anmeldung und Aufnahme durch.

„Danke“, sagt Kalenberger.

„Wir sehen uns recht bald auf einen Kaffee!“ Damit ist das Gespräch beendet.

„Es klappt“, sagt Kalenberger zu Heide. Heide hatte sich an den Tisch gesetzt und ihr aufmerksam zugehört. „Morgen früh werden wir ihn einfangen müssen.“

„Irgendwo auf dem Engesohder Friedhof.“

„Hoffentlich ist er dann nicht allzu zugedröhnt.“

Heide steht auf, nimmt einen Topf, füllt Wasser ein und stellt die Würstchendose hinein. Dann schaltet sie den Herd an.

„Du musst die Dose aufmachen", sagt Kalenberger, „sonst explodiert sie."

„Und ich habe mich immer gewundert, warum mir der Doseninhalt um die Ohren fliegt."

„Wir haben nur noch Knäckebrot", sagt Kalenberger.

„Auch nicht mehr."

„Und was essen wir zu den Würstchen?"

„Wir machen Trennkost", schlägt Heide vor, „nur Würstchen. Wenn man an jedem Bissen lange kaut, kann man auch satt werden. Das hab' ich von den Pfadfindern."

Sie kauen sehr lange an jedem Bissen. Dann geht ihnen der Gesprächsstoff aus und Kalenberger schaltet das Fernsehgerät ein.

Plötzlich legt Heide ihr angebissenes Würstchen auf den Teller zurück.

„Ich hole Twitter vom Friedhof und bringe ihn in die Gärtnerei. Dann kann ich ihm die ganze Sache erklären. Wenn er mitmacht, können wir ihn dann morgen gleich in der Gärtnerei abholen."

„Soll ich mitkommen?"

„Du musst auch nicht alles wissen."

Heide zieht sich ihre Jacke an, und Kalenberger spült die Teller ab. Ihr fällt ein, dass da noch eine ganze Rolle Kekse im Wohnzimmerschrank schlummert. Heide muss auch nicht alles von ihr wissen!

Kalenberger wartet und wartet. Sie lässt sich vom Fernsehprogramm berieseln, ohne wirklich etwas wahrzunehmen. Schließlich geht sie ins Bad, schaltet danach das Fernsehgerät noch einmal ein, ihr fallen die Augen zu, sie geht ins Bett. Kaum liegt sie im Bett, ist sie hellwach. Warum ist Heide noch nicht zurück? Ist sie aufgeflogen? Kann sie Heide überhaupt vertrauen?

Kalenberger schließt die Augen und spürt, wie die Angst ganz langsam ihren Rücken heraufgestiegen kommt. Eine Hitzeattacke überfällt sie, sie greift nach den Papiertaschentüchern auf dem Nachttisch, putzt sich die Schläfen, den Nacken und die Innenflächen der Hände. Die Angst, sie ist greifbar im Raum. Kalenberger knipst das Licht an. Ihre Angst lässt sich nicht austricksen. Kalenberger schaltet das Licht wieder aus. Heide braucht nicht zu sehen, dass Kalenberger auf sie gewartet hat. Die Angst scheint ihren ganzen Körper mit ihrer unwiderstehlichen Gewalt umarmen zu wollen. Stell dich deiner Angst! Zweite oder dritte Therapiestunde! Und auf einmal ist ihr klar, dass Heide, Twitter und alles Drumherum nur Ausreden sind. Die Angst hat ihren Ausgangspunkt in Aylin. Sie wird sich mit ganzem Einsatz um Aylin kümmern müssen, damit das Mädchen nicht im schleimigen Sumpf der Prostitution versinkt wie so viele vor ihr. Von Aylins Stiefvater ist keine Hilfe zu erwarten. Ein Weichei! Und Aylins Mutter? Sie scheint kein allzu großes Interesse an ihrer Tochter zu haben, wie Aylin mehrmals durchblicken ließ. Außerdem ist Kalenberger Kriminalbeamtin. Sie müsste doch eigentlich wissen, was zu tun ist, um Aylin zu helfen. Aber sie weiß es nicht! Sie braucht eine Strategie, einen Plan und vor allem braucht sie Konzentration auf dieses eine Thema. Sie darf sich nicht mehr ablenken oder ablenken lassen. Sie würde es sich nie verzeihen, wenn Aylin durch ihre Fahrigkeit verloren ginge. Sie wird …

Es klingelt an der Haustür. Verabredete Klingelfolge, Heide! Kalenberger öffnet. Twitter ist in der Gärtnerei untergebracht, er will ernst machen mit einer Therapie, weiß, dass er nicht mehr viele Chancen hat.

Heide ist todmüde. Es waren anstrengende Gesprächsrunden mit Twitter. Er hat sie nicht erkannt. Sie hat sich als neue Mitarbeiterin von Chili vorgestellt und ihm angeboten, über Nacht bei ihm zu bleiben, aber er wollte alleine sein.

Heide geht ins Bad, Kalenberger zieht sich ins eigene Schlafzimmer zurück. Die Anspannung hat ein wenig ihren Griff gelöst. Vielleicht kann sie sogar schlafen. Sie hört das Wasser in der Dusche, dann Schritte im Flur, das Klacken des Kühlschranks, und schließlich ist nur noch das Ticken der Uhr im Wohnzimmer zu hören.

Jetzt, jetzt könnte Kalenberger einschlafen, doch sie kann es nicht. Sie hat noch nie mit geschlossener Schlafzimmertür geschlafen. Sie steht auf, öffnet die Tür, auch Heides Tür steht einen Spaltbreit offen.

Kalenberger legt sich wieder hin. In der Stille glaubt sie, Heides regelmäßige Atemzüge zu hören. Sie kann sich auch täuschen und es ist der Kompressor des Kühlschranks.

Plötzlich schreit Heide auf. Im Schlaf. Sie scheint etwas zu rufen. Wieder ein Schrei. Worte, die nicht zu verstehen sind.

Kalenberger springt auf und eilt auf nackten Füßen hinüber in Heides Zimmer. Sie kniet sich vor ihr Bett, streichelt ihr über den Arm, über den Kopf. Heide beruhigt sich, nur gelegentliche Schluchzer unterbrechen den gleichmäßigen Rhythmus des Atmens. Noch mal ein Aufbäumen, dann schläft Heide wieder ruhig.

Kalenberger geht in die Küche, trinkt ein paar Schlucke Mineralwasser und legt sich dann wieder ins Bett. Sie schließt die Augen, will an eine Blumenwiese oder einen stillen See denken, da spürt sie plötzlich, wie eine Hand neben ihr die Bettdecke abtastet. Schon will

Kalenberger auffahren, dann riecht sie es. Heide. Der typische Heide-Geruch gepaart mit Lottes Weichspüler.

Kalenberger rutscht ganz dicht an die Bettkante, Heide legt sich auf die freie Seite. „Nur ein paar Minuten", murmelt sie und legt eine Hand auf Kalenbergers Bettdecke.

Kalenberger ist erst wie versteinert, weiß mit der Situation nichts anzufangen. Folge deinem Gefühl, notfalls unter Ausschaltung deines Verstandes! Fünfte Therapiestunde. Sie dreht sich zu Heide, Heide hebt ihre Bettdecke an, kuschelt sich mit dem Rücken an sie und Kalenberger nimmt sie in den Arm. Die Angst hat sich ans Fußende zurückgezogen und unter die Matratze verkrochen. Kalenberger riecht Heide, die Creme auf ihrer Haut, irgendwo noch den herben Duft der Gärtnerei, doch alles wird immer wieder von Zigarettenqualm durchwoben. Ob sie Heide dazu bringen kann, mit dem Rauchen aufzuhören?

Am nächsten Morgen startet Kalenberger den Volvo, und wie jeder Volvo springt er sofort an. Sollte er zumindest. Aber nach dem dritten oder vierten Versuch startet er durch. Sie fahren zur Gärtnerei. Herr Sander hat die Tür des Blumengeschäfts weit geöffnet. Und Twitter? Liegt hinter den gestapelten Blumentrögen auf einer Unterlage aus Thujazweigen und einer alten Bundeswehrwolldecke. Er ist nur schwer wach zu rütteln, Speichel klebt an seinem rechten Mundwinkel, die Haare sind verfilzt, und es ist nicht so genau festzustellen, ob es nun der Guano ist oder Twitter, der da so übel riecht.

Ja, er ist noch immer bereit, sich nach Wunstorf bringen zu lassen. Er spült sich den Mund mit Wasser,

Heide hat ihm ihre Zahnbürste angeboten, die sie in der Gärtnerei zurückgelassen hat, doch putzen kann Twitter die Zähne nicht, das Zahnfleisch ist im ganzen Mund hochgradig entzündet. Essen will er auch nicht, nimmt aber eine Tasse Kaffee von Herrn Sander an.

Sie fahren über die B 441 in Richtung Wunstorf. Twitter sitzt zusammengesunken auf der Rückbank, schaut nicht mal aus dem Fenster. Doch hinter Gümmer scheint er zumindest etwas aufzuleben, er setzt sich aufrecht, schiebt seinen Kopf zwischen die beiden Vordersitze. Es war doch nicht der Guano, denkt Kalenberger.

Erst ist sein Flüstern nicht zu verstehen, er versucht mehrmals, sich verständlich zu machen. Kalenberger zuckt mit den Schultern. Twitter versucht es noch einmal, jetzt auch lauter. Seinen Satzfetzen ist zu entnehmen, dass er nicht wie aufgelesen und vorbeigebracht in der Klinik abgegeben werden möchte. Er hat noch so viel Stolz, eigenständig und alleine den Empfang betreten zu wollen.

„Beruf dich auf Frau Doktor Siebers. Sie hat den Therapieplatz für dich reservieren lassen."

„Wer ist das?"

„Frau Doktor Siebers ist Polizeipsychologin. Und wenn du Blödsinn machst, kommt sie persönlich vorbei!"

NEUNZEHN

In Wunstorf lenkt Kalenberger den Wagen auf den Parkplatz an der Hindenburgstraße. Einen Augenblick lang scheint niemand zu wissen, wie es weitergehen soll.

„Mach's gut", sagt schließlich Heide.

Twitter öffnet die Tür, wartet einen Augenblick: „Grüß Adél von mir!"

Hat er Heide doch erkannt? Er steigt aus, gibt der Tür hinter sich einen Stoß und stakst dann unsicheren Schritts zur Anmeldung hinüber.

Kalenberger steigt aus, schließt die hintere Tür, setzt sich wieder ins Auto. Sie schauen Twitter hinterher, der Abschied hat kein Versprechen. „Lass uns fahren", sagt Heide, „er sollte sich nicht beobachtet fühlen."

Auf dem Weg zurück nach Hannover wird kaum ein Wort gesprochen. Die beiden Frauen hängen ihren Gedanken nach. Ein Chaos in Kalenbergers Gehirnwindungen. Aylin, Twitter, Helmer, Gefahr, Ohnmacht, Aggression – alles auf einmal.

„Scheiße", sagt Heide.

Kalenberger hätte beinah die Lenkung verrissen.

„Der hat uns gelinkt!"

„Wieso und womit?"

„Halte möglichst bald an."

Kalenberger wählt eine Einbuchtung, in der eine grüne Plastikkiste mit Streugut für den Winter steht.

„Wir hätten Twitter nicht alleine gehen lassen sollen. Er hat mich erkannt und sich von mir verraten gefühlt. Ruf gleich mal an, ob Twitter in der Anmeldung überhaupt angekommen ist."

„Woher soll ich die Telefonnummer nehmen?"

„Vielleicht von der Auskunft"

„Kluges Kind! - Ich rufe Frau Doktor Siebers an, wenn jemand Auskunft von der Klinikverwaltung erhält, dann nicht wir, sondern sie."

Frau Dr. Siebers ist von dem Anruf keineswegs begeistert. Ob Kalenberger sonst nichts zu tun habe, sie jedenfalls hätte. Sie säße in einer Fachkonferenz und ihre Meinung sei gefragt.

Kalenberger dramatisiert die Ereignisse um Twitter, Frau Dr. Siebers mault und legt auf, Kalenberger startet, nimmt einem BMW die Vorfahrt, der Fahrer lässt die Hupe dröhnen und Kalenberger zeigt ihm im Rückspiegel den Stinkefinger. So ein Idiot hat ihr gerade noch gefehlt.

Kurz hinter der Stadtgrenze von Hannover klingelt das Handy, Heide drückt auf Empfang, und gibt Kalenberger den Apparat.

„Ich kann doch nicht am Steuer... ach, scheißegal ..." Sie klemmt das Handy zwischen Schulter und Ohr und meldet sich. Sie hört eine Weile zu, bedankt sich und gibt Heide das Handy. „Du hattest recht. Er ist nicht in die Anmeldung gegangen."

„Lass uns umkehren und nach ihm suchen!"

„Nicht nötig." Kalenberger verlangsamt die Fahrt vor einer auf Gelb gesprungenen Ampel. Rot, sie beschleunigt, der BMW lässt sich so nicht abhängen, beschleunigt ebenfalls, es blitzt. Kalenberger kannte natürlich die automatische Ampelüberwachung an dieser Einfahrt. Der BMW-Fahrer lässt sich zurückfallen.

„Tolle Aktion", sagt Heide. „Was ist nun mit Twitter?"

„Er hat versucht, sich durch die Kantine davonzustehlen. Da ist er einer Küchenangestellten aufgefallen, sie hat ihn nicht weggelassen und jemanden vom Klinikpersonal geholt. Sie haben wohl Erfahrung mit ähnlichen Fällen."

„Twitter wäre also versorgt."

„Jetzt schlagen wir zu."

„Ich weiß nicht, ob ich das will."

„Du kannst mich jetzt nicht hängen lassen", sagt Kalenberger, „oder vielmehr Aylin."

Einen Augenblick herrscht Stille. Dann dreht sich Heide zu Kalenberger. „Hast du das alles für mich nur getan, damit ich dir bei deiner Suche nach Aylin helfe?"

Kalenberger schaut kurz zu ihr hinüber. „Was meinst du?"

„Ich weiß nicht."

„Du bist für mich kein Werkzeug. Ich mag dich sehr, aber darüber will ich auch meine Tochter nicht vergessen. Wenn du mir helfen willst, umso besser."

Heide dreht sich wieder in Fahrtrichtung. „Ich kenne Helmer. Viel zu gut. War wohl sein Versuchsobjekt. Ein paar Kumpels von ihm, unter anderem auch Piecek, haben die Masche mit den Loverboys als Geldquelle für sich entdeckt."

„Müssen wir noch was zum Abendessen einkaufen?" Kalenberger biegt in die Hildesheimer Straße ein.

„Ja! – Abendessen!"

Beide lachen.

„Fast anderthalb Jahre habe ich für meinen Geliebten angeschafft", fährt Heide fort. „Als ich dann durch Zufall von zwei weiteren Geldverdienerinnen erfahren habe, war es vorbei mit der Liebe. Nicht gleich, aber sehr schnell. Ich habe endlich auch geglaubt, was ich längst geahnt habe: Ich war nur Mittel zum Zweck des Geldverdienens."

„Immerhin bist du ausgestiegen."

„Einfach so? – Er hat mich wieder eingefangen und mit seiner brennenden Zigarette traktiert. Ich bin wieder abgehauen, er hat mich erwischt und mir den Arm gebrochen. Als ich zum dritten Mal abgehauen bin, war er die ständige Aufpasserei wohl leid. Ich habe eine Weile verhältnismäßig ungestört leben können. Doch als ich seine beiden anderen Geldquellen auch austrocknen wollte, hat er die ganze Bande auf mich angesetzt. Zusammengefasst bin ich mehreren Anschlägen nur knapp entkommen, ich hab dann Twitter kennen gelernt, Twitter hat mich zu Chili gebracht, und Chili hat mir eine neue Identität verschafft."

„Ich muss Aylin da rausholen."

Sie stehen schon eine Weile vor Kalenbergers Haustür. Plötzlich ein Klopfen an der Fensterscheibe. Eine alte Frau winkt schüchtern. Kalenberger öffnet das Seitenfenster.

„Sie sind doch auch vom Fernsehen?" fragt die alte Frau. Sie streckt Kalenberger eine Frauenzeitschrift unter die Nase und bittet um Autogramme. Auf der Seite mit den Horoskopen.

„Irgendwie müssen wir die Sache mit dem Kochen geregelt bekommen", sagt Kalenberger.

„Rasche Abhilfe", Heide stellt Brot und Butter auf den Tisch, „wir erpressen ein Nobelrestaurant und statt des Schutzgelds verlangen wir für jeden Tag zwei Mahlzeiten à la carte."

„Eher gibt es wochenlang Kohlsuppe!"

„Kannst du Kohlsuppe?"

„Ich wüsste, wie Kohl aussieht."

Man isst Brot und Käse. Heide stellt mit der Fernbedienung das Fernsehgerät an, Kalenberger hat noch keine drei Bissen von ihrem Brot gegessen, da steht sie auf und geht in den Flur. Sie holt das Handy aus der Handtasche. Kein Anruf, keine SMS. „Warum meldet sich Aylin denn nicht?"

„Weil sie vielleicht etwas anderes zu tun hat." Heide schaut Sandstrand und Kreidefelsen. Rügen. Den Bericht glaubt sie schon gesehen zu haben, als sie sich noch keine Schleife binden konnte.

„Ich ruf einfach noch mal an."

„Zum wievielten Mal?"

„Es könnte der vierte oder fünfte Anruf sein. Ich kann doch nicht einfach aufgeben."

Im Fernsehbericht sind jetzt die Alleen mit Berg- und Spitzahorn, Eschen und Krimlinden zu sehen. Gleich kommen die Kraniche und Seeadler.

„Da tut sich gar nichts", sagt Kalenberger mit dem Handy am Ohr. „Immer nur das Freizeichen, und die Mailbox springt auch nicht an."

„Weil du sie schon vollgelabert hast."

„Es ist mein gutes Recht, mich um meine Tochter zu kümmern."

„Es hilft niemandem, wenn du sie und uns verrückt machst." Heide steht auf und holt ein angebrochenes Glas mit Gewürzgurken aus dem Kühlschrank. Sie schaut auf das Etikett und imitiert die getragene Stimme des Fernsehmoderators: „Wenden wir uns dem Weltkulturerbe Spreewald mit seinen ausdrucksstarken Gurken zu."

„Aylin wird doch heute achtzehn, ich kann ihr nichts schicken, weil ich nicht weiß, wo sie ist, und gratulieren kann ich ihr auch nicht, weil sie nicht ans Telefon geht."

„Das ist wirklich be … scheiden."

Im Fernsehen folgt ein Bericht über einen Panoramaweg in den Alpen.

Die beiden Frauen sitzen noch lange vor dem Bildschirm, Kalenberger vesucht noch mehrmals, Aylin zu erreichen, Heide ist müde, geht unter die Dusche und kommt danach ins Wohnzimmer zurück.

Kalenberger hat das Fernsehgerät ausgestellt, eine CD mit Tangos der Gruppe Quadro Nuevo in den CD-Player geschoben und sich mit ihrer Nachtlektüre in ihren Lesesessel gesetzt. „Willst du uns noch ein Glas Wein einschenken?"

„Warum nicht." Heide holt die Gläser, schenkt den Wein ein, gähnt und setzt sich dann mit einer von Kalenbergers alten Zeitschriften auf die Couch.

„Wenn du müde bist", sagt Kalenberger, ohne von ihrem Buch aufzusehen, „kannst du doch ins Bett gehen. Nimm auf mich keine Rücksicht."

„So müde bin ich nun auch wieder nicht." Mit zusammengepressten Lippen versucht Heide, das nächste Gähnen zu unterdrücken.

„Also schön", sagt Kalenberger. Sie legt ein Lesezeichen in ihr Buch, klappt es zu und legt es sich in den Schoß. „Ich habe auch keine Lust, alleine zu schlafen. Wenn du dich zu mir ins Bett kuscheln möchtest ..."

„Möchte ich!"

„Aber keinen Sex!"

„Geht das überhaupt zwischen Frauen?"

„Stinktier!", sagt Kalenberger.

„Ich geh' dann schon mal, lass du dir nicht allzu lange Zeit."

Mitten in der Nacht hört Kalenberger irgendein Geräusch, es ist ein Summen, Zirpen, Klingeln. Das Handy!

Kalenberger nimmt ihre Hand von Heides Oberarm und steigt so schnell wie möglich aus dem Bett. Heide mault, ohne aufzuwachen.

Auf dem Handy: Aylin.

„Hallo, Aylin, ich hab schon mehrmals versucht …“

„Mach's bitte kurz, ich habe nicht viel Zeit!“

Wie fremd sie klingt.

„Ich möchte dir zu deinem achtzehnten Geburtstag gratulieren.“

„Danke. Und?“

„Wo bist du? Bist du allein? Wann können wir uns sehen?“

„Du hast doch selbst gesagt, ich bin achtzehn, also volljährig und kann endlich machen, was ich will. Und niemand kann mir reinreden. Ich nehme an, du wolltest dich nach meinem Freund erkundigen, mir ins Gewissen reden und mich warnen.“

„Aylin, du bist mir wichtig!“

„Nun weine mal nicht gleich, mir geht es gut und ich will alles genauso haben, wie es gerade ist. Verstanden?“

„Natürlich, Aylin, nur …“ Aber Aylin hat das Gespräch bereits beendet.

Kalenberger kann nicht sofort zurück ins Bett, schüttet sich noch ein Glas Wein ein und setzt sich in dem spärlich erleuchteten Zimmer in den Sessel. Sie spürt, wie die Panik wieder nach ihr greift. Wie kann sie Aylin helfen, wenn sie nicht zu fassen ist? Nicht einmal mit sich reden lässt? Kalenberger, denk Schritt für Schritt und nicht alles auf einmal! Du warst doch mal bekannt für deine logischen Ermittlungen. Und für deine Intuition.

Eine Hitzeattacke, Kalenberger geht ins Bad, wischt sich den Schweiß von der Stirn und den Armen, geht noch einmal auf die Toilette und schleicht dann ins Schlafzimmer hinüber, ohne einen Tropfen vom eingeschenkten Wein getrunken zu haben.

Heide schläft fest. Kalenbergers Gedanken kreisen um Aylin. Ich will alles genauso haben, wie es gerade ist. Will sie wirklich oder kann sie nicht anders wollen? Vielleicht hat sie sogar das Telefongespräch unter Aufsicht führen müssen. Dann sollte sie Aylins Handy möglichst schnell orten lassen. Mit einem Bild vom langen grauen Gang zu ihrem Büro in der Waterloostraße schläft sie ein.

Irgendwann in der Nacht wird sie noch einmal wach. Nicht der Gedanke an Aylin hat sie aufgeweckt, erst ist es nur ein leichter Druck auf ihrem Rücken, dann ein Streicheln über die Schulter. „Kannst du vielleicht ein wenig leiser schnarchen?", flüstert Heide. „Wir brauchen kein Brennholz, wir haben Zentralheizung!"

Am nächsten Morgen möchte Kalenberger frühstücken, Heide hat keinen Appetit, trinkt nur eine Tasse Kaffee, sie will sich in der Stadt mit Chili treffen.

Kalenberger frühstückt, ein Brot mit Putenbrust, geräuchert und eine Scheibe Rosinenbrot mit Marmelade aus schwarzen Johannisbeeren. Dann stehen im Badezimmer die morgendlichen Auffrischungsarbeiten an und schließlich wählt sie die Schuhe mit kleinem Absatz, obwohl sie in den flachen besser laufen kann. Aber wie hat Tomaso immer gesagt: Dasse Auge esse mit!

Sie parkt ihren Wagen in der Waterloostraße, ziemlich weit entfernt von der Polizeidirektion. Schon nach wenigen Schritten bereut sie ihre Schuhauswahl.

In der Anmeldung keine Petra. Eigentlich undenkbar. Urlaub? Krank? Kalenberger fragt nach ihr. Der junge Mann schaut ziemlich ratlos. „Petra? – Petra? … ach, die Petra! Die hat sich abgesetzt und arbeitet jetzt für einen Sicherheitsdienst." Für welchen? Kann er leider nicht sagen.

Kalenberger lässt sich bei Obanczek anmelden. Sie muss warten und sieht sich um. Flyer liegen aus, Mitglieder für die Polizeigewerkschaft werden gesucht, Schütze dein Heim, einige Fahndungsaufrufe. An manche Auslagen glaubt sich Kalenberger noch erinnern zu können.

Obanczek kommt, ist überrascht, hat keine Zeit. In der Nacht wurden Autos in der Nordstadt abgefackelt, sie sind mitten in den Ermittlungen.

Ob Obanczek für sie eine Handynummer orten lassen kann.

Obanczek fasst nach Kalenbergers Oberarm, zieht sie in Richtung Ausgang.

„Da geht gar nichts mehr", sagt Obanczek, „alles muss schriftlich beantragt oder, im Notfall, anschließend begründet werden. Kann ich einfach nicht machen."

„Das ist die Handynummer meiner Tochter Aylin. Sie ist gerade achtzehn geworden. Sie hat sich gemeldet, eine Vermisstenanzeige kann also nicht aufgenommen werden und ein Anhaltspunkt für eine strafbare Handlung liegt auch nicht vor. Also geht die Handyortung nicht über den offiziellen Weg."

Kalenberger hält ihm den Zettel mit Aylins Handynummer direkt vors Gesicht, Obanczek kann den Zettel nicht ignorieren, nimmt ihn aus Kalenbergers Hand und steckt ihn achtlos ein. „Würde ich gerne machen, wirklich! Früher war das alles kein Problem. Aber die Vorschriften sind härter geworden, man könnte auch sagen: klarer. Dafür wird Personal eingesetzt, aber …"

„Lass stecken!" Kalenberger klopft Obanczek auf die Schulter. „Du bist auf dem besten Weg Karriere zu machen - Arschloch." Aber das letzte Wort war nur noch gezischt und Obanczek kann sich nicht sicher sein, es richtig verstanden zu haben.

Kalenberger ist schon an der Ausgangstür, Obanczek läuft hinter ihr her und hält sie zurück. Kalenberger erwartet einen verbalen Konter, doch es ist nur eine Information: „Seit du nicht mehr da bist, hat sich vieles geändert. Neue Strukturen, neue Anweisungen, und dein spezieller Freund Dirk Weidlich hat sich versetzen lassen. Na ja, für das ‚lassen' würde ich mich nicht verbürgen."

Kalenberger sieht Obanczek in die Augen: „Du kannst wirklich nichts für mich tun?"

„Ich würde gern, aber ..."

Kalenberger empfindet es wie einen Verrat. Sie ist stinksauer, läuft erst in die falsche Richtung und beim Ausparken fährt sie fast einem Polizeiauto in die Seite. Sie kann Aylin nicht helfen, und wenn sie nicht bekommt, was sie will, wird sie unberechenbar.

In der Hildesheimer Straße hält sie spontan vor einer Eckkneipe. An der Theke stehen zwei Handwerker und trinken Bier. An einem Tisch sitzt ein Mann, sieht aus wie ein Vertreter, er trinkt einen Kaffee und liest die Neue Presse.

Kalenberger fühlt sich wie fremdgesteuert, stellt sich zu den Männern an die Theke, bestellt sich einen Cognac. Die Männer fragen, ob sie ihren Alten beim Seitensprung erwischt hat. Noch einen Cognac! Die Wirtin schaut skeptisch, lässt sich das Geschäft dann aber nicht entgehen. Den zweiten Cognac schafft Kalenberger nicht, kann nur noch am Glas nippen, dann wird die Wirtin auf einmal klein wie eine Barbiepuppe und der Mann mit der blauen Schürze groß wie ein Heißluftballon.

Als Kalenberger wieder zu sich kommt, sitzt sie auf einem Stuhl und die Wirtin fragt schon zum wievielten Mal, ob sie einen Krankenwagen holen soll.

Kalenberger kann nur leicht den Kopf schütteln, stemmt sich auf Tisch und Stuhllehne hoch und sucht in der Jackentasche nach dem Autoschlüssel. Der Schlüssel liegt auf der Theke, bezahlen muss sie auch noch, aber mit dem eigenen Auto lässt die Wirtin sie nicht weg. Sie ruft ein Taxi, Kalenberger ist es egal.

Als das Taxi kommt, gibt die Wirtin dem Fahrer Kalenbergers Autoschlüssel. Langsam wird es wieder klar in Kalenbergers Kopf und sie braucht nicht lange nachzudenken, um ihre eigene Adresse zu nennen.

Zu Hause legt sich Kalenberger auf die Couch. Die Schuhe hat sie im Flur abgestreift und die Jacke einfach hinter der Wohnzimmertür fallen lassen.

Sie schließt die Augen, um nicht die rotierende Lampe an der Decke zu sehen, doch mit geschlossenen Augen fehlt jeder Anhaltspunkt und ihr wird schlecht. Eine Weile versucht sie, die Übelkeit zu unterdrücken, dann geht es nicht mehr, sie rutscht von der Couch und erreicht gerade noch die Toilettenschüssel, bevor sie sich übergeben muss.

Die Wohnungstür wird aufgeschlossen. Heide? Einen Augenblick der Besinnung, dann ein leichtes Klopfen an der Badezimmertür. „Kannst du bitte für mich mit kotzen?"

Kalenberger wäscht sich Gesicht und Hände, trocknet sich ab und öffnet die Badezimmertür. Heide hat sich auf einen Stuhl gesetzt und die Beine weit von sich gestreckt. „Da ich in den letzten Wochen nicht angegriffen wurde, scheint keine Gefahr mehr für mich zu bestehen, sagt Chili. Er hat so viele andere, dringlichere Fälle."

„Willst du einen Kaffee?“

„Gern.“

„Dann stell die Kaffeemaschine an! Ich könnte auch einen vertragen.“

Heide steht auf, füllt Kaffeepulver und Wasser in die Maschine und startet den Brühvorgang.

„Ich soll mich so schnell wie möglich um mich selber kümmern. Einen Job hat Chili aber eventuell für mich. Als Helferin in einem Altenheim. Die Bezahlung ist besser als in der Gärtnerei. Übrigens hat auch er mich nicht erkannt, erst hat er gedacht, ich wollte ihn verarschen, als ich mich als Adél vorgestellt habe, aber dann hat er mir in die Augen gesehen. Möchte bloß mal wissen, was an denen so ungewöhnlich ist.“

„Wir werden schon auskommen, da mach dir mal keine Sorgen.“

„Ich bin nicht gerne abhängig!“

„Versteh' ich, ist aber im Augenblick nicht zu ändern.“

„Rate mal, wer am Kröpcke rumhängt.“

„Ein Eisfähnchen?“

„Witzig! – Twitter ist aus Wunstorf abgehauen. Chili hat ihn mir gezeigt. Kann ihm nicht mehr helfen, weil sich Twitter nicht helfen lassen will.“

„Armes Schwein.“

„Er will sicher aussteigen, wenn er das Geld für den goldenen Schuss zusammenhat. Chili wird versuchen, auf ihn aufzupassen.“

Das Handy klingelt. Kalenberger springt sofort auf, wühlt in ihrer Handtasche. Aylin, leg' nicht auf, bitte, bitte!

Es ist Herr Carolus. Er hätte schon so lange nichts von Frau Kalenberger gehört. Das würde sicher an ihm liegen, weil er mit seinem Jazz nicht auf den Friedhof darf.

„Mit wem?“

„Meinem Mops. Ein wirklich vornehmes Tier, bellt niemals in der Mittagspause oder nach zweiundzwanzig Uhr!“

„Wie schön.“

„Vielleicht können wir uns mal wieder treffen?“

„Vielleicht.“

„Meine Frau fährt übermorgen mit ihrer Bridgegruppe nach Irland. Für zehn Tage. Da würde ich Sie gern zum Besuch einer Veranstaltung einladen.“

„Was sagt denn Ihre Frau dazu?“

„Die Eishockey-Saison ist nun leider vorbei, ich hätte aber zwei VIP-Karten für das Reitturnier in Isernhagen, mit Sekt zur Begrüßung und exquisitem Büfett.“

„Lieber Herr Carolus, leider mache ich mir so gar nichts aus Reitturnieren. Aber wenn sich irgendwann mal wieder die Gelegenheit zum Besuch eines Eishockeyspiels der Indians ergibt, würde ich mich freuen.“

„Die neue Saison ist wohl noch ein bisschen hin …“

„Meine Freundin würde auch gerne mitkommen.“

„Ihre Freundin?“

„Was dagegen?“

„Ich melde mich, wenn es so weit ist.“

Kalenberger legt auf, setzt sich Heide gegenüber an den Tisch.

„Dein Knacker vom Friedhof?“, fragt Heide.

Kalenberger nickt.

„Hattest du was mit ihm?“

Kalenberger schüttelt den Kopf.

„Für den bist du auch viel zu schade!“

Der Kaffee ist fertig. Kalenberger hat noch eine angebrochene Dose mit Danish Butter Cookies – für Heide. Sie selbst kaut noch immer an den Cognacs.

„Mein Kontakt zur Polizei weigert sich, den Standort von Aylins Handy ausfindig zu machen und für ein offizielles Eingreifen gibt es keinen Grund."

„Du wirst nicht eingreifen können, solange Aylin dich nicht um Hilfe bittet. Sie muss entscheiden, ob sie sich helfen lassen will."

„So viel Geduld habe ich einfach nicht. Sie wird vor die Hunde gehen, bevor sie ihre ausweglose Lage erkennt."

„Trotzdem kannst du nichts machen."

Kalenberger bringt die Kaffeetassen in die Küche. Das Festnetztelefon klingelt. „Ich geh dran!", ruft Kalenberger und eilt in den Flur. Auf dem Display: Unbekannt. Bitte Aylin, bitte!

Aufgeregtes Atmen am anderen Ende der Telefonverbindung. „Aylin?", Kalenbergers Herz pocht wild.

„Ich soll Ihnen etwas ausrichten …"

Eine Frauenstimme!

„… das gesuchte Objekt befand sich um vierzehn Uhr zweiunddreißig in Hannover, Marienstraße Ecke Baumannstraße und um vierzehn Uhr vierunddreißig auf dem Friedrichswall. Ende."

Kalenberger hält das Mobilteil in der Hand, starrt es an. „Was war das denn? Aylin in Hannover?" Sie geht zurück ins Wohnzimmer, setzt sich.

„Neuigkeiten?"

„Schon, ich weiß nur noch nicht welche." Kalenberger berichtet Heide Wort für Wort von dem Anruf. „Aber wieso lässt sie mir mitteilen, wo sie wann war?"

„Merkwürdig!"

„Wenn es gar keine Information über ihren Aufenthaltsort war …"

„Was denn sonst?"

„… weiß ich auch nicht."

„Genauer Ort und genaue Uhrzeit, das kann doch nur …"

„Was?"

„… stör mich nicht! – Ich hab's. Obanczek hat das Handy doch orten lassen und mir die Information anonym zugespielt. Braver Kollege!"

„Hattest du was mit ihm?"

„Gehen wir mal davon aus, dass Aylin in Hannover ist. Warum ist sie nach Hannover gekommen? Sie könnte auf der Flucht sein vor ihrem Lover und wollte sich zu mir durchschlagen."

„Soweit ganz logisch, Frau Hauptkommissarin!"

„Dann ist ihr irgendwas dazwischengekommen. Sie wurde aufgehalten, abgefangen oder in irgendeinen Unfall verwickelt."

„Und damit wären wir genau so weit wie vorher. Ich hol den Staubsauger und mach' ein wenig sauber."

„Warte doch mal. Irgendetwas stand in den letzten Tagen in der Zeitung. Ein Unfall, ich glaube am Hauptbahnhof, in den eine junge Frau verwickelt war."

„Obanczek wird sich über deinen Anruf freuen."

„Ich kann ihn nicht nerven, sonst macht er dicht, wenn ich ihn mal wirklich brauche. Die Informationen zu dem Unfall müssen wir uns schon selber heraussuchen."

„Wie gut, dass ich die Zeitungen noch nicht in die Tonne gekloppt habe."

„Also ran, die letzten acht Tage, du nimmst vier und ich nehme vier."

„Soll ich vorher noch rasch mit dem Staubsauger durch die Wohnung …"

„Das hat Zeit. Du holst den Kaffee und ich die Zeitungen."

ZWANZIG

Sie sitzen am Tisch und durchblättern die Zeitungen. „Ich habe immer gedacht", sagt Kalenberger, „dass ich die Meldungen jeden Tag aufmerksam lese. Entweder habe ich eine Menge überlesen oder mein Gedächtnis weist schon erste Lücken auf."

„Letzteres, vermute ich!"

Die beiden Frauen suchen gründlich, Kalenberger schlägt mehrmals zurück und Heide vertieft sich in einen Artikel über eine Groß-Razzia gegen einen Motorradclub. „Eine Seuche", murmelt sie vor sich hin.

„Pferde-Herpes?"

„Rotlicht-Herpes!"

„Ich bin mir ganz sicher, dass ich etwas über einen Unfall gelesen habe …"

„Hier steht etwas von einem Dreiundachtzigjährigen, der einem Achtundsiebzigjährigen die Vorfahrt genommen hat. Das interessiert dich wohl nicht?"

„Da ist es." Kalenberger sucht auf dem oberen Rand der Zeitung nach dem Datum. „Eine Meldung von vorgestern. Eine junge Frau wurde von einem Taxi angefahren, als sie direkt am Hauptbahnhof die Kurt-Schumacher-Straße bei Rot überqueren wollte. Sie war in Begleitung eines Mannes, der nach dem Unfall verschwunden ist. Die junge Frau erlitt mittelschwere Verletzungen und wurde ins Krankenhaus gebracht. Die Polizei sucht nach Unfallzeugen, sie bittet insbesondere den Begleiter der jungen Frau, sich zu melden."

„Vielleicht", sagt Heide, „vielleicht auch nicht."

Kalenberger hängt sich ans Telefon. Mehrere Anrufe, jedes Mal lässt sie die Hauptkommissarin nicht unerwähnt. Schließlich: „Und Sie sind sicher? Der Name der Verunglückten ist Aylin Hölscher? - Danke!“ Sie legt auf.

„Aylin wurde ins Henriettenstift gebracht.“

„Vorgestern?“

„Natürlich, direkt nach dem Unfall.“

„Dann brauchen wir uns nicht zu beeilen. Wie die Ortung ergeben hat, hat sich ihr Handy vom Marienplatz entfernt und sicher nicht auf eigenen Füßen.“

Kalenberger ruft Aylins Handynummer an. Nichts. Kein Rufzeichen, keine Mailbox, keine Antwort.

„Mit mittelschweren Verletzungen kann man nicht nach einem Tag das Krankenhaus verlassen.“

„Kann man schon, aber nicht lebendig.“

Kalenberger hört nicht hin. Sie ruft im Henriettenstift an, stellt sich als Aylins Mutter vor und fragt, wann sie ihre Tochter besuchen könnte.

„Es wird mysteriös“, sagt Kalenberger, nachdem sie aufgelegt hat. „Aylin ist gestern von der Notaufnahme direkt auf die Krankenstation verlegt worden. Intensivstation war nicht nötig. Sie kann ganz normal besucht werden, eingeschränkte Besuchszeiten gibt es nicht.“

„Also werden wir das Geheimnis des wandelnden Handys sofort ergründen?“

„Sofort! - Wir fahren mit der Bahn, ich bin viel zu aufgeregt, um Auto zu fahren.“

„Autofahren kann ich auch.“

„Aber nicht jetzt!“

Es dauert nur wenige Minuten, bis die beiden Frauen an der Haltestelle Altenbekener Damm in die U1 einsteigen. Auf der Fahrt hängen Kalenberger und Heide ihren eigenen Gedanken nach, am Aegidientorplatz muss Kalenberger Heide sogar anstupsen, damit sie die Haltestelle zum Umsteigen nicht verpasst.

Sie fahren weiter bis zur Marienstraße und begeben sich im Henriettenstift auf die nicht ganz unkomplizierte Suche nach Aylins Zimmer.

Nach einer Fahrstuhlfahrt, mehreren langen weißen Gängen und einigen Irritationen klopfen sie schließlich an eine weiße Tür mit der richtigen Bezeichnung.

„Hört drinnen sowieso keiner“, meint Heide.

Kalenberger drückt vorsichtig die Türklinke herunter und schiebt die Tür auf. „Ich bleib draußen“, sagt Heide.

Kalenberger späht ins Zimmer. Zwei Betten, im Bett am Fenster sitzt eine ältere Frau und liest ein buntes Blättchen. Im Bett an der Tür ein dicker Kopfverband, der linke Arm verbunden und das rechte Bein in einer Schiene an einem Galgen aufgehängt.

Kalenberger tritt ins Zimmer. Von Aylins verbundenem Gesicht ist nicht allzu viel zu sehen. Nur ein Paar müder Augen, aufgesprungene Lippen und eine verschorfte Nase.

Kalenberger nimmt sich einen Stuhl und setzt sich ans Bett neben den Ständer mit den beiden Infusionsflaschen.

„Wie hast du mich gefunden?“ Aylin flüstert, ist kaum zu verstehen.

„Ich habe ein bisschen kombiniert.“

Die Frau im Nachbarbett schaut zu Kalenberger herüber. „Sie sollten sie in Ruhe lassen. Sie hat große Schmerzen.“

Kalenberger nickt, würde Aylin gerne anfassen, traut sich nicht und greift zur Stuhllehne. „Jetzt habe ich dich gefunden, und alles wird gut!“ Sie stellt den Stuhl zurück ans Fenster. Aylin stöhnt, als sie sich eine

Winzigkeit auf die andere Seite legt. Wer Aylin das angetan hat, wird dafür büßen.

Kalenberger tritt noch mal ans Bett, versucht ein Lächeln. Aylin weicht ihrem Blick aus.

„Nur eine Frage habe ich noch." Kalenberger beugt sich zu Aylin herunter. „Ist Helmer dafür verantwortlich?"

Aylin mobilisiert ihre Kräfte, versucht sich aufzurichten, wird von ihren Schmerzen gepeinigt und sinkt zurück.

„Nicht Lars, bitte. Halt dich raus!" Sie kneift die Augen vor Schmerzen zusammen. Die Frau im Nebenbett scheint den Rufknopf für die Schwester gedrückt zu haben. Die Tür zum Krankenzimmer wird aufgemacht, eine Schwester kommt herein, die ältere Frau deutet mit dem Kopf auf Aylin, die Schwester schaut auf Aylin und dreht dann an der Schraube einer Infusionsflasche. „Armes Ding!"

Aylins Gesichtszüge scheinen sich nach kurzer Zeit zu entspannen, die Schwester greift nach Kalenbergers Oberarm und geht mit ihr hinaus auf den Flur.

„Fürchterlich", murmelt Kalenberger.

„Es ist nichts Bedrohliches", sagt die Schwester und drückt irgendeinen Knopf auf ihrem Piepser, „und die junge Dame ist sehr tapfer, trotz der großen Schmerzen. Sie hat wohl keine Stelle am Körper, die nicht schmerzt. Sie bekommt Wasser und Elektrolyte zur Stabilisierung. Und natürlich etwas gegen die schlimmen Schmerzen. Es kann noch Wochen dauern, bis sie sich wieder normal bewegen kann."

Kalenberger sucht etwas in ihrer abgrundtiefen Handtasche. Schließlich findet sie das Foto der Skalp-Hunter. „Das ist der Freund von Aylin", sie tippt auf Lars Helmer, „hat er sie schon besucht?"

Die Schwester setzt ihre kleine Lesebrille auf die Nasenspitze, die ansonsten dekorativ vor einem adretten Busen baumelt. „Gestern", sagt sie, „gestern war er hier, ist aber nach wenigen Minuten wieder verschwunden."

„So gegen zwei?"

Die Schwester denkt kurz nach. „Könnte stimmen. Männer sind nicht besonders robust, wenn es um Krankheiten oder Verletzungen von Angehörigen geht. Sie setzen sich dann gerne schnell wieder ab. Manche klappen sogar zusammen."

Heide ist hinzugetreten.

„Einen schönen Tag noch", sagt die Schwester und eilt den Gang hinunter.

„Und nun?", fragt Heide.

„Ich könnte durchdrehen vor Wut und Hilflosigkeit. - Wir müssen unbedingt reden." Einen langen Heimweg hält Kalenberger jetzt nicht aus. Sie gehen in die Cafeteria des Krankenhauses.

„Ich nehme an, dass er hinter ihr her war, als sie vor das Taxi gelaufen ist. Warum sagt sie nichts, warum schützt sie ihn, warum kommt niemand, um unsere Bestellung aufzunehmen?"

„Weil du dich hier selbst bedienen musst. Oder vielmehr ich dich. Kaffee?"

Kalenberger nickt.

„Kuchen?"

„Wie?"

„Soll ich dir ein Stück Kuchen mitbringen oder lieber ein belegtes Baguette?"

„Ja", sagt Kalenberger, sie ist mit ihren Gedanken bereits wieder bei ihrer Tochter.

„Wenn ich das richtig verstanden habe also kein Baguette, aber ein Stück, sagen wir mal, Käsekuchen?"

„Er muss sie eingeschüchtert haben."

„Ich geh dann mal", sagt Heide und stellt sich in die Schlange an der Büfett-Theke.

Kalenberger starrt auf die Tischplatte und malt Kreise aus dem feuchten Rand einer stehengebliebenen Untertasse. Seifenblasen, Luftballons, Planeten …

„Käsekuchen ist aus", Heide stellt ein Tablett auf die Kringel, „ich habe ein Stück Apfelkuchen und einen Mohnkuchen mitgebracht. Du kannst wählen!"

Kalenberger wählt nicht, Heide setzt sich und nimmt sich den Apfelkuchen, sie schaut Kalenberger fragend an, Kalenberger sieht sie nicht, Heide sticht ihre Gabel in den Kuchen.

„Sie hat Angst", murmelt Kalenberger, „höllische Angst, konnte man in ihren Augen sehen."

Heide isst von ihrem Kuchen, trinkt einen Schluck Kaffee und wendet sich dann wieder dem Kuchen zu.

„Warum sagst du nichts? Sag du doch auch mal etwas. Ich werde noch verrückt."

„Es ist das alte Schema", Heide kaut, spült den Bissen mit einem Schluck Kaffee herunter, „nicht sehr originell, aber sehr effektiv."

„Und wie sieht dieses Schema in Aylins Fall aus? Ich kann nicht klar denken."

Noch ein Schluck Kaffee.

„Helmer hat Aylin umgarnt, Aylin hat sich in ihn verliebt, und sie sind zusammen in Urlaub gefahren. Alles wunderschön, und eitel Sonnenschein. Das hätte auch noch einige Zeit so gehen können, doch durch den Ausfall seiner, sagen wir mal, Einnahmequellen, musste für Helmer alles schneller gehen als sonst."

„Isst du den Mohnkuchen?"

„Was? – Nein!"

„Danke!“ Heide zieht den Teller mit dem Kuchen zu sich heran. „Man sollte essen, wenn es etwas gibt, dann braucht man nicht so viel, wenn es nichts mehr gibt.“

„Weiter!“

„Er wird ihren achtzehnten Geburtstag abgewartet und dann gleich mit ein oder zwei seiner Mädchen bekannt gemacht haben, die sie in den Job einführen sollten.“

„Sich prostituieren? Das hätte Aylin nie gemacht.“

„Darum ist sie auch abgehauen. Sie wollte bestimmt zu dir. Helmer hat richtig kombiniert, sie mit Sicherheit ständig angerufen und dabei herausgefunden, wann sie in Hannover ankommen musste. Jetzt hieß es nur noch warten, sie einfangen und mit honigsüßen Versprechungen an die Arbeit zurückbringen.“

„Du kennst dich aus!“

„Ja.“

Kalenberger und Heide sehen sich in die Augen, es ist mehr als ein Blick, ein Versprechen.

„Sie hat sich aber nicht einfangen lassen.“

„Pech für Helmer. Er wird sie rücksichtslos verfolgt haben, Aylin wollte weg, nur weg und ist dem Taxi in die Quere gekommen.“

„Sie wurde ins Krankenhaus gebracht und Helmer hat sich verdrückt“, sagt Kalenberger. „Das ist nachvollziehbar. Aber was ist das für ein Spielchen mit ihrem Handy?“

„Er geht zu Besuch ins Krankenhaus, mimt den mitfühlenden Freund und muss ihr unmissverständlich klargemacht haben, dass sie ihn besser nicht verpfeift.“

„Eine Morddrohung?“

„Möglich. Aber seine Taktik ist eher noch gemeiner. Er wird ihr ausgemalt haben, was mit den beiden zurückgelassenen Frauen geschieht, wenn sie ihn anschwärzt. Die Masche ist meist wirkungsvoller als eine direkte Bedrohung."

„Dieses Schwein."

„Und damit Aylin niemanden warnen kann, hat er ihr Handy mitgenommen, das dann bei seiner Abfahrt geortet wurde."

„So ein Drecksschwein!"

„Jetzt wird er abwarten, bis Aylin wieder auf den Beinen ist und sich dann mit neuen Versprechen oder Drohungen an sie heranmachen."

„Es muss eine Möglichkeit geben, etwas dagegen zu unternehmen."

„Du bist doch die Kripobeamtin, nicht ich. Aber offiziell ist nichts vorgefallen, wer soll da schützen und ermitteln?"

Kalenberger trinkt von ihrem Kaffee, der ist nur noch lauwarm, Kalenberger merkt es nicht.

„Und jetzt stell dir mal vor, von den Typen wie Helmer gibt es hunderte."

„Wir müssen Aylin bewachen, rund um die Uhr, oder die Schwestern schmieren, damit sie uns anrufen, sobald er auftaucht."

„Dann wirfst du dich ihm in den Weg? Und was sagst du dann? ‚Lassen Sie Aylin in Ruhe, sie steht unter meinem persönlichen Schutz'?"

„So in etwa."

„Du bist naiv. Aylin wird dich ganz kalt abservieren, weil sie Helmer noch immer liebt oder weil sie jemanden schützen will."

„Das ist doch Wahnsinn."

„Lass uns fahren. Aylin wird sich an dich wenden, wenn sie Hilfe braucht. Aber dafür muss sie erst durch die Hölle gehen und das kann dauern."

„Ich möchte nicht, dass Aylin körperlich und seelisch fertig gemacht wird. Ich muss jetzt erst wieder zu mir selber finden, um die Lage objektiv analysieren zu können. Ich muss …"

„Ich auch", sagt Heide. „Tür hinten links." Sie hakt sich bei Kalenberger ein.

Es wird eine schlimme Nacht für Kalenberger. Sie kann niemanden im Bett neben sich ertragen, schickt Heide ins Gästezimmer. Sie versucht es mit Autogenem Training. Ihr Pulsschlag lässt sich nicht beruhigen. Aylin, Tränen, Flehen, Geld, Erniedrigung, Schmerzen und immer wieder Schmerzen.

Stundenlang liegt sie wach, döst nur gelegentlich ein und dann greift wieder die beängstigende Dunkelheit nach ihr mit ihren knochigen Fingern. Wut, Hass, Schuldgefühle, Hilflosigkeit, Schüsse in der Tiefgarage, Verachtung der Kollegen, hämische Fratzen im Wechsel mit grell geschminkten Frauengesichtern.

Schweißgebadet wacht sie auf. Halb fünf. Sie setzt sich mit einem Mineralwasser an den Küchentisch und ganz plötzlich weiß sie, dass es nur einen Weg gibt, Helmer nicht triumphieren zu lassen. Einen Weg – geradeaus in die Dunkelheit.

Sie greift zum Handy, wählt Aylins Nummer. Wie vermutet, wird das Gespräch nicht angenommen. Die Mailbox schaltet sich ein.

„Hi, Helmer. Ich habe den Geschäftsbereich von Romina Wagenbach übernommen, du weißt, die Tote vom Autohof an der A 7. Wir sollten uns sehen, um unsere Interessengebiete abzugrenzen. Damit es zu keinen neuerlichen Konflikten kommt. Heute in Hannover. Sechzehn Uhr. Vor dem Restaurant bell'ARTE am Sprengelmuseum. Du solltest pünktlich sein!"

Kalenberger überprüft noch einmal, ob sie die Anruferkennung unterdrückt hat und legt sich dann noch mal aufs Bett.

Als sie aufwacht, steht das Frühstück bereits auf dem Tisch, Heide hat sogar frische Brötchen geholt. Beim Frühstück beäugt sie Kalenberger aus den Augenwinkeln, kann sich wohl keinen Reim aus ihrem guten Appetit und gelassenen Gemütszustand machen.

„Ich will am Vormittag noch mal zu Aylin und um sechzehn Uhr bin ich am Sprengelmuseum verabredot."

„Carolus?"

„Keine Bange, ein geschäftliches Treffen."

„Wir könnten zusammen fahren und ich schau mir solange eine Ausstellung an. Da gibt's im Augenblick gerade Made in Germany Zwei – internationale Kunst in Deutschland. Soll sehr interessant sein. Fast so gut wie die documenta in Kassel."

Kalenberger überlegt einen Augenblick. Nickt dann mit vollem Mund, schluckt den Bissen herunter. „Es könnte heute unser Tag werden."

Im Krankenhaus geht Kalenberger wieder alleine zu Aylin. Aylin versucht ein Lächeln, das schmerzhaft misslingt.

„Kommen Sie lieber morgen wieder", sagt die Nachbarin, „sie ist heute gar nicht gut drauf. Schluchzt die ganze Zeit nur rum und will weder essen noch trinken."

Kalenberger beugt sich zu Aylin. „Du bist in Gefahr. Ich will dir helfen. War Helmer gestern hier?"

„Nein", flüstert Aylin und wendet den Kopf ab. Sie wird sich nicht selber helfen können.

Die Visite betritt das Krankenzimmer, Kalenberger streicht über Aylins Bettdecke und geht.

Sie hofft, dass Helmer den Anrufbeantworter auf Aylins Handy abgehört hat und in wenigen Stunden am Sprengelmuseum erscheinen wird.

Die beiden Frauen fahren in die Innenstadt zum Shoppen. Heide kauft sich einen dünnen grünweißen Schlauchschal, sie will erste Fältchen an ihrem Hals entdeckt haben. Kalenberger betritt drei Schuhgeschäfte, probiert ausgiebig an, die Schuhe, die ihr gefallen, passen nicht und die passen ... aber so ist es fast immer.

Am frühen Nachmittag gehen sie ins Mövenpick. Kalenberger bestellt sich ein Joghurteis mit Erdbeeren und Heide ein Spaghetti-Eis. „Aber Falten am Hals!“, sagt Kalenberger.

Um kurz nach drei holen sie den Volvo aus dem Parkhaus an der Osterstraße und fahren hinaus zum Sprengelmuseum am Maschsee. Es ist erst halb vier, als sie am Sprengelmuseum ankommen. Im bell'ARTE trinken sie noch einen Espresso, Kalenberger hat sich so gesetzt, dass sie die Terrasse im Auge behalten kann.

Es ist noch keine vier, als sie plötzlich aufspringt. „Bezahl' für uns beide“, sagt sie zu Heide und verlässt das Lokal.

Vom Rudolf-von-Benningsen-Ufer führt etwas seitlich eine steile Treppe mit über dreißig Steinstufen zum Restaurant und Museum hinauf. Oben steht ein jüngerer Mann und schaut sich nervös um, läuft ein paar Schritte in Richtung Museumseingang, kommt wieder zurück.

Kalenberger tritt aus dem Lokal, geht auf den Mann zu, streckt ihm ihre Hand entgegen.

„Sie sind Herr Helmer?"

Helmer grinst und greift nach Kalenbergers Hand. Kalenberger fasst kräftig zu, stößt plötzlich Helmers Hand und Arm von sich und lässt dann seine Hand los.

Helmer verliert seinen festen Stand, muss ein, zwei Schritte zurückweichen, findet keinen Boden mehr unter den Füßen, seine Augen weiten sich vor Schreck, er stürzt rückwärts, sich mehrmals überschlagend, die Treppe hinunter und bleibt leblos am Fuß der Treppe liegen.

Laute Schreie sind zu hören, schon eilen dem Verletzten Passanten zur Hilfe, auf der Straße bremst ein Auto so abrupt, dass ein nachfolgendes auffährt.

Dann steht Heide neben Kalenberger. „Hoffentlich kommt einer auf die Idee, den Notruf anzuwählen."

Kalenberger dreht sich zu Heide. „Hast du schon deine Karte für die Ausstellung gekauft?" Heide nickt noch ziemlich verstört.

„Ich komme mit." Kalenberger hängt sich bei Heide ein, ihre Hand zittert auf Heides Jackenärmel.

EPILOG

DER SPIEGEL 27/2010
Dialika Krahe

Morgens Mathe, mittags Hure

Sie sind noch Kinder, 12, 13 Jahre alt. Sie verlieben sich zum ersten Mal - und geraten an einen Zuhälter, auf dem Schulhof oder bei Facebook. Eltern und Polizei kämpfen gegen die Macht sogenannter Loverboys. Oft ist es schon zu spät.

Gestern Abend war es wieder so weit, einer ihrer Freier kam zu ihr hinter die Scheibe, grapschte, wollte mehr, als es für 50 Euro gibt.

„20 Minuten, normalen Sex", das habe sie immer wieder zu ihm gesagt, aber der Mann hörte nicht, schlug um sich, schrie, er wolle Analverkehr. Sie drückte den Alarmknopf, die einzige Zuflucht in dieser Zelle aus Glas, Kacheln, einem Bett mit abwaschbarem Bezug.

In diesem Moment, sagt Angelique, als die Polizei wieder einmal nicht kam und der Mann randalierte, da habe sie sich gefragt, warum zum Teufel sie das alles tue. Warum sie so dumm sei, sich herzugeben, ihre Jugend, ihren Körper, hier im Amsterdamer Rotlichtbezirk, bis zu 20-mal am Tag. Warum?

„Ich hab eben nie was anderes gelernt", sagt Angelique. Sie war 15 Jahre alt, als sie sich in ihren ersten Zuhälter verliebte. Wenn sie aus der Schule kam, wartete er in seinem Auto. Er hatte kurze Röcke gekauft, hohe Schuhe, große Ohrringe, sie sollte das alles tragen. Sie stieg ein, weil sie ihn liebte. Dann fuhr er sie auf Parkplätze, brachte sie in Wohnungen und vermietete ihren Körper, ein 15-jähriges Mädchen. Angelique wurde zum Sex erzogen.

„Er sah aus wie ein Model", sagt Angelique nun. Sie steuert durch das kopfsteingepflasterte Straßenlabyrinth des Amsterdamer Rotlichtviertels De Walen, ein großes Mädchen mit klimpernden Goldohrringen und langem Haar. Touristen drücken sich durch die engen Gassen, Dealer, Freier.

„Ich habe ihn nach der Schule kennengelernt", erzählt Angelique, nach dem Unterricht sei sie mit einer Freundin eine Cola trinken gegangen, da habe ihr dieser Junge einen Stuhl angeboten, ein hübscher Marokkaner, 19 Jahre alt, er lud sie auf einen Drink ein, dann in sein Auto, ein bisschen Musik hören. Bald nahm er sie mit auf Partys, in Discotheken, gab ihr Alkohol. Sie verliebte sich. Wenige Wochen später zwang er sie zum ersten Mal, mit fremden Männern zu schlafen.

Loverboys, so nennt man in den Niederlanden diese Typen, die Schulmädchen durch ihre Liebe an sich binden und sie anschaffen schicken. Junge Männer, die 13-, 14-, 15-jährige Mädchen vor der Schule abfangen oder sie über das Internet ansprechen, soziale Netzwerke wie Facebook; die sie abhängig machen von ihrer Aufmerksamkeit, ihrer Zuneigung, von Drogen, bis es zu spät ist und die Mädchen ihnen gehören.

So war es bei Angelique, sie ging damals in die achte Klasse; so war es bei Maria, 12, er achtete darauf, dass sie weiterhin zur Schule ging; so war es auch bei Mowitha, einem 13-jährigen Mädchen, das gern Fußball spielte und Gitarre, bevor es diesen Jungen traf.

Mädchen aus der Mitte der Gesellschaft.

Morgens Mathe, mittags Hure, manchmal Sex in den Freistunden dazwischen, diese Geschichten erschüttern die holländische Gesellschaft. Weil es nicht Mädchen aus zerrütteten Familien, aus sozial schwachen Milieus sind, die hier in die Unterwelt rutschen und verschwinden, sondern Mädchen aus der Mitte der Gesellschaft, Töchter von Lehrerinnen, Cafébesitzerinnen, manchmal läuft es über Jahre, ohne dass es jemand merkt.

Emotionale Abhängigkeit zwischen Prostituierten und Zuhältern hat es immer schon gegeben. Frauen werden durch Drogen, Gewalt, auch durch Zuneigung hörig gemacht, damit sie funktionieren. Dass aber junge Männer systematisch nach Schulmädchen suchen, um sie zu Huren heranzuziehen, ist ein bisher unbekanntes Phänomen, das Eltern, Lehrer und Polizei überfordert.

Niederländische Schulen veranstalten deshalb Aufklärungsseminare, Sozialeinrichtungen richten Häuser für die Opfer ein, Kriminologen beschäftigen sich mit dem Thema. Und auch in Deutschland werden die ersten Eltern wach, wenden sich an Hilfsorganisationen, weil sie nicht wissen, wie sie ihre Töchter vor deren Zuhältern retten sollen.

„Bald gab er mir auch Marihuana und Kokain“, erzählt Angelique. Am Morgen lief sie in die Schule, versuchte, anwesend zu wirken. Am Nachmittag lief sie zu Treffpunkten und stieg in sein Auto.

Wenn sie sich weigerte, kniff er sie, schlug sie, an Armen, Beinen, dort, wo niemand es bemerken würde. Ständig klingelte ihr Handy, kamen Nachrichten von ihm, „wo bist du?“; „du musst herkommen, sofort“. Zu Hause erzählte sie, sie gehe zu einer Freundin.

„Ich weiß, dass er schlecht war für mich", sagt Angelique, „dass er mein Leben versaut hat", aber wenn sie ehrlich sei, träume sie noch immer von seinen Augen.

Wahrscheinlich steckte sie schon zu tief drin, wahrscheinlich war sie nicht mehr erreichbar für fremde Hilfe. „Ab einem gewissen Punkt sind die Mädchen nicht mehr in der Lage, die Realität zu sehen", sagt Bärbel Kannemann, der Loverboy sei dann ihre einzige Wirklichkeit. Kannemann ist eine kleine, runde Frau, pensionierte Kommissarin, 35 Jahre lang hat sie in Deutschland bei der Polizei gearbeitet, nun lebt sie abwechselnd in Deutschland und den Niederlanden. Sie wurde durch eine Vermisstensendung auf das Thema Loverboys aufmerksam. Seit zwei Jahren ist sie in der Stiftung „stoploverboys" tätig.

„Es war wie eine Sucht"

Jedes Jahr werden in den Niederlanden rund 1500 junge Mädchen Opfer dieser Form von Prostitution, das schätzen Hilfsorganisationen. Die Opfer trauen sich nur selten, zur Polizei zu gehen, weil sie bedroht werden, weil sie sich schämen, sich selbst schuldig fühlen oder keine Beweise haben. 180 Anzeigen gegen Loverboys gab es vor zwei Jahren, die Dunkelziffer, das vermutet die Polizei, liegt höher.

Die Mädchen sind in der Beweispflicht. Aber wie beweist man Jahre später, dass man als Kind missbraucht wurde? Oft stehen die Mädchen während dieser Taten unter Drogen, unter Schock, die Monate verschwimmen zu einem Brei aus Orten, Gewalt und Sex. Und überhaupt: Wer glaubt schon einer Hure?

„Nach der Schule gehe ich zu meiner täglichen Vergewaltigung", sagt Bärbel Kannemann, an diesen Zustand hätten sich viele der Mädchen gewöhnt. Gemeinsam mit Angeliques Mutter, Anita de Wit, geht sie in Schulen, spricht mit Eltern und Opfern; erst gestern war sie in einem Rotterdamer Rotlichtviertel unterwegs, auf der Suche nach einer verschwundenen Tochter. Allein in diesem Jahr haben sie sieben Mädchen aus den Fängen des jeweiligen Loverboys befreit. Und auch in Deutschland versucht Bärbel Kannemann aufzuklären, vor wenigen Wochen meldeten sich bei ihr die ersten Opfer.

Die Mechanismen, mit denen die Mädchen hörig gemacht werden, sagt Kannemann, sind gleich: Die Zuhälter entfremden sie ihrem Umfeld, hetzten sie gegen die Familie auf, bis sie die einzige Bezugsperson der Mädchen geworden sind.

Es ist ein ausgeklügeltes System aus Kontrolle, Macht und Belohnung. Irgendwann wissen die Mädchen kaum noch, wer sie ohne diese Männer sind, sagt Bärbel Kannemann. Manchmal dauert es Jahre, bis sie wieder ein eigenes Leben führen können.

Maria Mosterd hat das geschafft, die Frage ist, wie lange es hält. „Wenn er mich finden würde", sagt sie, „ich weiß nicht, ob ich nicht wieder zurückgehen würde zu ihm."

Sie sitzt im Garten eines Reihenhauses in einer holländischen Kleinstadt, ein hübsches Mädchen, ihre Haare sind zu Zöpfen geflochten. Niemand solle wissen, wo sie lebt, sagt sie. Sie ist 22 Jahre alt, hat eine kleine Tochter jetzt, ein Leben, „aber es ist schwer für mich", sagt sie. Jahrelang hat sie nach Befehlen gelebt, „was ich anziehen soll, was ich sagen soll, mit wem ich schlafen soll", über alles habe er bestimmt, „und plötzlich muss ich so viele Entscheidungen allein treffen".

Der Tag, an dem Maria ihren Loverboy traf, war sommerlich, August oder September, sie fuhr mit dem

Fahrrad zur neuen Schule, Maria war 12 Jahre alt. Er lehnte an seinem Wagen auf dem Schulparkplatz, sein Auto hatte verdunkelte Scheiben, ein dicklicher Typ, schwarze Haut, schwere Goldkette um den Hals, wie ein Darsteller aus einem Rap-Video.

„Hallo“, rief er ihr hinterher, mehr nicht, cool klang das, fand Maria, sie fühlte die Blicke der anderen Mädchen, bewundernd, neidisch vielleicht. „Hallo“, rief sie, dann fuhr sie in die Schule.

Wenige Tage später stand er wieder da, diesmal wollte er mit ihr reden, machte Komplimente. Er sei Manou, sagte er. Beim übernächsten Mal nahm er sie in seinem Auto mit, brachte sie in ein Haus, vergewaltigte sie, so erzählt Maria es. Er sagte ihr, es sei normal, dass Mädchen in ihrem Alter so etwas täten. Sie war nun seine Prostituierte, sein Eigentum.

Er vermietete sie in den Freistunden.

Er holte sie nach der Schule ab, gab ihr Marihuana, vermietete sie in den Freistunden, passte auf, dass sie rechtzeitig wieder im Unterricht saß, wichtige Tests mitschrieb, er sorgte dafür, dass niemand etwas merkte.

Marias Mutter, Lucie Mosterd, eine Lehrerin an einer benachbarten Schule, beobachtete, wie sich ihre Tochter veränderte in dieser Zeit, wie sie eine Fremde wurde. „Sie war aggressiv, ihre Sprache änderte sich“, sagt sie. Früher sei Maria schüchtern gewesen, ausgeglichen. „Plötzlich war sie ein Biest, eine Schlampe.“ Wenn Maria am Nachmittag nach Hause kam, ging sie zuallererst unter die Dusche. „Ich dachte, sie sei verschwitzt vom Fahrradfahren“, sagt ihre Mutter, in Wirklichkeit wusch sich ihre Tochter die Freier vom Körper, dann knallte sie ihre Tür.

Für Eltern ist es schwer einzuschätzen, ob die Veränderung ihrer Töchter noch auf die Pubertät zu schieben ist. Es ist die Zeit, in der sich ohnehin Risse bilden in der Beziehung zwischen Eltern und Kindern. „Ich dachte, das sei pubertätsbedingt", sagt Lucie Mosterd, Marias Mutter. „Vielleicht auch Depressionen. Oder Borderline." Sie schickte ihre Tochter zu einer Therapeutin, „aber ich war eine brillante Lügnerin geworden", sagt Maria, für alles habe sie eine Erklärung gehabt.

Auch in der Schule merkte lange Zeit niemand, was mit Maria los war. Ihr Loverboy dosierte ihre Fehlzeiten so, dass es grenzwertig, aber nicht alarmierend war. Wenn sie den Unterricht verlassen sollte, erzählte Maria, sie müsse zum Arzt, oder sie ließ sich andere Lügen einfallen.

Nach zwei Jahren, als Maria 14 war, ging ihr Loverboy zum ersten Mal mit zu ihr nach Hause, ein nettes Reihenhaus, an einer kleinen Gracht gelegen. Er stellte sich der Mutter als neuer Freund vor, er sagte, er mache eine Ausbildung an der Berufsschule neben der Schule von Maria. Die Mutter fand den Jungen zu alt, er hatte ja schon ein Auto, aber er war nett, und so erlaubte sie ihm, Maria zu besuchen, solange sie zu Hause war.

Er saß mit der Familie am Tisch beim Abendessen, er spielte mit Marias kleinen Brüdern. Es gibt Fotos von ihm und Maria, auf manchen hält er sie im Arm. Auf anderen ließ er sich mit Kampfhunden fotografieren.

Maria war nun fast nur noch auf Drogen. Sie war brutal geworden, wer sie in der Schule ansprach, bekam Schläge. Sie dealte für ihn, stellte ihm andere Mädchen vor. Irgendwann, als Maria 16 war, wurde sie von einer Lehrerin angesprochen, ihr aggressives Verhalten, ihre Fehlzeiten in der Schule, die rotgeränderten Augen waren der Pädagogin aufgefallen. Weil sie nicht wusste, was sie sagen sollte, erzählte Maria der Lehrerin, wie sie von vier Männern in einer Wohnung vergewaltigt worden sei.

„Ich habe damals gar nicht verstanden, warum sie und meine Mutter so eine große Sache daraus machten“, sagt Maria, „für mich war das Alltag.“ Sie führte die Polizei zu der Wohnung, in der es passiert war, drei der Männer wurden verurteilt, zu lächerlichen Haftstrafen, wegen Sex mit Minderjährigen, nicht wegen Vergewaltigung. Manou, ihren Zuhälter, brachten sie nicht damit in Verbindung, Maria hielt dicht. „Ich war so abhängig von ihm“, sagt Maria, „es war wie eine Sucht.“

„Männer sind für mich widerliche Kreaturen“

In den Niederlanden kommen Mädchen wie Maria, die Opfer von Loverboys wurden, zu ihrer eigenen Sicherheit in eine Spezialabteilung des Jugendgefängnisses. Ihre Mutter war verzweifelt, stellte die Tochter vor die Wahl: Gefängnis oder ein therapeutisches Projekt in Indien, so weit weg von ihm, dass er sie niemals finden würde. Maria ging nach Indien, sie war jetzt 16, arbeitete dort mit Kindern in einem Waisenhaus, sprach täglich mit ihrer Sozialarbeiterin. Es dauerte lange, bis sie einsah, dass dieser Mann ein Täter war. „Ich kannte mich ja gar nicht ohne ihn“, sagt sie, es war, als sei sie mit ihm groß geworden.

„Mein Leben ist langweilig heute“, sagt Maria jetzt, in ihrem kleinen Garten, hinter ihrem Reihenhaus. Ja, sagt sie, das hört sich absurd an, aber irgendwie, auf eine kranke Art und Weise, vermisse sie die Aufregung ihres früheren Lebens. Sie sei ein stumpfer, harter Mensch geworden durch ihn, sagt sie. Es sei schwer für sie, mit anderen Menschen mitzufühlen. Liebe, eine Beziehung, das kann sie sich nicht vorstellen. „Männer sind für mich widerliche Kreaturen."

Es ist früh am Morgen, ein klarer Frühlingstag im südholländischen Maasland, 70 Kilometer weiter bereitet sich Angelique, das Amsterdamer Mädchen, auf ihre nächste Schicht hinter der Schaufensterscheibe vor, als sich ihre Mutter, Anita de Wit, in einem stickigen Klassenzimmer voller Teenager hinter das Pult setzt. Sie will verhindern, dass es noch mehr Mädchen gehen wird wie ihrem eigenen.

„Was ist ein Loverboy?", fragt sie. „Ein Pimp, Zuhälter", sagen die Schüler und kichern.

Anita de Wit startet einen Film, ein Mädchen ist zu sehen, das erzählt, wie es von seinem Loverboy zum Sex gezwungen wurde, wie es für ihn Drogen schmuggelte, wie es erwischt wurde und nun im Gefängnis sitzt. Auch Maria Mosterd ist zu sehen. Und dann ist da noch eine Aufzeichnung aus einer holländischen Vermisstensendung von 2007.

Angelique war damals aus einer therapeutischen Einrichtung verschwunden, zusammen mit einem Jungen, und Anita de Wit suchte ihre Tochter mit Flyern, in Rotterdam, in anderen Städten, immer in Begleitung eines Kamerateams.

„Sie haben mich gezwungen, Drogen zu nehmen und mit Männern zu schlafen"

Plötzlich, nach sechs Wochen, erhielt sie einen Anruf von ihrer Tochter. „Wo bist du, wo bist du?", fragte die Mutter. „Ich weiß es nicht", sagte Angelique, Panik lag in ihrer Stimme, „irgendwo in Rotterdam." Sie sei aus einem Haus weggelaufen, voller Männer, sie sei in ein Telefongeschäft gerannt. Man sieht in dem Film, wie sich Mutter und Tochter das erste Mal wiedersehen, Angelique ist verquollen, die Augen verweint. „Sie haben mich gezwungen, Drogen zu nehmen und mit Männern zu schlafen", sagt sie. Die Polizei stürmte das Haus und nahm die meisten von ihnen fest.

Danach schien es Angelique besser zu gehen. Sie half ihrer Mutter in der Stiftung stoploverboys, sie schien es überstanden zu haben. Sie war inzwischen 19 Jahre alt. Dann, an einem Wochenende in Amsterdam, traf sie Yassin, ihren nächsten Zuhälter, verliebte sich, der Horror begann von vorn.

Angelique, die eine, ist inzwischen so gehirngewaschen, dass sie sich freiwillig für einen Mann prostituiert. Maria, die andere, lebt versteckt an einem geheimen Ort und trauert ihrer Vergangenheit hinterher. Mowitha Wittmer wird sich noch entscheiden müssen, in welche Richtung das Leben für sie gehen soll, sie ist abgehauen, weg, verschollen, seit dem 5. November 2009 einfach nicht mehr da.

„Die letzte Spur von ihr führt in ein deutsches Bordell", sagt Estella Kempen, ihre Mutter. Sie sieht sich um im Kinderzimmer unter dem Dach ihres Hauses in Maastricht, hier hat Mowitha gelebt. Estella Kempen ist eine zierliche Frau, verzweifelt, aber aufrecht. „Happy Birthday Mowitha, Sweet 16", steht an einer Tafel, an den Wänden Urlaubsbilder, Poster von Bob Marley, Lichterketten, ein normales Teenagerzimmer. „In Wirklichkeit habe ich sie schon viel früher verloren", sagt die Mutter nun. Mowitha war 13 Jahre alt, als sie ihren Loverboy traf. Vor fünf Monaten ist sie weggerannt, sie war da gerade in einer geschlossenen Einrichtung für Mädchen.

Estella Kempen ist Musiklehrerin, so wie ihr Mann, sie lebt in einem schönen, warmen Zuhause, liebevoll eingerichtet, ihre Stimme klingt erstaunt, wenn sie über die Geschichte ihrer Tochter spricht, so, als wäre das alles eine Geschichte, die sie gerade zum ersten Mal hört. Doch vor ihr auf dem Tisch liegen Polizeiunterlagen, Gerichtsvorladungen, Beweise aus vier Jahren, Spuren einer Tochter, die verlorengegangen war.

Mowitha war in demselben therapeutischen Projekt in Indien gewesen, in dem auch Maria Mosterd war, um von ihrem Loverboy loszukommen. Fotos von ihr im Sari liegen auf dem Tisch, ein strahlendes Mädchen mit Locken und Sommersprossen. Zurück in den Niederlanden, sah es eine Zeitlang aus, als käme sie wieder zu sich, als wolle sie ein normales Leben führen. Aber dann rutschte sie noch einmal ab, und ihre Mutter konnte sich nicht anders helfen, als sie ins Jugendgefängnis einzuweisen.

Von dort ist sie im November mit einem anderen Mädchen über den Zaun geflüchtet. Ihr Loverboy hatte wieder zu ihr Kontakt aufgenommen, über das Internet, über E-Mail und MSN.

Die Ermittler haben seine Mails geknackt. Er nennt sich babsycle23. Sie müsse sich jetzt, steht in einer Mail, ihren Pass besorgen, er wolle sie ins Ausland bringen. Sie solle sich auch zwei Tattoos mit seinem Namen auf die Brüste machen lassen. So markieren Zuhälter ihre Prostituierten.

Zusammen mit Anita de Wit, der Mutter von Angelique, und Bärbel Kannemann von stoploverboys sucht Estella Kempen nach ihrer Tochter. Sie hat Flyer gedruckt, einmal auf Holländisch, einmal auf Deutsch, darauf ein Foto von Mowitha, 17 Jahre alt, 1,60 Meter groß. Sie folgen den Hinweisen von Informanten aus der Szene. Ein Mädchen hat sich gemeldet, das sagte, es habe mit Mowitha in einem Bordell bei Kleve gearbeitet. Estella Kempen wird dorthin fahren, wird Flyer verteilen, Bordelle durchsuchen.

Vor ein paar Wochen legte der niederländische Justizminister Ernst Hirsch Ballin einen Gesetzesentwurf vor, der das Mindestalter für Prostituierte von 18 auf 21 anheben will, um dadurch auch Minderjährige besser vor unfreiwilliger Prostitution zu schützen, vor Menschenhandel, Loverboys.

Estella Kempen wird das vermutlich nicht mehr helfen. Sie hat ihre Tochter schon fast verloren. Im Oktober wird Mowitha 18 Jahre alt, dann ist sie nicht mehr minderjährig. Dann wird sie eine sein wie Angelique, eine Prostituierte hinter der Fensterscheibe oder in irgendeinem Bordell auf der Welt.